小学館文庫

スギハラ・サバイバル

手嶋龍一

小学館

目次

序章　梅の橋――二〇〇八年九月

白い日傘がゆらゆらと梅の橋を渡ってくる。

浅野川の川面に傘の影が揺れている。

初秋の訪れを微かに感じさせる風が漣をたて、爽やかに吹き抜けていった。

主計町とひがし。ふたつの茶屋街を結んで架かる梅の橋の欄干には、能登産のアテの木が使われている。泉鏡花が少年時代を過ごした下新町から東山の界隈は、当時の面影をいまに伝える佇まいだ。

スティーブン・ブラッドレーは、橋の姿がことのほか気にいっており、加賀蒔絵の仕事場からの帰りには決まってこの道を選ぶ。たおやかな曲線を描いてせりあがった橋の真ん中に差しかかった、その時だった。川面に映っていた白い日傘のひとが姿をみせた。

一越縮緬の単衣を着たそのひとは三十路すこし前だろうか。西の空に沈みかけた夕陽にその面差しが映えて凄艶なほどに美しかった。柔らかな視線がスティーブンに投げかけられた。十字絣に落栗色の袴をきりりと着こなした着物姿。だが、その瞳がヘーゼル色に澄んでいることに戸惑ったのだろう。とっさに俯き加減になって、主計町の茶屋街に歩き去っていった。

その瞬間、このイギリス男のなかにインテリジェンス・オフィサーとしての本能が蘇ってきた。ひとつひとつの印象を記憶に刻みつけるのではない。すべてを瞬時に脳裏に焼き付けてしまうのだ。それは練達のニュース・カメラマンが一瞬のシャッター・チャンスに賭けるさまに似ていた。

華奢な白い腕をのぞかせて日傘を持ち、胸元に左手で細長い布袋を抱えている。生地は眼にも鮮やかなコバルト・ブルーの錦だ。葡萄が蔓をのばして実をたわわにつけ、無数の栗鼠が走り回っている。五穀豊穣と子孫繁栄を祈る西域の民の意匠なのだろう。沙漠にのびる絹の道を行く隊商から笛の音が冴え冴えと響いてくるようだ。袋の中身は笛なのかもしれない——。スティーブンの胸はかすかに波立った。

日傘のひとは、豊かな黒髪をひっつめに結いあげていた。利休色の小紋に朽葉色の夏帯をきつめに締めている。着物には萩を散らし、帯には撫子を配して、初秋の訪れをさりげなく表わしている。ほんのりと紅を差しただけの清楚なたたずまいが却って艶やかさを引き立てていた。

場所柄からして主計町かひがしの妓が稽古に出かけた帰りなのかもしれない。川風に乗ってほのかな香りが漂ってきた。伽羅だ――。スティーブンはすれ違った者の微かな匂いを瞬時に聞きあててしまう自分をもて余していた。

この出遭いは一瞬のことでは終わるまい――。諜報の世界で磨きあげられた情報士官の本能がそう告げていた。

東アジアのインテリジェンス・コミュニティ切っての逸材と謳われたスティーブン。これほどの手がかりを得ながら、白い日傘のひとの所在を探り当てられぬお前ではあるまい――。名うてのイギリス秘密情報部員は自らをそう納得させると、漆塗りの弁当箱を包んだ納戸色の風呂敷をぶら下げて、仮住まいに定めた舞の師匠の家へ歩を進めた。

過日、スティーブン・ブラッドレーは、ロンドンの統帥部ヴォクソールから叱責の公電を受け取っていた。短い電文の行間には烈しい怒りが滲んでいる。

すみやかに任地の東京を離れ、追って沙汰あるまで、任国の某所に居を定めて待機されたし。許可なく任国を離れることを厳に禁じる。

だがその後、ロンドンからは何の連絡もない。任務を遂行するにあたって重大な訓令違反があったことを責めているのだろう。ヴォクソールの首脳陣は、顔を潰されたことをいまだに赦そうとしないのだ。

作戦そのものは大きな成果をあげていた。そのため処分にも踏み切れずにいる。官僚機構の狡猾な知恵なのだろう。表立って処分もせず、不問にも付さない。かくしてスティーブンは古都金沢で無聊をかこっている。

ブラッドレー家は蒔絵工芸品の世界的なコレクターとして知られる。そうした伝手もあって、金沢の蒔絵師のもとに弟子入りし早や七ヶ月になる。朝七時には舞の師匠の家を出て、蒔絵師のもとで漆に金粉を蒔きつける修業に打ち込んでいる。長くてほっそりとした指が自在に動くのを見て、師匠はなかなか筋がいいと励ましてくれる。満更ガイジン向けのお世辞でもなさそうだ。

あれは弟子入りをしてわずか三日目のことだった。生漆を別の器に移そうとして手にこぼしてしまった。二日後には瞼が赤黒く腫れあがり、やがて、耳たぶ、首筋、頬がただれて汁が流れ出した。その痒(かゆ)さは、かつてモザンビークで受けた拷問(ごうもん)にもまさる耐えがたさだった。

「柔かい脇腹(わきばら)を衝(つ)かれる」という言葉がある。漆はスティーブンのやわらかな袋に襲いかかり、すさまじいばかりの痒さで苦しめた。土地の言葉でいう「がんべ」が爛(ただ)れにただれ、その痛痒さから爪(つめ)が白くなったほどだ。

皮膚科の医院に駆け込んでプレドニンという処方薬をもらい、ふだんの二倍にも膨れあがった器官にはデルモベート軟膏(なんこう)を塗って、東山の家でひたすら臥(ふ)せていた。だが、うとうとするうち無意識にかぶれた皮膚をかきむしってしまう。とっさに手首が取り押さえられ、叱咤(しった)の声が飛ぶ。

「我慢しまっし。七つの海を支配した大英帝国の男さんやろ」

そう叱(しか)りながらも、心やさしく看病してくれたのは、大家の殖栗志乃(ふえくりしの)だった。還暦を前に芸妓(げいこ)をあっさりと引いたのだが、芸どころ金沢でも並ぶ者なき舞の名手だった。

古くからの知り合いだった蒔絵師が志乃の家を世話してくれた。舞の稽古場と住まいを兼ねたその家には巧妙な隠し部屋があった。二階稽古場の奥に、長年の弟子たちも知らない部屋がある。以前は着物の収納庫に使われていたのだが、ここがスティーブンのねぐらとなった。

東山にある志乃の住まいを挨拶のために初めて訪ねた時のこと。三和土には、ぴかぴかに磨かれた黒い革靴が揃えてあった。一緒に暮らしているひとがいるのだろうか、それなら心残りだが遠慮しなければならない――。そんなスティーブンの胸のうちを察したのだろう。

「ひとり暮らしは物騒やさけぇ、おまじないながや」

志乃はふっと微笑んで見せた。

ひそかに愛した人はいまもわが傍らにいる――そう思って暮らしているのだろう。忘れえぬひとを想う、その心ばえがなんとも愛らしかった。

「是非ともお世話になりたいのですが――」

そう言うと、スティーブンはゆっくりと頭をさげた。

その笑顔に抗しきれなかったのだろう。志乃は快諾してくれた。

川面にゆらゆらと揺れる白い日傘を瞼から消し去れないまま、スティーブンは東山の家に帰り着いた。舞の稽古場を通って引き戸をあけ、隠し階段を伝って八畳間に上がってゆく。

隠し部屋の隅には、煮炊きのための小さな竈と水屋がしつらえられてある。

きょうも仕事帰りに近所の魚屋と八百屋で食材を買いそろえてきた。まず鍋に湯を沸かして、水で戻したどんこを入れる。この肉厚の干しシイタケからは旨味の詰まった出汁がでる。ついで大ぶりの茄子に切り込みをいれてじっくりと煮込む。これを茄子ごと冷やして素麺のつゆに仕立てるのだ。つゆを冷やしている間に、護身用をかねた庖丁で「がんど」を刺身におろす。大根おろしにつけて食べると、なかなかいける。この魚が、出世魚の鰤と同じであることをつい先ごろまで知らずにいた。「こぞくら」「ふくらぎ」「がんど」「ぶり」の順で出世していくのだと魚屋の大将が教えてくれた。

夕食を終えて、アイラ島のシングル・モルト「アードベッグ」を味わっていると、梅の橋を渡る日傘のひとの残像が蘇ってきた。帯揚げは白地に朱赤の飛び絞り、草履の真っ赤なつぼが白足袋に映えていた。

どれほどのときが経っただろう。

物哀しい調べがひがしの茶屋街から聞こえてきた。篠笛にちがいない。北国の重たい空気をかすかに揺らして響いてくる。スティーブンは夢見るように、その調べに聴き入っていた。

隠し部屋の襖が静かに開き、熱い茶が差し入れられた。加賀棒茶の馥郁たる香りが立ちのぼる。篠笛の音に聴き入るスティーブンに、志乃はそっと頷いてみせた。

「中秋の名月やし、あの曲、『満月』やわ」

そして、篠笛を奏でているひとの名を囁いた。

「雪花ちゃんの笛やわ、あの音色。『藤とし』さんのお座敷や」

ひがしのお茶屋にあの日傘のひとがいる——なぜか、そう確信した。

「かなりの吹き手なのでしょうね」

雪花のことを知りた気なスティーブンの様子を察して、志乃は微笑んだ。

「お座敷のお客さんのことは口にせんがやけど」

志乃はためらいながらも、間をおいてぽつりと漏らした。

「敦賀の港から来まはった外国のお方のお席やといいね。昼間、『藤とし』のおかあさんと通りで会うたら、そう言うておいでたわ」

敦賀の港——。スティーブンはまだ訪れたことはないのだが、泉鏡花の名作『高野聖』に登場するこの町の名を諳んじていた。尾張町の師匠について鏡花作品の朗読の稽古に通っていたからだ。数日前も朗読の女師匠から厳しく叱責されたばかりである。次のくだりについてであった。

　尾張の停車場で他の乗組員は言合せたやうに、不残下りたので、函の中には唯上人と私と二人になつた。
此の汽車は新橋を昨夜九時半に発つて、今夕敦賀に入らうといふ、名古屋では正午だつたから、飯に一折の鮨を買つた。

手にしていた書籍では「停車場」に「ステイション」というルビが振られていた。「スティーブン、読みがちごうとる。ステーションでなあて、ステイショや。鉄道唱歌に出てくる、汽笛一声の新橋ステイショや。朗読は原文に忠実に。ステイショとはっきりと。スティーブンは『不残』を『のこらず』ときちんと読めるがに、こんなも読みこなせんがかいね」
梅の橋で出遭ったひとは敦賀の港からやってきた遠来の客を迎えて笛を奏でている。あの人はひがしの茶屋街の芸妓さんだった。胸に抱えていた袋の中身はやはり七穴の篠笛だったのだろう。

＊

ひがしの茶屋街でもひときわ格式を誇る「藤とし」の松の間。その夜は遠来の客を迎えて華やかな宴が催されていた。樹齢二百年を誇る赤松の大木が座敷を貫いてすっくと伸びている。その夜の主客は、赤松が吉兆だという女将の話をことのほか喜んだ。シカゴ・マーカンタイル取引所のアンドレイ・フリスクと名乗る紳士は、日本海に臨む港町、敦賀を経て、つい先ほど金沢に着いたばかりだという。床の間を背負ってゆったりと寛ぐ姿には、シカゴ金融界の大立者という評に違わぬ風格があった。

アンドレイは今宵の宴を心ゆくまで楽しんでいるようだった。そして時折少年のように初々しい表情を見せて微笑む。遥かなるセンチメンタル・ジャーニー。過ぎ去った日々に想いを馳せているのだろう。半世紀以上も前の、辛く果てしない旅のあと、緑なす港町が水平線の彼方に姿を現したときの光景は、いまもくっきりと脳裏に焼きついているという。

帳場の柱時計が午後七時三十分を打った。お座付きの余興がひとわたり済んで、客たちのさんざめきが庭に響き渡ったそのときだった。古風な黒の電話機が鳴った。受話器を取りあげた仲居がぎくりとした。英語でなにやら話しかけてくる。ああ、松の間の客に違いない。

「ちょっこし、待ってたいま」

思わず金沢弁で応じ、階段を小走りに駆けあがった。アンドレイ・フリスクの供の者がすっと席を立った。

　シカゴからの国際電話だと察すると、アンドレイが目で「私が出る」と部下を制し、階下に降りていった。

　しばらくすると、主賓はなにごともなかったように松の間に戻り、再び床の間を背に腰をおろした。だがその表情に一瞬よぎった陰を、篠笛を手に凜として座っていた雪花は見逃さなかった。

　それから二十分、十五分、十分の間隔で国際電話がたてつづけに入ってきた。新たな電話が入る度にその間隔が短くなり、事態が切迫していることを告げていた。

「フリスク様へお電話です」

　そう告げられるたびに、アンドレイを取り巻く空気は険しいものとなっていく。

　何やらそら恐ろしいほどの凶事が持ち上がっている。席に連なっている誰もがそう思ったのだった。

　シカゴのマーカンタイル取引所では、ニューヨーク株式市場の暴落を受けて、ユーロドルの先物や「Ｓ＆Ｐ５００」と呼ばれる株価指数の先物商品の値が音を立てて崩れつつあった。それはイグアスの瀑布を思わせる、獰猛な下げだった。

「銀行の保証はいくらまで取りつけられる――よしやってみろ」

未曾有の暴落を受けて、アンドレイは巨額の追証を差し出すよう求められている。その金額は天文学的な単位を示しつつあった。追証の現金を刻限までに積むことができなければ建玉がことごとく処分され、全てを喪ってしまう。文字通り百年に一度の凶事が現実になりかけていた。

希代のトレーダーと謳われたアンドレイ・フリスクはいま、資産のすべてを喪い、破滅の淵に転げ落ちようとしていた。

ひがしの表通りから左に入った茶屋「八の福」の座敷では、短い口髭に頭髪を短く刈りこんだ客が、若い芸妓の佐くと胡蝶に酌をさせて寛いでいた。松山雷児。彼もまた北浜の大阪証券取引所では「剛毅」と畏れられた相場師だった。

時を同じくして、雷児の携帯電話も鳴りはじめた。アメリカの金融商品の先物市場に異変が生じている——雷児の会社からも刻々と相場の値動きが伝えられた。

「心配せんでよし。ここがわしらの勝負どころや。そのままでええ、思い切って売り向かえ。ええな、売りや、売りや」

北の漁場で鍛え抜かれた漁師の胴間声を思わせる野太い声だった。売りの指示は矢継ぎ早に飛んでゆく。

アンドレイは買い方、雷児は売り方。

相場師たちは、これを「ブル」と「ベア」と呼ぶ。「ブル」は雄牛が角を突き上げて突進する様子から買い進むことを意味し、一方の「ベア」は熊が爪を振り下ろして後ずさりながら戦う動きから売りを意味する。

雷児とアンドレイはともに一世一代の勝負のときを迎えつつあった。この勝負に負ければ、すべてを無くしてしまう。ふたりは誰よりもそれを知り抜いていた。

アンドレイと雷児。対極に陣どって大荒れの相場に挑んでいることを互いに気づいていない。だが、ふたりは、奇妙な「血の縁」で深く結ばれた間柄だった。いまから七十年近く前、全体主義という巨大なツナミがユーラシア大陸を呑み込もうとしていたそのとき、物語は幕を開けようとしていた。

歴史の激浪に弄ばれ、小さな木の葉にひっそりと身を寄せ合っていた流浪の民。そして大陸の東端の弧状列島の港町、神戸に暮らす無頼の日本人少年。それは、広大無辺の天空で二つの流れ星が一瞬交わった友情の物語でもあった。

ふたりは北の花街で、偶然にも再び運命の瞬間を共に迎えていることを知る由もない。

ただ篠笛の音だけがひがしの茶屋街に冴え冴えと響き渡ってゆく。

第一章　出ポーランド記――一九三九年

　ヴィスワ河の滔々(とうとう)たる流れは、ポーランドの王都だったクラコフに差しかかると、その威容を畏(おそ)れるかのように大きく湾曲する。河畔の小高い山上にはヴァヴェル城が聳(そび)え立ち、欧州最大のユダヤ人街、カジミエーシュを睥睨(へいげい)している。中世、流浪(るろう)の民たちは迫害を逃れ、ポーランド国王に庇護(ひご)を求めて、この地に続々と身を寄せたのだった。

　だがユダヤの民がもつ匠(たくみ)の技をわが手にと願ったポーランド王とて、彼らを王都の中心街に迎え入れたわけではない。ヴィスワ河の支流に隔てられ、疫病(えきびょう)が蔓延(はびこ)る湿地帯に住みつくことを許したにすぎないのだ。

　しかし数百年の歳月を費やして、ユダヤ人たちはこの悪疫の沼沢地(しょうたくち)を見事な石畳の街路に姿を変え、随所にゴシック様式のシナゴーグが築き上げられた。街の中央には人々の日々の暮らしを賄(まかな)うノヴィー広場がその形を整えていった。

その朝も、肉屋、パン屋、総菜屋、コーシャ料理屋などが軒を連ねる広場は、常と変わらぬ喧騒(けんそう)に包まれていた。夜がまだ明けきらぬ時刻から、人々が朝の買い物に姿を見せ始めている。ノヴィー広場の真ん中に建つ建物は、十二角形にかたどられた煉(れん)瓦(が)造りだった。このため人々はポーランド語で円形を意味する「オクラングラックの家」と呼んだ。ドーム型の作業場では、庖丁(ほうちょう)を手にした職人たちがユダヤ教の戒律に従って鶏肉(とりにく)を巧みにさばいていた。この食肉加工場の外側に、間口がわずか二メートルの小さな店が広場に面して円弧を描くように連なっている。その数は三十あまりに及ぶ。

店番号「十二」。緑に塗った小窓の扉を観音開きにして、ひとりの老婆(ろうば)がベーグルを商っていた。白髪の交じった黒髪に黒い布地の頭巾(ずきん)をかぶっている。浅黒い肌には無数の皺(しわ)が刻まれており、くぼんだ瞳(ひとみ)の奥には黒々とした光が湛(たた)えられている。「漆黒のエステル」――いつしか街の人々は、この老婆をそう呼ぶようになった。彼女の特異な風貌(ふうぼう)が中世の魔女を彷彿(ほうふつ)とさせるのだろう。大人たちは敬しつつ遠ざかったが、なぜか小さな子供たちはなついていた。

「お婆さん、歳はいくつなの」

こう尋ねられると、エステル婆さんはいつも決まって答える。

「そうさね、もう三百歳くらいかぇ。それくらいはゆうに生きているよ」

そして顔を皺だらけにして笑うのだ。

空が白みはじめると、市場にはイディッシュ語やポーランド語が飛び交い、賑わいを増していく。エステル婆さんは毎朝午前二時には起きだして自宅のキッチンで自家製のベーグルを焼きあげる。高グルテンの小麦粉に酵母菌を加え、塩と麦芽糖と水を混ぜただけの素朴な製法だ。エステルのレシピを誰もが知りたがったが、婆さんはにこやかに拒絶を繰り返すのだった。

「わたしの製法を知りたければ神様にお聞き」

その朝も、エステル婆さんの店の窓にひとりの少年が姿を見せた。やわらかな巻き毛が広い額にかかった、痩せぎすの男の子だ。歳の頃は十歳足らずだろう。爪先立って窓から店のなかを覗き込む。円く穴のあいた、ふっくらとしたベーグルが並んでいる。

「ショレム・アヘイレム、エステルお婆さん。ベーグルを六つ。それに杏のジャムとマスタードも」

「アヘイレム・ショレム、アンドレイ坊や」

エステル婆さんは、後ろの棚からベーグルを取りだし、少年の持ってきた布袋に入れてくれた。

「母さんは六つって言ったよ」

「いいから、けさは少し余分に持っておゆき」

エステル婆さんは、いつもの零(こぼ)れるような笑顔を見せなかった。

「アンドレイ、きょうは急いで家にお帰り。寄り道なんぞしてはいけないよ」

アンドレイはけさもベッドから起きあがると、母親のリフカから小銭をもらってノヴィー広場にやってきた。焼きたてのベーグルを求めるためだ。それが少年の変わらぬ日課だった。

アンドレイは、ベーグルの芳(かぐわ)しい香りを布袋に包んで自宅のアパートメントを目指したのだが、いつになく急ぎ足となってしまった。行き交う大人たちの誰もが急いでいるように感じたからだ。そういえばけさは、円形の館(やかた)を取り囲む屋台の前に座りこんで、のんびりと話し込んでいる客はいなかった。こわい顔で一刻も早く帰宅するようにと言ったエステル婆さんの様子が気がかりだった。アンドレイの胸底にかすかな不安が棲(す)みついた。

アパートメントの分厚い扉を押して、薄暗い階段を二階まで駆けあがる。背伸びをしてドアについている鯉の金具をノックし、帰宅したことを告げた。母親のリフカがドアを開け、ベーグルの袋を受け取ると頬擦りをしてくれた。やがて父、母、息子が揃って朝食のテーブルにつくと、感謝の祈りを捧げて食事を始めた。

アンドレイがスプーンを右手に持って最初の一匙を口に運ぼうとしたときだった。居間から流れてくるポーランド語のラジオ放送が通常の番組を突然中断した。

「ただいまから臨時ニュースを申し上げます。臨時ニュースをお伝えします」

アナウンサーの声がこころなしかうわずっている。アンドレイは持っていたスプーンを固く握り締め、父親の顔を見た。

「本日早朝よりドイツ空軍がポーランドの各地に大規模な空襲を敢行しています。国境警備に当たっているポーランド国軍からの情報によりますと、ドイツ陸軍はわが国境を侵して攻め込んでいる模様です。この事態は軍事演習ではありません。繰り返し申し上げます。これは軍事演習ではありません」

一九三九年九月一日、早朝のことだった。

「父さん、戦争が始まったんだね」

母親が両手で顔を覆った。アンドレイはことさら明るい声で尋ねてみた。

「ポーランドには強い兵隊さんがいっぱいいるんだよね、父さん。ヒトラーなんか思いっきりやっつけてくれるはずだ。ねえ、そうでしょ」

父親のヘンリクは黙って手を伸ばし、息子の肩を摑んだだけだった。

ラジオはなおドイツ軍の侵攻を繰り返し伝えている。

「ドイツ軍の攻撃にわがポーランド国軍は果敢なる反撃を試みています。わが将兵は勇猛に戦いを挑み、祖国防衛のために立ち上がっています」

窓ガラスが微かに震えている。クラコフの上空に早くもドイツ空軍の爆撃機が姿を現し始めたのだ。遥かスロヴァキア国境を越えて飛来した爆撃機の編隊は続々と首都ワルシャワへの空爆に飛び去ってゆく。圧倒的な敵の機動力の前にポーランドはいつまで持ちこたえられるのか――。ヘンリクは暗澹たる思いに捉われた。いまこの国を襲おうとしている事態を息子にどう語って聞かせたものか、彼は不安げに妻の顔を見た。

＊

ナチス・ドイツ軍がポーランドに侵攻する十日前のことだった。家族に暗い表情など見せたことのないヘンリクが、じっと物思いに耽っていた。あの時、ポーランドを襲おうとしている災厄の足音を聞いていたのだろう。深夜まで帳簿の整理を続けている夫の書斎にリフカは紅茶を運んでいった。するとヘンリクは妻の眼をまっすぐに見つめて切り出した。

「君の支えがあって、小さいが店を築きあげることができた。だが、ふたりの城ももはや明け渡さざるを得ないだろう。そうと決めれば早いほうがいい。それだけ整理しやすくなる。店を友人のポーランド人に売ろうと思うんだが」

リフカは夫の手を握り締めて無言で頷き、バルコニーに目をやった。窓の外は秋霖だ。アカシアの並木は雨に煙り、窓辺に置かれたベゴニアの鉢が濡れていた。

ヘンリクが半生をかけて築きあげた小さな城。それは古都クラコフの中央広場に近いシュピタルナ通りにある広さ三十平米ほどの古本屋だった。ここに店を持ったのは第一次世界大戦が終わって、ポーランドが独立を勝ち取った年だった。「シュピタルナ古書店」は新生ポーランドとともに歳を重ねてきたのである。

店内はあらゆるジャンルの本で溢れかえっていた。ドイツ語、ポーランド語、フランス語、英語、ロシア語で記された書籍がびっしりと天井まで積みあげられている。童話、詩集、小説、学術書、思想書、宗教書、そしていかがわしい預言書の類まで取り揃えてある。訪れる客も、ヤギェウォ大学の教授や著名な作家たちから、ギムナジウムの生徒や子供達までじつに様々だった。

店主のヘンリクは、すらりと背が高く、いつも穏やかな微笑(ほほえ)みを絶やさない。例えば、スピノザ著『神学・政治論』の一六七〇年刊行の初版を探している客に相談をもちかけられると、さりげなくこう応じるのだった。

「スピノザが生前、匿名(とくめい)で刊行したこの本こそ旧弊なキリスト教神学に挑戦した真の意味で禁断の書だったのです。三日以内に届くように手配しておきましょう」

そして二日目にはもう客の求める本を探し出してくるのだった。

シュピタルナ古書店は、年毎(ごと)に売り上げを伸ばしていった。客ばかりでなく、古書店の仲間たちからも、いつしか厚い信頼を勝ち得ていた。そして誰からともなく「クラコフの陰のロイター支局」と呼ばれるほどの存在になっていたのだった。チェコのプラハ、スロヴァキアのブラチスラヴァ、リトアニアのカウナス、ウクライナのキエフ。これらの街で古書店を営むユダヤ人たちが、その固い絆(きずな)を通じて情報をやり取りしていたのである。シュピタルナ古書店こそ、そうした情報ネットワークの結節点だった。

中欧諸国はドイツとロシアという大国に挟まれて、ただ息をひそめていただけではない。これらの国々に暮らすドイツ系やスラブ系の民族は、ドイツやロシアと各々に内通して、各国の政情を一層込み入ったものにしていた。新聞に報じられる動きなど、ごく表層に過ぎない。日々の出来事の背後で動く国際政局に分け入るには、独自の情報源を拠り処に冷静な分析が欠かせない。シュピタルナのインテリジェンスこそがそれを可能にしてくれた。

「ヒトラーのドイツとスターリンのソ連が水面下で密かに接近しようとしている」

この情報をいち早くキャッチしたのもシュピタルナ・ネットワークだった。密やかに歩み寄る豹と狼の二頭は必ずやポーランドのユダヤ人に災厄をもたらすことになる。古書店に出入りする人々は、ポーランドに低く垂れこめる暗雲に思いをいたして暗澹となった。

シュピタルナ古書店のオーナー、ヘンリクは、ナチス・ドイツ軍のポーランド侵攻が迫っていることを肌で感じとっていた。ひとたびこの国がナチス・ドイツの支配下に入ってしまえば、ドイツでユダヤ人商店が次々に襲われた「水晶の夜」のような事件がクラコフでも再現されるだろう。ユダヤ人街カジミエーシュに住む六万四千人のユダヤ人は、人種差別主義者どもによって囚われの身となってしまう――。その後の事態はヘンリクの怜悧な分析の通りに進んでいった。彼の見通しは、正鵠を射ていたのだが、現実に生起した惨劇に照らせばいまだ牧歌的な想定に過ぎなかった。

古書店の買い手が見つかったのは、妻に打ち明けてから三日目のことだった。ヘンリクが店への愛惜を断ちがたく鎧戸を閉めかねていたところに、アンドレイがひょっこりと顔を出した。近くに住むポーランド人の友だちの誕生会に招かれた帰りだという。

父子は連れ立って家路につき、古都クラコフの宝石と称えられる中央広場を通りかかった。中世ヨーロッパの佇まいをいまに残すこの広場は、水の都ヴェネツィアのサン・マルコ広場と並んで、その雄大さと美しさで知られていた。

聖マリア教会の尖塔からラッパが響き渡り、午後六時を告げた。その旋律はなぜか毎正時、決まって同じところで途絶えてしまう。

「ねえ、父さん、あのラッパは、どうしていつも途中で鳴り止んでしまうの」

「ずっとずっと昔の話なんだ。いまから七百年も前、十三世紀のことだ。ポーランドに蒙古の大軍が襲いかかってきた。そのとき、塔のてっぺんで見張っていた兵隊が、蒙古の来襲を街中に知らせようと、ラッパを高らかに吹き鳴らしたんだ。だが、蒼穹の一点を衝くほどの腕前を持った蒙古兵が、ラッパの兵隊の喉を射貫いてしまった。

撃たれた兵隊は尖塔から真っ逆さまに広場に落ちていった。だが兵隊の手は、ラッパをしっかり握ったままだったんだ。それ以来、聖マリア教会は、正時になると、ラッパの音色を高らかに広場に響かせてきた。そして、兵隊が射落とされた日を忘れまいと、メロディはいつも同じところで止まってしまうんだ」

ポーランドはその後、近隣の列強、ロシア、プロイセン、オーストリアによって分割されてしまい、十八世紀末には消滅する。再びポーランド共和国が独立したのはロシア革命の翌年の一九一八年のことだった。そして今またナチス・ドイツの侵攻を受け、国は存亡の淵(ふち)にあった。ラッパのもの悲しい音色は、大国の狭間に置かれた国の宿命をまざまざと思い起こさせた。

ふたりは中央広場を過ぎて、ユダヤ人商店が建ち並ぶグロズカ通りを南へと歩いた。市電の走る交差点に差しかかると、ヘンリクは息子のほうを向いた。

「アンドレイ、ここから見渡してごらん。ディートラ通りがまっすぐに伸びているだろう」

大通りは道幅七十メートルの広々とした街路だ。中央を路面電車が行き交い、その両側には遊歩道が通っている。美しいポプラ並木が道行く人々を強い陽差(ひざ)しから守り、その外側にはさらに二車線の道路が走っている。

「クラコフという都市は、この通りを挟んで、カトリック教徒が暮らす北側の一帯と、ユダヤ人が暮らす南のカジミエーシュ地区に分かれているんだよ」

アンドレイは広い通りを見渡しながら父親の話にじっと聞き入っていた。

「このディートラ通りには、かつてヴィスワ河の支流が流れていたんだ。ところが、六十年ほど前、ディートラという人が、この河を埋め立てて二つの街を地続きにした。それにちなんで、通りには彼の名が付けられたんだ」

レンガ造りの建物の壁にはディートラ通りの標識が嵌め込んである。アンドレイはそれを見上げて頷いた。

「つまりユダヤ教徒が住むカジミエーシュの街は、ついこの間までヴィスワ河の支流によって隔てられ、カトリックが住む地区とは行き来を厳しく制限されていた。現にユダヤ人地区の入り口には大きな門があって、見張りの者が人の出入りを監視していた。ヴィスワの流れを挟んで、そんな時代が数百年にもわたって続いていたんだ。アンドレイ、父さんはそんな時代を再び招いてはならないと思うんだ。わかるね」

フリスク一家のアパートメントは、クラコフの中心街からこのディートラ通りを渡り、カジミエーシュの中心へ抜けるセバスティアナ通り二十九番地にあった。そこはカトリック街とユダヤ人街の緩衝地帯ともいうべき界隈だった。通りに住むユダヤ人はクラコフの旧市街に仕事をもち、ポーランド人と変わらぬ服装をし、家から一歩出るとポーランド語を話す人々だった。黒ずくめの服装に身を包み、厳格な戒律に従って暮らす正統派ユダヤ教徒とは異なる一群である。進歩的な考えを持つ開かれたユダヤ人たちの住宅地であった。

二階にあるヘンリクの書斎から漏れてくる灯りはその夜、バルコニーのベゴニアの植木鉢を照らし続けていた。深夜まで寝付かれなかったヘンリクは、通りの石畳を見おろしながら考え込んでいる。妻と息子をどうすれば守りぬくことができるのか。いささかでも状況判断を誤れば、ふたりの命の灯火（ともしび）はたちまち消えてしまう。

＊

ドイツ空軍は、ポーランドへの侵攻以来、クラコフ周辺の軍事基地にも烈（はげ）しい空爆を敢行していた。だが、なぜか陸軍部隊はカジミエーシュ周辺に姿さえ見せようとはしなかった。それは襲いかかる機会を窺（うかが）って標的の周りを徘徊（はいかい）する豹（ひょう）を思わせた。欧州最大といわれるユダヤ人街、カジミエーシュは、血も滴（したた）るような獲物だったのである。

その間に、ポーランド東部地域には新たな敵が襲いかかってきた。スターリンの赤軍だ。ドイツのポーランド侵攻から十七日目のことである。ヒトラーとスターリン、ふたりの独裁者は、ナチスの対ポーランド侵攻を前に、独ソ不可侵条約を突如として結んだ。そして、密やかな議定書を取り交わした。ポーランドを真二つに切り裂き、それぞれの領土に組み入れてしまう――。豹とシベリア狼はポーランドという名の羊を鋭い牙で食いちぎり、その肉をあっという間に呑み下そうとしていたのである。

ヘンリクはブンド・ユダヤ人労働者総同盟と呼ばれる組織に身を置いていた。社会主義の影響を受け、宗教色を排した政治組織だった。戦間期の開明的なユダヤ知識人の多くが、このブンドの支持者だった。仲間たちのなかには、「社会主義」の旗を掲げて、ナチス・ドイツよりソ連邦に心惹かれる者もいた。

しかし、ヘンリクは、スターリンの赤軍は決して解放軍などではないと譲らなかった。ロシア革命のさなか、メンシェビキとボリシェビキの間で繰り広げられた苛烈な内部闘争の歴史を見れば、ブンドという社会主義組織はモスクワにとって最も危険な存在と映るはずだと、見立てていたからだ。

はたして、クレムリンはブンド党員がやがてモスクワの叛乱分子になると断じ、その指導者たちを容赦なくシベリアの凍土に送ったのだった。彼らの多くは凍土の地獄で虚しく果てたのである。

ヘンリクは迷わず対ソ・レジスタンス組織に加わって地下に潜る道を選んだ。運命の糸を手繰(たぐ)り寄せるのは知識などではない。磨き抜かれた勘である――。ヘンリクはユダヤ教の正統派信徒だった祖母からしばしばそう諭された。かくして、ポーランドの地下組織に加わって、生きるための微(かす)かな道筋を見出(みいだ)そうとした。しかしそのためには、ひとまずクラコフに愛する妻と息子アンドレイを残していかねばならなかった。

ヘンリクが伝手(つて)を辿(たど)って身を投じたのは、故郷クラコフから遥(はる)か離れたポーランド北部のレジスタンス組織だった。そこはバルト三国のひとつリトアニアと国境を接する一帯だ。隣国のリトアニアはナチス・ドイツとソビエト連邦の支配を免れて、独立をからくも保っていた。この国を経由すればかろうじて豹とシベリア狼の虎口(ここう)を逃れることができるかもしれない。ヘンリクの勘はそう囁(ささや)いていた。

残された時間はわずか。そしてサバイバルに通じる道はまことにか細いものだった。海に逃れようにも、バルト海一帯はドイツのUボートに支配されている。北の大地に逃れようとしても、そこはスターリンの鉄の支配が隅々まで及んでいる。レジスタンスとしてポーランド国内にとどまっても、いずれナチの秘密警察の手が必ず迫ってくるだろう。いまはいったん地下に潜行して、地下水脈を伝って集まってくる情報を心を澄ませて読み解いてみよう。そこに一条の光明が見えてくるかもしれない。

セバスティアナ通り二十九番地の二階、バルコニーに置かれた五つのベゴニアの鉢。その日、右端のベゴニアが朱色から黄色に差し替えられていた。ヘンリクが地下にもぐる夜、家族三人で申し合わせた符牒だった。安全が確認されたら、黄色の鉢をバルコニーにそっと置く。電話や伝言は危険だ。この方式で連絡を取り合おう。深夜零時ちょうどにリフカが建物の地階から地下水道に降りて行く。連絡のためにヘンリクのメッセンジャーが来ているかもしれない――。

リフカは黄色の鉢を続けて二日間、間を三日置いて、四日間出してみた。そして今夜が九日目だった。

地下水道の入り口に下りていくと年老いた男が待ち受けていた。

「達者にしておられますか。私はご主人にずいぶんとお世話になった者です。これを預かってきております」

差し出されたのは一通の封書だった。ヘンリクが仕事で使っていた封筒だ。リフカは待ちきれずにその場で封を切った。一九三九年十月二十九日のことである。

愛するリフカ

君もアンドレイも元気でいると堅く信じています。わが生涯の宝石であるふたりをクラコフに残したまま、私だけが地下のレジスタンス組織に投じたことをどうか許してほしい。そうするほかに君たちを救う道がないと考えたのです。いまは長い手紙を綴(つづ)ることができません。情勢が切迫しています。

明日、ポーランド北部の街、ヴィルノに向かう列車に乗りなさい。できるだけ早く家を出るように。明朝の列車が最後の便になるでしょう。たくさんの人が押し寄せるはずです。間もなく対リトアニア国境が閉鎖される。時を同じくしてヴィルノは隣国リトアニアに編入される。それまでにヴィルノに入っていなければならない。身の回りのものだけを持って出なさい。一切の躊躇(ちゅうちょ)は無用です。お前たちの命さえあればいい。私はそれだけでもう満足なのです。いいね、急いで荷造りを。そのなかに書店の写真を忘れずに入れておいてください。すぐに私も合流します。

愛をこめて　ヘンリク

ポーランド領ヴィルノに降りかかった災厄は、この国のユダヤ人が遭遇することになる運命を予告していた。ヴィルノはかつてリトアニア領であった。独ソ両国は秘密議定書を締結して、ポーランドの分割とバルト三国の処分を取り決めたのだが、これに先だってヴィルノはリトアニア領に編入された。スターリンがいずれバルト三国をソ連邦に併合するのは時間の問題だった。その前にヴィルノをリトアニアに分け与えることは、バルト三国の人心を摑むうえで得策とスターリンは考えたのだろう。いずれ、ヴィルノもリトアニアもわが手に摑み取るのだから。

独ソのふたりの独裁者は、それぞれの思惑に従って、脂の乗った肉を切り裂くように獲物を分け合っていった。

老練な外交官たちですら明日が読めないと嘆くなか、ヘンリクの情勢判断は緻密にして大胆だった。ナチス・ドイツがソ連に投げ与えた小さな肉片に眼をつけたのだ。その危険な獲物にあえて身を投じる非常手段に出たのである。ヴィルノは束の間、小国リトアニアの領土となる。そのリトアニアもやがてソ連に呑み込まれる運命にある。だが、そのわずかの時間差に乗じれば第三国に脱出できるかも知れない。針の穴を通すような賭けであった。ヘンリクは、家族三人が生き残るには、尋常ならざる決断を重ねて北へ向かうほか途はなしと自らに言い聞かせていた。

リフカは地下から二階の自宅に戻ると寝室で眠っていたアンドレイの枕元に立った。安らかな寝顔だった。この子の命だけは自分の命に代えても守らなければ――そう誓って枕元を離れようとしたとき、アンドレイが眼をかすかに開けてリフカの右手を握った。

「母さん、どうしたの」

なんと勘のいい子なのだろう。

「アンドレイ、たったいま、父さんから手紙が届いたのよ。私たちは明日の朝はやく、ヴィルノという北の街に発つことになったの。身の回りのものしか持って行けないわ。アンドレイ、これだけはという持ち物だけをまとめて、いますぐ出発の支度をしてちょうだい。いいわね」

「母さん、僕たちはもうこの家に戻ってはこられないの」

リフカは、アンドレイの濃いグレーの瞳を見つめて言った。

「そうね、戻ってこられるといいのだけれど、先のことは分からないわ」

　それからリフカは書棚の下段からアルバムを取り出した。こらえていた涙があふれ出す。写真の一枚一枚がかけがえのない想い出であり、フリスク家の歴史の証人だった。結婚披露のスナップ、アンドレイの産着姿、クラコフ郊外でのピクニック。それらを丁寧に剝がしてゆく。それはとりもなおさず、幸せだった一家の暮らしを引き剝がしていくことでもあった。最後にシュピタルナ古書店の全景を写した写真を手にすると、リフカはもう二度と泣くまいと誓ったのだった。

　アンドレイがまとめた荷物に本が一冊だけ入っていた。アレクサンドル・デュマの『三銃士』だった。綴じ目が方々で破れかかっている。このポーランド語の翻訳本は嵩張るのだが、リフカは許すことにした。降りかかってくる苦難に、勇気無双のダルタニアンと三銃士のように立ち向かい、乗り越えていってほしいと願ったからだ。

　ヘンリクの古書店に『三銃士』を買いに来た、亜麻色の髪の少女のことが胸をよぎった。ソフィーという名だった。いまはどうしているだろう。彼女の身にも災厄は降りかかっているはずだ。

　ヘンリクによれば、その少女が「デュマの『三銃士』はありませんか」と店を訪ねてきたのは一年前の秋だった。淡いブルーの瞳を持つ少女は息を吞むほど愛らしかった。ヘンリクが横積みにされた本の山から『三銃士』を抜き取って手渡すと、少女は眼を輝かせて喜び、そのえくぼがまた可憐だったという。リフカはなぜか夫の話を鮮やかに覚えていた。ヘンリクが「冒険譚が好きなの」と尋ねると「母がとても面白かったと言うものですから」と答えたという。そのあとリフカも夫の店でその亜麻色の髪の少女を二、三度見かけたことがある。

ヘンリクとソフィーのやり取りはすべてポーランド語だった。イディッシュ語は解さないらしい。だが、ブルーの眼をしたこの少女のなかにユダヤ人の血が流れていることをヘンリクは見て取った。少女の家は、フィルハーモニアにほど近いスモレンスク通りにあった。

この少女が店を去ってまもなく、アンドレイが入れ替わりに店にやって来た。ヘンリクは、放課後に読みなさいと、もう一冊の『三銃士』を取り出して手渡したという。リフカは、大人向けの大長編をアンドレイが夜を日についでむさぼり読んでいたのを思い出した。あの少女はいまどうしているだろうか——。

リフカがアンドレイの手を引いてセバスティアナ通り二十九番地のアパートメントを出たのは午前四時半だった。分厚い樫の扉を閉めると、リフカはもう後ろを振り返るまいと決めた。息子の小さな手をぎゅっと握りしめて歩き出そうとしたとき、アンドレイがリフカの人差し指を握り返した。なにか特別な頼みがあるのだろう。

「どうしたの、アンドレイ、何か忘れ物でもしたの」

「ねえ、ノヴィー広場にちょっとだけ寄ってみてもいい。エステルお婆さんはもう来ているはずだよ。さよならを言っておきたいんだ」

「だめよ、急がなくてはならないの」

「母さん、お願い。どうしてもお婆さんにはさよならを言わなくちゃ」

「じゃあ、大急ぎでね。ディートラ通りの角で待っているから、すぐに戻ってくるのよ」

アンドレイは市場に全力で駆けていった。十二角形の売り場の十二番だけがすでに窓の扉を開けていた。

「これから列車に乗ってお母さんと遠くに行くことになったんです。おいしいベーグルを買いにいつか必ず戻ってくるよ」

漆黒の瞳の奥には常と変わらぬ慈愛に満ちた光が湛えられていた。

「アンドレイ、お母さんに伝えなさい。お前たちの針路は北だと。いいね、北の方角だよ。北極星を目指して進み、それから東へと向かうんだ。そうすればお前たちは必ず生き延びられる。両親を大切にするんだよ、アンドレイ」

その預言は、三百歳の老婆の叡知に満ちていた。

十二番の売り場もまた真北に面している。エステルというその名こそユダヤの民がかつて生んだもっとも偉大な女預言者の名だった。

「お婆さんも北に行くんでしょう。ねえ、一緒に行こうよ」

「いや、わたしはここに残るよ。もう三百年も生きたからね。神様ももう十分だとおっしゃっている。アンドレイ、お前の額には強運の星が輝いている。そうエステルが言っていたと両親に伝えるがいい。さあ、元気でお発ち」

アンドレイの親族のなかにはカジミエーシュに居残った者たちもいた。祖母、叔母、従兄弟(いとこ)は、ナチス・ドイツの支配するポーランドに残留した。彼らはやがて銃剣を突きつけられシナゴーグに駆り立てられていった。シナゴーグの扉という扉に外から鍵(かぎ)がかけられた。ナチはガソリンを撒(ま)き、建物に火を放ったのだった。業火(ごうか)のなかで泣き叫び、胸をかきむしりながら多くのユダヤ人が死んでいった。それとて「約束の民」にやがて降りかかる災厄のささやかな序曲にすぎなかった。

*

家財道具を山と積み込んだ荷車の行列が延々と続いている。昆虫の死骸(しがい)をくわえた蟻(あり)たちが巣穴に向かっていくような光景だ。カジミエーシュのユダヤ人街を出発した難民たちは、両肩に溢(あふ)れんばかりの荷物を担(かつ)いでクラコフの中央駅を目指している。だが蟻の隊列は遅々として進まない。

リフカとアンドレイの母子は、そんな同胞たちをどんどん追い越していった。地下組織の仲間を介して送られてきたヘンリクの手紙には、周到な注意が記されてあった。駅への道すがら、ふたりはヘンリクから追いかけるように届いた第二信を反芻(はんすう)していた。

愛するリフカ、そして最愛の息子アンドレイ

クラコフのセバスティアナ通り二十九番地の我が家の想い出は、ただ君たちの記憶のなかで生き続ければいい。われわれは「記憶の民」なのだから——。アンドレイ、君の宝物は、玩具(おもちゃ)でも、勉強机でもない。想い出こそが宝物なのだ。シュピタルナ古書店はわが青春の記念碑であり、輝ける城だった。だが私も、いまはすべてを捨て去る覚悟だ。私の命に等しい君たちふたりを守り抜くために。だから君たちも全(すべ)てを捨て、後ろを振り返ってはいけない。大きな荷物は、迅速な行動の妨げとなる。船足が鈍ればそれだけ沈没の危険が迫ってくる。想い出が詰

まった家具への拘(こだわ)りはきっぱりと捨てるのだ。写真と宝石なら嵩張らない。このふたつはできるだけたくさん荷物に詰め込みなさい。僕らが一緒に暮らせる日は近い。ヴィルノでの再会を心から祈っている。

愛をこめて　ヘンリク

セバスティアナ通りで過ごした夢のような日々。その一こま一こまを撮(うつ)しとった数々の写真がトランクに収められていた。前途に幾多の苦難が待ち構えるフリスク一家にとって、家族の肖像はどんなにか貴重な心の糧(かて)となることだろう。ダイヤモンドとサファイヤもまた、遠くに暮らす縁戚(えんせき)より頼りになる。ヘンリクはそう諭していた。アンドレイとリフカは、未(いま)だ明けやらぬ中央駅のホームに早々と立ったのだが、四つのトランクは、どの家族のそれよりも軽かった。

間もなく白煙をあげた機関車が客車を引いて長いホームに滑り込んできた。アンドレイは素早く列車に乗り込んで二人分の席を確保した。遅れてやせ細ったお婆さんが乗り込んできた。アンドレイは席を譲った。彼女の面差しがどこかエステル婆さんを思わせたからだ。

「なんとやさしい子なんだろうね。私にも同じ年頃の孫がふたりいる。いまは離ればなれになってしまったけれど。坊やにご加護がありますように」

列車は薄明のなかをすすんでいった。鉄がぶつかり合う音を轟かせて、ときおり列車は急停車する。その反動で眠りから覚め、車窓を覗くと闇の底には小麦畑が広がっていた。兵隊を乗せたトラックが鉄路と並走していく。

「ドイツ兵よ！　顔を隠して。見つめてはだめ」

一人分の座席をアンドレイと二人で分け合っているリフカが早口で囁く。

まどろんでは急停車で起こされ、起きてはまどろむ。もうどれほどの時間が経ったことだろう。耳元に母の声が聞こえた。

「アンドレイ、窓の外を見てごらん。赤軍だわ。もう東部の国境地帯に近付いているわ。私たちはドイツの占領地から赤軍の占領地に入ったのよ」

列車がポーランド北端の街、ヴィルノに近付くと、軍帽に赤い星と金色の鎌とハンマーを交叉させた帽章をつけた赤軍の兵士たちが隊伍を組んで行進していくのが見えた。見慣れたドイツの軍服とは違って、生地も仕立てもどこか田舎臭い。祖国ポーランドはいま、ふたりの支配者を迎えいれたのだ。

赤軍兵士の姿が眼に入って四時間あまりが経ったろうか。母子を乗せた列車は灰白色の水蒸気を吐きながらヴィルノの駅舎に入線した。ふたりがホームに降り立ってみると、見慣れぬ兵隊が銃を構えて待ち受けていた。ポーランド兵でも、ドイツ兵でも、赤軍兵士でもない。乗客の一人が連れに囁いている。

「リトアニアの警備兵だ」

リフカはアンドレイの頬を手のひらで包むようにして言った。

「アンドレイ。ヴィルノに入れば、国境を越えて隣国リトアニアに入ったことになるって——。父さんが言っていた通りだったわ。私たちはもうリトアニアにいるのよ」

この列車を最後に、ヴィルノは隣国リトアニアの領土に組み入れられ、ポーランドとの国境は直ちに閉鎖された。

リトアニアにとって、ヴィルノはかつてポーランドに奪いとられた街だった。ポーランド東部に進駐した赤軍は、そのヴィルノをリトアニアに投げ返した。リトアニア国民の対ソ感情を少しでも和らげようとしたのだろう。

だが、リトアニアの独立とて風前の灯火だ。

独裁者スターリンは、この小国を呑みこもうと牙を研いでいたからだ。

リフカとアンドレイが逃れたヴィルノという名の鳥籠から、ふたりをどうやって救い出すか——。地下に潜行していたヘンリクは、そのことだけを考え続けていた。瞬時でも情勢を読み誤れば、二羽の小鳥は猛禽にたちまち食い殺されてしまう。牙を持たない者は耳をじっとそばだてて生きのびる他に術はない。

地下組織を介して、リフカのもとにヘンリクから手紙が届いた。母と子がヴィルノに着いて三日目のことだった。北ヨーロッパの街はすでに晩秋の佇まいを見せ始めていた。

愛するリフカ

君に心細い思いをさせていると思うとわが胸は張り裂けそうだ。だが、いま少しだけ辛抱してほしい。情勢が許せば、必ず君たちのもとに飛んでいく。アンドレイは元気でいるだろうね。きっとふたりのもとに駆けつける。

ヴィルノに永く居ようなどと考えてはならない。この街は形ばかりリトアニアに組み入れられているが、バルトの小国などカゲロウにも似たはかない存在だ。スターリンはやがてリトアニアをヴィルノもろとも鷲摑みにするだろう。一方のヒトラーもこの戦略上の要衝をやがて取り戻そうと動くはずだ。モスクワとベルリンは、時を経ずに小鳥を呑み込んだ獲物を巡って相食むことになるだろう。一刻もはやくヴィルノを抜け出さなくてはならない。

いつ、いかなる時も、わが心は君たちふたりとともにあることを忘れないでほしい。

なお君たちの祖国であり続けるポーランドの某所にて　ヘンリク

＊

ノヴィー広場の預言者、エステル婆さんの「北へ」という助言は、ヘンリクの見立てとぴたりと符合していた。

「隣国リトアニアからまっしぐらに北へ。そう、ひたすら北を目指しなさい。一家揃って、まず北の地を。それから迷わず東に進みなさい。このエステルが言っているんじゃない、いいね。われらが全能の神の御言葉と心得なさい。わたしゃ、神に代わって、お前の家族に伝えているにすぎないんだよ、いいね」

エステルの口から紡ぎだされるイディッシュ語は、澄んだ響きをもって、アンドレイの心に沁みこんでいった。少年はいまもその一語一語を、その独特のリズムを、隅々まで暗唱している。エステルの言葉を口ずさむと、自然と勇気がわき出てくるのだった。

＊

スターリンに率いられたソ連は、ほどなくリトアニアを併合してしまった。一九四〇年七月二十一日のことだ。

「首府カウナスに在る各国の在外公館は、八月末をもって閉鎖し、すみやかに退去すべし」

ソ連当局はこう通告した。

ナチス・ドイツの弾圧を逃れて独立国リトアニアに逃げ込んだはずのリフカとアンドレイ。彼らにとってこの地も安寧を得られる場所ではなくなった。スターリンが微かに顎を動かしただけで、瞬時に焼かれてしまう籠のなかの小鳥――それがリトアニアのユダヤ難民だった。独ソ両国のいずれかが不可侵条約を破棄して戦端を開けば、リトアニアはたちまち戦場となり、籠の鳥は覇者の手に渡ってしまう。

ユダヤ難民に残されている道はたった一つ。すみやかにリトアニアを去って、シベリアの地を横断し、極東のウラジオストック港に逃れる。ソ連に対して中立を装っている日本へ辿り着けば、万にひとつ生きのびられるかもしれない――。

そのためには、日本に入国できる通過査証がなんとしても必要だった。シベリア鉄道を辿って日本に上陸できれば、上海のユダヤ人居留地やアメリカに渡る希望もかなえられるかもしれない。だがそれには夜空に手を伸ばして流星を摑むほどの幸運が必要だった。

ポーランド軍はナチス・ドイツ軍に容易に屈服しようとせず、まず同盟国フランスの首都パリに、ついでイギリスの首都ロンドンに亡命政府を樹立して抵抗をやめようとしなかった。その上で地下に秘密情報部を設けて、反独ネットワークを全ヨーロッパに張り巡らした。このポーランド秘密情報部に馳せ参じた士官の多くが、ポーランド国籍を持つユダヤ人だった。亡命ポーランド政府のインテリジェンス組織は、全欧ユダヤ人の情報ネットワークとぴたりと重なっていたのである。

ポーランドの秘密情報部がまず眼をつけたのは、カウナスで電機メーカー、フィリップスの代表を務めていたオランダのビジネスマンだった。彼はオランダの名誉総領事を兼任していた。この人物に頼み込んでリトアニアからシベリア経由で極東に行く通過査証を発給してもらおうとした。だが、オランダは既にナチス・ドイツの占領下にあり、敗戦国が発給する査証をソ連当局が認めてくれるかどうかは定かでない。職業外交官でない名誉総領事が発給する査証の効力にも疑問があった。

　この名誉総領事は、ユダヤ難民のリーダーのひとりに重大な情報をそっと囁いてくれた。

「あなた方が極東への旅立ちを考えているなら、ウラジオストック港から海を隔ててその彼方に浮かぶ弧状列島を渡航先にすべきです。お分かりかな。そう、ニッポンです。幸いカウナスには最近日本の外交官が赴任してきた。名前はチウネ・スギハラ。彼に接触してみてはどうでしょう。あのひとなら話を聞いてくれるかもしれない」

　ナチス・ドイツに占領された国の人間ゆえに、こんな情報を漏らしてくれたのだろう。この情報は難民のリーダーから直ちにポーランド秘密情報部に伝えられた。「チウネ・スギハラ」とはいかなる人物か、ユダヤ難民に手を差し伸べてくれる可能性はあるのか、懸命の情報収集が始まった。やがて杉原千畝（すぎはらちうね）がかつてハルビンにいたという情報がもたらされ、ポーランド秘密情報部からハルビンのユダヤ人コミュニティに宛（あ）てて「スギハラ情報」が照会された。三日後に暗号に組まれた詳細な回答が打ち返されてきた。

在カウナス・ポーランド武装闘争同盟殿

貴機関からの照会に回答申し上げます。リトアニアの首府カウナスにこのほど領事代理として赴任した杉原千畝氏は日本外務省有数のロシア通として知られる人物と申し上げていいでしょう。その尋常ならざる語学力、情報収集力、交渉能力いずれをとっても、日本外務省切ってのロシア専門家に間違いありません。しかしながら、杉原千畝氏を単に外務省員と規定することは適当ではないでしょう。真の意味で「インテリジェンス・オフィサー」と呼ぶのがふさわしいと存じます。

杉原千畝氏は外務省から派遣されて日露協会学校の第一期生としてハルビンにやってきました。この学校は現在ハルビン学院と呼ばれております。ここでロシア語とロシアの政治・経済・社会情勢を学び、極めて優秀な成績を修めたという記録が残っています。とりわけロシア語能力については定評があり、杉原氏が衝立の向こうでロシア語を話しているのを聞いたロシア人は、生粋のロシア人だと疑わなかったと証言しております。

杉原千畝氏はこの学校に入学し、その翌年、兵役に就くため一時日本に帰ったのですが、間もなく復学して、こんどはロシア語の教師も務めております。それだけ優秀な人材であったと申せましょう。

独身であった杉原千畝氏は、ハルビンの盛り場にあった酒場に時折出入りしていたのが目撃されています。ここで働いていた麗しい少女がクラウディア・セミョーノヴナ・アポロノヴァでした。ロシアの中部に広大な農園を所有する貴族の家に生まれたのですが、ロシア革命によってすべてを喪い、ハルビンに身を寄せたいわゆる白系ロシア人のひとりです。当時、クラウディアはまだ十六、七の、少女といっていい年齢だったのですが、杉原千畝氏はその可憐な美しさに心惹かれて、やがて恋に落ちてゆきました。

ふたりがハルビンのロシア正教会で正式に結婚式を挙げたのは一九二四年のことでした。クラウディアの家系はユダヤ系なのですが、彼女はロシア正教徒でした。結婚にあたって新郎の杉原千畝氏もロシア正教に入信し、セルゲイ・パブロヴィッチという洗礼名を授かっています。妻のクラウディアは夫を「セルゲイ」と呼んでおりました。結婚後、杉原千畝氏はロシア貴族でありながら東清鉄道の警備員に身をやつしていた舅の暮らしの面倒もそれとなく見ていたようです。実に心やさしき日本人でした。

杉原千畝氏は一九二四年の暮れには、ハルビン総領事館の通訳官となり、当地を去る一九三五年まで、ロシア通の外交官としてハルビンの外交コミュニティで重きをなした人物でした。外交官として、と申し上げましたが、正確には日本陸軍のハルビン特務機関に連なる情報士官だったと言ってもいいでしょう。その間、一九三二年から三年にわたって満洲国の外交部に転出してロシア科長の要職を務めております。そして満洲里から綏芬河に至る東清鉄道を満洲国がソ連政府から買い取るための交渉で辣腕を揮います。このときの交渉ぶり、情報収集能力、語学力が際立っていたため、「警戒すべき人物なり」とソ連の情報当局の眼にとまったようです。杉原が単なる通訳官にとどまらない重要任務を担っていたと見抜いたのでしょう。

しかも妻のクラウディアはユダヤ人の血を引く白系ロシア貴族です。ソ連の情報当局が「反ボリシェビキ活動の黒幕として策動している」として監視の対象にしていた一族でした。加えて杉原千畝氏が在ハルビンのソ連総領事館の暗号簿を持ち出そうと、金庫の鍵を管理していた内通者を獲得する工作に従事した経歴も彼への警戒を強めさせたのでしょう。

ハルビンで暗躍していた怪露人チェルニエヤクをはじめとして多くの情報提供者を操っていたインテリジェンス・マスターであったことはハルビン諜報界では公然の秘密でした。

一九三六年十二月には在ソビエト連邦大使館勤務を命じられたのですが、ソ連当局が入国を拒否する異例の事態となりました。モスクワの情報当局が、杉原を反ソ諜報網を操縦するインテリジェンス・マスターと見ていたと思惟(しい)できます。ソ連政府といえども日本の一外交官を「ペルソナ・ノン・グラータ」として赴任を拒否することなど例がありません。モスクワ当局にとっては杉原千畝氏の存在がいかに重いものであったかを窺わせましょう。

在ハルビン・ユダヤ人協会代表

ポーランド秘密情報部は、ハルビン情報を受けて、チウネ・スギハラという人物を徹底して調査した。そこから素顔のスギハラ像がくっきりと浮かびあがってきた。彼らの分析文書は次のように記している。

独ソ両国は、いま、一時の偽りの盟約を結んでいるが、両雄はやがて干戈(かんか)を交えるにちがいない。日本政府も、錯綜(さくそう)する独ソ関係を監視させるため、杉原千畝を急遽(きゅうきょ)赴任させたものと思惟される。傑出した情報士官たる杉原千畝を「バルトの触角」としてカウナスに遣わしたのだろう。

ポーランド秘密情報部は、杉原千畝に是非とも、しかもすみやかに接触すべきだという結論に達したのだった。

＊

チウネ・スギハラの懐深くに飛び込め――。ポーランド秘密情報部が打った布石は大胆不敵なものだった。

「現地の事情に通じたアシスタントが欲しい」

カウナスの外交サークルで催されたパーティで、チウネ・スギハラがふと漏らしたひとことをポーランドの情報アンテナは見逃さなかった。開設間もないカウナスの日本領事館に気鋭の情報士官を送り込んだのである。

独ソ両大国に揉まれたポーランドには情報分野の逸材が揃っていた。重責を委ねられたのは、レシェク・ダシュキュヴィッチ中尉だった。アルフォンス・ヤクビェツタ大尉が作戦の指揮を執り、チウネ・スギハラと接触した。

このふたりこそ、後に杉原千畝が編みあげるインテリジェンス・ネットワークの中央山脈を形づくることになったのである。

「日本への通過査証を発行してもらおうとする場合、チウネ・スギハラにとっては金など決め手にならない」

これがポーランド側の判断だった。

杉原千畝を動かす方法はたった一つ。

「チウネ・スギハラは、根っからのインテリジェンス・オフィサーだ。それゆえ、独ソ双方の深奥の動きを示す、とびっきりのインテリジェンスになら、必ず触手を伸ばしてくる」

日本政府は陸軍に引っ張られ、対独同盟にひた走っている。それゆえドイツが放逐したユダヤ難民に通過査証を易々と与えることはしまい。だが貴重な情報を差し出せば、杉原千畝は黙って通過査証のスタンプを押すはずだ。こう読んだポーランドのインテリジェンス・サイクルは唸りをあげて回り始めた。

スターリンの鉄の統制下にあった赤軍の動きは、深い霧に隠されていた。それだけにソ連の軍事情報は、日本の軍部にとってはいかなる手段を弄しても入手する価値があった。情報の世界では等価交換が原則だ。ポーランド秘密情報部は選りすぐりの対ソ、対独情報を杉原に提供する。その見返りに、杉原はポーランド国籍を持つユダヤ難民が第三国へ渡航する道を拓いてくれるはずだ、というのが彼らの読みだった。

　ポーランド亡命政府の情報部員は決死の思いで独ソの極秘インテリジェンスを収集し、スギハラに伝えた。そしてユダヤ難民を救ってほしいと訴えた。

　カリブ海に浮かぶオランダ領の小さな島キュラソーこそ魔法のトンネルとなる――。この奇策をポーランド側に伝えたのはスギハラだった。各国政府が通過査証を発給するには、最終渡航先の政府が入国に同意していることが前提となる。だが、オランダ領キュラソーでは入国のための査証が免除されているため受け入れ側の同意が要らない。杉原千畝はオランダの名誉総領事から教えられた情報をユダヤ難民に教え、最終渡航地をキュラソーと書けばいいと囁いたのだった。

　そうすれば、その経由地となる日本までの通過ビザを発行することができるからだ。


　リトアニアの首府カウナスの住宅街にあるバイツガント通り三十番地。壁がクリーム色に塗られた三階建ての邸を異様な眼つきの人々が取り囲んでいた。鉄柵にとりついているのは、ヨーロッパの各地から逃れてきたユダヤ人たちだった。閉じた扉をじっと凝視したまま誰一人動こうとしない。

　この建物こそスギハラの領事館だった。鉄柵のなかは外交官・領事特権で守られているのだが、その特権はまもなく失われようとしている。ソ連当局が、八月末をもってすべての在外公館は撤去すべしと通告してきたからだ。併合した地域に外国の使節など要らないというのだ。リトアニアは独立からわずか二十年余りで再び消滅しようとしていた。

　杉原千畝在カウナス領事代理は、東京の本省に型どおりの請訓公電を発出した。本省が打ち返してきた見解もまた官僚組織のそれだった。

「滞在国の査証、十分な滞在費、それに滞在先での受け入れ親族がある者以外には、通過ビザの発給は行ってはならない」

　だが杉原千畝に迷いなどなかったといっていい。彼は本省からの正式な訓令がないまま、査証の発給に踏み切っていった。

　その頃にはレシェク・ダシュキュヴィッチ中尉が杉原の臨時の助手に収まり、日本領事館で査証の発給を手伝っていたのである。同時にポーランド秘密情報部からもたらされる機密情報を受け渡すリエゾン役も務めていた。

「レシェク、僕はもうくたびれてしまったよ。あと三日もすれば腱鞘炎（けんしょうえん）でペンを持てなくなるだろう」

　杉原千畝は苦痛で顔を強張（こわば）らせながら、ロシア語で呟（つぶや）いた。

「いちいち旅券に日本語の文言を書き添えていては、こうして押しかけてくるユダヤ難民の求めには到底応じきれない。なにかいい方策はないものだろうか」

彼はこのひとことを待ち受けていた。

昼夜の別なく査証を発給し、疲れ果てた杉原の顔を見あげて、レシェクも困ったという顔をしてみせた。

「アルファベットなら、職人に頼めば、苦もなく活字を作れるのですが。でも日本語となると――」

杉原はしばらく考え込み、突然、こう持ちかけてきた。

「レシェク、ゴム印ではどうだろう。私が日本語で原型のようなものを描いてみよう」

「領事閣下、それはいいアイデアかもしれませんよ」

ポーランド人は努めて平静を装って応じた。

「レシェク、君が知り合いの印刷屋にあたってみてくれないか」

歴戦の情報士官、杉原千畝は、ポーランド側の手の内をとっくに見透かしていたのかもしれない。

ユダヤ難民を一人でも多く極東に逃亡させたい。そう願うポーランド秘密情報部にとって、ゴム製の押印は打出の小槌となる。これさえあれば「スギハラ・ビザ」の生産性が飛躍的に高まるだけではない。杉原がこの地を去っても発給が可能になる。杉原千畝のベルリン転出の刻限は迫っていたのである。

レシェクは、腕のいいユダヤ人印刷工を探し出し、二日後には見事な「ゴム印」を持ち帰ってきた。それまで日本語など見たことすらなかった職人の技とは信じられないほどの出来栄えだった。このゴム印こそ、幾多のユダヤ同胞を救う命の査証の量産を可能にしたのである。

スギハラ・ビザは、公式に本省に報告したものだけで二一三九通。だが実際に通過査証の発給を受けたユダヤ人難民は遥かに多かった。そして、フリスク一家も「スギハラの査証」を手に極東へと旅立っていった。

＊

車窓から見える風景は、来る日も来る日も、ただ白一色だった。

モスクワを出た列車は、ウラル山脈を縫ってシベリアに抜け、荒涼とした原野をひた走っていく。

列車が見知らぬ駅に着くと、物売りが乗り込んでくる。身の回りの品々を次々に切り売りしてパン、卵、鶏肉、野菜を買いつける。客車の通路を台所替りに調理して、それぞれが食事をとるのだった。どの顔も疲れ果てて、どす黒く汚れている。

ヘンリクが居眠りをしていた息子の肩を揺すって囁いた。

「アンドレイ、窓の外を見てごらん。夢の世界のように美しいだろう」

車窓の遥か彼方に幻想的な大自然がひろがっている。それは天空の高みから地上を見下ろしたような光景だった。鏡のような湖面から真っ白な蒸気が湧きあがっている。広大な湖に夕陽が照り映えて、あたり一帯をオレンジ色に染めあげていた。

「父さん、僕たちはどこにいるの」

「バイカル湖だよ。湖水はエメラルドのように澄み切っているんだ。世界でもっとも透明な湖として知られている」

客車のコンパートメントには様々な人々が詰め込まれ、ウラジオストック港を目指していた。

「僕はシベリア小学校の在校生です」

アンドレイはのちに、初等学校について聞かれると決まってこう答えたものだ。

たしかに列車はこれ以上ないほどユニークな学校だった。

地球上には、じつにさまざまな国の人々が溢れ、多様な言語が話されている。車内は十歳の少年が世界の現実を学ぶには格好の環境だった。アンドレイは、両親とはイディッシュ語で話し、ワルシャワの人々とはポーランド語で会話した。流浪先のヴィルノ出身者を見つけるとリトアニア語で言葉を交わし、喧嘩になると凶暴なドイツ語を使って相手を威圧した。そして荒ぶるロシア語で強者を演じ、イタリア語の韻文を優雅に朗誦して詩人を気取ってみた。アンドレイは、相手に応じて様々な言語を操り、誰からも可愛がられたのだった。

列車のなかでは、ウクライナ語、ハンガリー語、英語、中国語、それにモンゴル語まで飛び交っていた。そこは目くるめくような学び舎だった。アンドレイは、多言語を操る、小さなポリグロットにいつしか変身していた。それぞれの民族は、固有の言語を持つがゆえに独自のアイデンティティを保っている――。彼は幼くして列車の旅の体験からそう学び取ったのだった。

数学の教師はヘンリクだった。生徒はアンドレイたったひとり。父はこの聡明な少年に日々の暮らしのなかで科学を学ばせようとした。身近に転がっている現象が教材となった。なかでも気温の表示は格好の学習テーマとなった。摂氏と華氏。二つの指標を使う人々が列車内には混在していた。

「ねぇ、父さん、華氏を摂氏に換えて、摂氏を使っている人たちに伝える方法はないの」

「ああ、アンドレイ。君はじつに面白いことに気づいたね。世の中の基準は決してひとつじゃない。だが、それでは違う基準を用いて暮らしている人々とは永遠に分かりあえない。そこでだ、賢人たちは、ふたつの世界を行き来する、換算の法則を考えだしたんだ。父さんがやってみよう」

ヘンリクは、凍りついて白くなった車窓に人差し指で数字を書き込んでいった。

「まず、いまの温度を華氏の寒暖計で確かめ、そこから三十二度を引いてごらん。つぎにそれを五倍にしてみよう。そして最後に九で割ってみる。そうすれば華氏は摂氏に変換できる」

こうして、それぞれの指標を使う人々が、同じ地平に立つ方法を示して見せた。

「だが、アンドレイ、変換の数式を覚えるだけじゃつまらない」

単なる知識など意味がないと言いたいのだ。ヘンリクは、この変換の原理をグラフを使って詳しく解説してみせた。

「華氏と摂氏は、地表がそれぞれにマイナス四十度を超す厳しい寒さになると、なんと一致してしまうんだよ」

そしてヘンリクは、その原理を数式を使って証明して見せたのだった。

列車はシベリアの荒野を突き進み、やがて「白き魔の世界」と呼ばれる地帯に差しかかった。この極寒の地こそ、華氏と摂氏が同じ目盛となる零下四十度の世界だった。

街の名はビロビジャン。シベリアの東端に位置する厳寒都市だった。満洲国境まで百キロのこの街こそ、暴君ヨシフ・スターリンがユダヤの民に投げ与えた「約束の地」であった。そこでは、人々の吐く息がたちまち凍りつき、小便が瞬時に氷の棒となる。スターリンはヨーロッパ地域から千七百万人もの同胞を反革命のレッテルを貼(は)ってシベリアの凍土に送り込んだ。

アンドレイたちが乗った列車がビロビジャン駅のホームに滑り込んでいった。

プラットホームにはなぜか枯木が立ち並んでいた。列車の窓からは、わずかに枯葉をつけ、やせ細った白樺(ベリョースカ)が寒風に耐えているように見える。だが、それは人間の並木だった。枯木と見紛(みまが)うばかりの行列は、ぼろ切れのコートをまとったユダヤ人の群れであった。おびただしい人々がホームに立ち尽くしてモスクワからの列車をじっと待ち受けていた。

彼らは列車の同胞に恵みを乞(こ)うために外気の寒さを堪(こら)えていたのではない。人々が渇望(かつぼう)していたのは故郷の消息だった。戦乱に見舞われた東ヨーロッパの故地で親類縁者が生きているか。一片の情報を求めて凍死の危険さえ冒して立ち尽くしていたのだった。

ヘンリクは蓑虫（みのむし）のようなぼろきれをまとった男に話しかけられた。

「独ソの不可侵条約はまだ続いているのだろうか」

訛（なま）りの強いイディッシュ語だった。ルーマニアから強制移住させられたカルミッツと名乗るユダヤ人だ。

「長くは続くまい。ドイツ東部の国境では、すでに対ソ戦の準備が着々と進んでいる。だが、いまはじっと動かず情勢を見守るほうがいい。しばらくは、ひたすら耐え抜くことだ」

イディッシュ語からリトアニア語へ、ポーランド語からロシア語へ、ウクライナ語からリトアニア語へ――。プラットホームではあらゆる言語が飛び交い、東ヨーロッパで生起しつつある情勢を巡って貴重な情報が取り交わされた。ソ連共産党が発行する御用新聞の行間を読み取るには、こうした生の情報が欠かせない。

流浪の民たちは、おびただしい情報の海から、事実の断片を拾いあげ、想像力の限りを尽くしてその意味を読み抜き、全体像を描き出していった。その果てに彼らの眼前に現れた世界の実像は眼を背けたくなるほど醜悪だった。だが、その現実を直視できた者だけが生き残っていった。

＊

盤上のキングが小刻みに震えている。列車の振動がチェスの駒を揺らしているのだが、それはスターリンの圧政に慄く同胞たちを思わせた。

シベリア鉄道の長い旅の間、ヘンリクはポーランドから来たユダヤ人仲間とチェスを指し続けた。傍目にはあまりに単調な旅の無聊を慰めているように映ったことだろう。

アンドレイは、父親の肩越しに一手一手を熱心に見つめていた。それは触れなば血が迸り出るような勝負だった。家族の命を賭けて、盤上で逃避行が繰り広げられていたのである。

正面の敵、ヒトラーのナチス・ドイツ。背後の敵、スターリンのソ連。二匹の猛獣はいま、独ソ不可侵条約を結んで、一時の平穏を装っている。だが、やがて独ソは、そんな盟約など弊履のように脱ぎ捨て、雌雄を決するだろう。

ナチス・ドイツの同盟国日本は、ソ満国境を侵してスターリンの赤軍と戦火を交えるのだろうか。そうなれば彼の地への渡航の夢などたちまち潰えてしまう。つい先ごろ、精鋭を謳われた関東軍が、ノモンハンでソ連の重戦車群と対戦し惨めな敗北を喫したと報じられている。だが、ビロビジャンの人々は、ハルハ河戦争では、赤軍側も日本を上回る戦死者を出したと話していた。宣伝戦のベールをはぎとってみなければ真相は分からない。

ヘンリクはチェスに興じる素振りをしながら、車窓の光景にも眼を凝らし続けている。流亡の民は地表のかすかな変化も見逃しては生きていけない。一手でも指し間違えれば、たちまち奈落の底に落ちていく。盤上のチェスの駒には、そんな父の姿が投影されていた。

鉄路を東にたどる長旅の途上で、アンドレイは生涯を貫く人生の主題に出会っている。通貨という奇妙な生きものとの遭遇だった。だが幼い少年はまだそれと自覚してはいなかった。

常の子供にとっては、お金とは親から貰う小遣いであり、駄菓子や玩具を買うための手段に過ぎない。だが、アンドレイにとっての通貨は、日々、姿を変える一個の生命体だった。ポーランドのクラコフで暮らしていた頃、お金といえばポーランドの現地通貨「ズロチ」だった。だが旅に出た一家にとって「ズロチ」は無力な紙切れにすぎなかった。リトアニアでは「リタス」が、ロシアでは「ルーブル」がなければパンも買えなかった。鉄路の旅でヨーロッパが遠ざかっていくにつれて、「ズロチ」や「リタス」は流通しにくくなり、決済は「ルーブル」に頼らざるを得なくなった。

　満洲里に近づくと、まんじゅう売りの中国商人は「元」や満洲国銀行券の「円と角」で取引をしたがった。日本への玄関口ウラジオの商店では「円」が流通しはじめた。そしてアメリカに渡るには「ドル」が何としても必要だった。

　様々な通貨のなかで、大英帝国の「ポンド」とアメリカの「ドル」は、他の通貨とは一味違う威光を放っていた。少年のアンドレイも、基軸通貨の何たるかを直観的に感じ取っていたのだろう。誰に言われるともなく「ポンド」と「ドル」は特別の存在として大切に財布にしまい込んでいた。

　通貨の世界は「不思議の国のアリス」だった。旅先で集めた様々なコインは、それぞれの国の思い出を刻んだ通行証となった。一万キロに及ぶ鉄路を行きながら、アンドレイは各国の貨幣を様々に交換し、通貨の世界をも旅したのである。そうした体験を通じて、紙幣に印刷されている数字が、実際に交換される時には刻々と価値を変えることを実地で学んだのだった。

「アンドレイ、温度の世界にも華氏と摂氏と二つの尺度があったろう。通貨も国によって実にさまざまなんだよ。世界のスタンダードは一つじゃない。しかし、換算式を使えば、貨幣と貨幣は交換することができる。世界は多様だが、その多様さを貫く共通の尺度もまた確かに存在しているんだ」

父の話が全て理解できたわけではない。だがアンドレイは熱心に父の教えに耳を傾けた。闇市では、その時々の政治や経済の情勢を映して、各国通貨のレートは刻々と変化する。国際政局を適確に読み解きながら、人々はその通貨の価値を先取りし、将来性に富む通貨に貴重な資金を投じるのだった。

通貨とは、近未来の価値を巧みに織り込みながら、変動していく水晶玉のような存在である――。少年アンドレイは、やがて為替の世界に分け入っていく運命を予感していたのかもしれない。その姿は繭のなかで成虫に脱皮する時を待つ蛹にも似ていた。

第二章　ふたりの少年——一九四〇年

アンドレイとヘンリク、リフカの三人家族は船の舳先(へさき)に立ち尽くし、鉛色の海にじっと見入っていた。リフカの髪を覆(おお)う臙脂色(えんじいろ)のスカーフが海風にはためいている。上甲板にはユダヤ難民の家族が寄り添い、水平線の彼方(かなた)に眼を凝らしていた。

誰ひとり口をきく者などいない。白い波を蹴立(けた)てて航行していく「天草丸」二三四四トン。かつてロシア船籍の「アムール」号と呼ばれ、日露戦争で日本側に拿捕(だほ)され日本籍となった老朽船だ。エンジン音だけが低く唸(うな)りをあげ、ソ連の警備艇がぴったりと寄り添って走っている。

年の瀬も押し迫った十二月末の日本海だった。希望をこの手で摑(つか)み取るまでは油断してはならない——。三人は互いに手をしっかりと握り合いながら水平線を見つめている。ウラジオストック港は少しずつ後ろに遠ざかっていく。

そのとき、ソ連の警備艇が突然船首を翻し、反転しはじめた。「天草丸」はスターリンの海を逃れたのだ。船が公海に入ったそのとき、上甲板に立ちすくんでいたユダヤ難民たちから一斉に歓声が沸きあがった。それは海の底から湧き上がってくる歓喜の声だった。

「われら、ついに自由の身になれり。神はわれらに自由を与え賜う。このときよりわれらは自由の民となれり」

ヘブライ語で希望を意味する歌「ハティクバ」を誰ともなく口ずさみ始めた。凶暴な二人の独裁者、ヒトラーとスターリンの虎口をついに逃れたのだ。その喜びをかみ締めるように、自由の歌を高らかに歌いあげたのだった。甲板では誰かれとなく抱き合っている。エジプトの地からの脱出を果たした父祖の道を我らも歩んでいる——。難民たちの表情には未来への確信が滲んでいた。

シベリアの陸地が遠ざかり、巨大な夕陽が沈んでいく。人々の瞳に厳粛な灯がともり、朗誦が鉛色の海面に流れていった。

大人たちが極東の荒波に翻弄され、烈しい船酔いに苦しんでいるのをよそに、アンドレイは上甲板を短距離走のトラックに見立てて駆け回り、機関室でエンジンの仕組みを熱心に学んで倦まなかった。ときに操舵室を覗き込んで船長に質問を繰り返すのだが、優しい微笑みが返ってくるだけだ。言葉がまったく通じないのだ。

こうして船内をくまなく探索しているうち、緑なすニッポンという未知の国が近づきつつあった。天草丸は、昼夜二日にわたる航海で日本海をつっきり、一路、敦賀の港を目指していった。

島影を最初にその眼で捕らえたのはアンドレイだった。上甲板を駆け回っていた少年は突然水平線の彼方を指差して叫んだ。

「陸地だ、陸地が見えるぞ」

船底の船室で船酔いに苦しんでいた難民たちもぞろぞろとデッキにあがってきた。真冬だというのに海から望む日本列島は豊かな緑に包まれていた。天草丸は三方を穏やかな山容に囲まれた敦賀の港口に滑り込んでいった。

客船は敦賀港の岸壁にゆっくりと接岸する。入国管理検査官の指示に従ってユダヤ難民たちが下船をはじめた。その列に並ぶ父親のヘンリクは上着の内ポケットから「スギハラ・ビザ」を取り出して握りしめていた。通過査証を持っていないためにウラジオストックにそのまま送還されてしまう家族もいた。

何と小柄な人たちなのだろう。足を布袋に包んだ着物を身につけ、女の人は白いエプロンを上半身にもまとっている。人々の眼差しはやさしさに満ちみちている。

アンドレイの一家は早々と入国手続きを終え、敦賀の街に躍り出たのだった。

同じ年頃の男の子が大きな籠(かご)を持って近づいてくる。少年は籠に入った赤い林檎(りんご)を手にとって黙って差し出した。物売りではない——。だが受け取ってよいものだろうか。母親の姿を探しているうち、少年ははにかんだ表情を見せて踵(きびす)を返してしまった。林檎の入った竹籠をそのまま地べたに置いて走り去っていった。真っ赤な林檎こそ遠来の客を迎える歓待のしるしだった。

アンドレイは林檎を一つ手にとって歯を当てた。甘酸(あまず)っぱい味が口のなかに広がった。クラコフの林檎よりも果肉がしゃきっとしていて、やさしい甘みに満ちていた。それはアンドレイにとって生涯忘れられないニッポンの味となった。

フリスク一家は、敦賀から列車で神戸に向かい、この港町がひと時の安息の地となった。神戸には猶太(ユダヤ)人協会やコーネリアス教会などの支援組織があり、ヨーロッパから戦乱を逃れてくる難民を受け入れていた。ユダヤ同胞の親切なはからいで、一家は神戸の山沿いに広がる北野地区に仮住まいを見つけたのだった。クラコフのセバスティアナ通り二十九番地にあったアパートメントに較(くら)べれば随分と手狭だったが、見知らぬ異国の住まいとしては実に快適だった。なにより、街も家も隅々まで清潔なのである。

アンドレイは神戸にたちまち魅せられてしまった。美しい港には外国船が出入りしており、人々は異邦人にも分け隔てなく接してくれた。シベリア鉄道の旅では、かちかちの黒パンは飢えを凌ぐ日々の糧に過ぎなかった。だが、この港町のパン屋には、バターがたっぷり入った、さくさくしたクロワッサンも、山高のイギリスパンも、そしてベーグルまでが揃っていた。戦乱のリトアニアを逃れ、厳寒のモスクワからシベリア鉄道に乗って遥々と辿りついた港町は心躍るような新天地だった。

なかでもアンドレイは、北野の坂道に建つ銭湯「蛇骨湯」に出かけるのがなんとも愉快でならなかった。巨大な浴槽にたくさんの男たちが一緒に入り、夢見心地の表情を浮かべている。夕方になると母から日本の小銭をもらって銭湯に出かけるのが日課になった。アンドレイは午後五時半になるのを待ちかねて蛇骨湯の暖簾をくぐる。

「まいど、いらっしゃい」

アンドレイが初めて覚えた日本語だった。

同じ時刻に決まって湯船で一緒になる少年がいた。年恰好はアンドレイよりほんの少しだけ上だろうか。湯船で出会って四日目のことであった。

「おれ、ライジ」

少年がぽつりと呟いた。それからエラの張った顔をくしゃくしゃにして小さな目で笑った。

「まいど」

アンドレイもつられて笑い返した。

少年は人差し指で自分の鼻をさし、「ライジ」と繰り返す。どうやら、自分の名前を名乗っているらしい。

アンドレイも自分をさして「アンドレイ」と言ってみた。

「へぇー、アンドレイっていうんか。おれはライジ。けったいな名前やけどな」

ふたりは揃って洗い場の椅子に腰掛け、湯気で曇った鏡にそれぞれの名前をそれぞれの国の文字で書いてみせた。

「Andrzej」と「雷児」。

ふたりが親しくなるのに時間はかからなかった。言葉の違いも彼らを隔てはしなかった。アンドレイにとって雷児は即席の日本語教師となった。湯気で煙った鏡が黒板代わりだった。まずはカタカナを、ついでひらがなへと進んでいった。毎日決まった時間に蛇骨湯で落ち合い、ふたりだけのやり取りを延々と交わすのだった。どうやら雷児には昼間相手をしてくれる家族がいないらしかった。

しばらくすると、ふたりは言葉も要らないほど親しくなった。鏡の前に腰掛けるだけで、相手の気持ちが手に取るように分かるようになった。

北野の路地でアンドレイが悪餓鬼にメンコのさなか殴られたことがあった。ルールが飲み込めなかったことが原因だ。それを見咎めた雷児は、土煙を蹴立ててアンドレイのもとに駆け寄った。

「わしのツレに何してけつかるんじゃい」

雷児は鬼のように顔を真っ赤にして拳を振りあげ、アンドレイを殴った相手をしたたかに打ちのめした。

仲間が反撃を加えようと向かってくる。雷児よりも頭一つ背が高い。すると雷児はボクサーのように背をかがめ、頭突きで突進していった。喧嘩はめっぽう強いらしい。

「こいつはわしのツレじゃい。よう覚えとけ」

雷児は振り向くと、いつもの人なつこい顔で笑った。この出来事をきっかけにふたりの絆はさらに深まっていった。自分を「ツレ」と呼んでくれたことがアンドレイにはたまらなく嬉しかった。

ふたりが蛇骨湯で出会って半月が過ぎた頃のことだ。洗い場に並んで座った雷児がアンドレイの股間を物珍しそうに覗き込んだ。かたちが自分とは違う。不思議そうな眼でじっと見入っている。

「おまえのチンチン、変わっとるな」

雷児のそれは亀頭が皮にすっぽりと包まれたままだ。一方、アンドレイのは亀頭がきれいに覗いている。大人の男たちと同じ形状だ。

何がそんなに珍しいのか。初等学校の友達はみな同じ形だったのにと言いたいのだが、アンドレイは日本語でうまく伝えることができなかった。ふたりは互いのそれを右手に持ってまじまじと見比べた。

割礼である。ユダヤ教徒は、誕生日から八日目に典礼に則って「ベリト・ミラフ」と呼ばれる手術を受ける。『創世記』はいう。

「男子たるものは皆、割礼を受けなければならない。それは神と交わす契約である。男性器を覆う表皮を切らない者は、神との約束に背く者であり、追放されるだろう」

父のヘンリクは、進歩的な思想を持つブンドの活動家だったが、息子のアンドレイには割礼を施した。割礼の儀式も「サンダック」と呼ばれる名付け親の立会いのもと、ユダヤ教のしきたりに従って行われた。その日のために特別にしつらえた絹の座布団に男性器が載せられる。ついで甘い葡萄酒にたっぷりと浸した綿で性器を湿らせる。

「モヘル」と呼ばれる執刀者がおもむろに「マゲン」という金属板のうえに男性器を載せて、「イザメル」という小刀を陽皮にあてがって刃を入れる。飛び散った鮮血を白い綿で拭き取って儀式は終了する。

互いの股間を見せ合うようになったことでふたりの友情は義兄弟にも似たものとなった。洗い場に並んで腰かける度に、雷児はとり憑かれたようにアンドレイの割礼の跡を覗き込む。そして憧れにも似た表情を見せるのだった。

「おれもアンドレイのようなチンチンになりたいなあ。おまえのほうがよっぽど立派や」

確かにアンドレイの男性器は、小さいながら亀頭が隆々として見え、風格すら感じさせた。これに対して、雷児の亀頭は陽皮にすっぽりと包まれ、まん丸の穴からわずかに中身が覗いているに過ぎない。

「アンドレイ、わしは決心したぞ。おまえと同じチンチンにする。皮を切ればええんやろ。そうすりゃ、おれも一人前の男や」

雷児は眼を輝かせてアンドレイに告げたのだった。アンドレイは、立派な男になりたいと繰り返す雷児を奇妙な生き物を見るように眺めるのだった。

ある日、雷児はアンドレイを初めて自分の住む家に連れて行った。その界隈から寄せ集めてきた廃材をぞんざいに打ちつけ、錆びたトタンを屋根に乗せただけの掘建小屋だ。両親の姿はない。果たして親と一緒に暮らしているのかさえもわからなかった。それはカジミエーシュで見たどの家よりも貧しかった。饐えたような臭いが家全体を覆っていた。

雷児は黙って刺身庖丁を取り出して見せた。この日のために求めたものだった。アンドレイは身をすくませて雷児を見守るよりすべがなかった。いまの暮らしから抜け出すための彼なりの儀式だったのだろう。

雷児がまな板に自分の持ちものを載せた。庖丁に焼酎を吹きかけて清め、わが陽皮に刃物をあててすっと切り込んだ。まな板が鮮血で朱に染まっていく。それは雷児がこれまでの人生と訣別する決意の表われでもあった。

血まみれの雷児にアンドレイはたじろいだが、その目の輝きは後々まで忘れられなかった。

アンドレイは瞬く間に日本語を覚え、地元の子供と少しも変わらぬ陽気な少年となっていった。アンドレイの父ヘンリクは、何としてもアメリカに、それがだめなら上海に脱出しようと、アメリカ大使館の査証セクションと懸命の折衝を続けていた。

同時にシアトルに向かう船の切符を求めて、支援組織に掛けあっていた。

ヘンリクはアンドレイとリフカを神戸に残して東京に仮住まいし、査証を出してもらえそうなら、どんなささいな伝手をたぐることも厭わなかった。近頃では、神戸のナチ党支部の連中の鼻息が荒い。日本政府がナチス・ドイツに急傾斜しているからだと、ヘンリクは読んでいた。日米両国が戦端を開くのは時間の問題だ。もし太平洋に戦争が勃発してしまえば、日本から脱出するチャンスは永遠に喪われてしまう。きりきりと胃が痛む日々だった。

アンドレイが小学校から家に帰ると、久々に父親が戻ってきていた。母親とアンドレイをテーブルに呼んで告げた。

「ようやくアメリカに渡る査証と船便を手に入れることができたよ。われわれが乗る船は東京にほど近い横浜港から出る。『平安丸』という客船だ。すぐに出発できるよう準備しておきなさい。お世話になった人たちにお別れを言わなければいけないよ」

新しい旅に出る――そんな心躍る気持ちはなぜか湧いてこなかった。アメリカに渡ってしまえば、雷児ともう二度と会えないかもしれないという思いがアンドレイの心を暗くした。

アンドレイ一家を送る横浜港は桜吹雪に包まれていた。大桟橋に横付けされていたのは、日本郵船の豪華客船「平安丸」一万一六一六トン。ニューヨークに住む親族が保証人となることを条件に、東京のアメリカ大使館がついに米国の滞在査証を発給してくれた。連日のように大使館に通い詰めた甲斐あって、ヘンリクは夢にまで見た査証をようやく手にしたのである。

だが、査証があるだけでは、日本を脱け出すことはかなわない。アメリカ行きの船便を見つけなければならないのだ。西海岸のシアトル港と日本の横浜港を結ぶ日本郵船の定期航路もまもなく打ち切られる――そんな噂が同胞の間をしきりに飛び交っていた。

ヘンリクは金に換えられる持ちものはすべて換えて横浜―シアトル間の船の切符代にあてた。だが、平安丸が果たして出航するかどうか。すべては日米交渉の推移にかかっていた。

出航予定日を控えた一九四一年の三月末には、日米関係は日を追って暗転しつつあった。日米間の折衝はなお断続的に続けられていた。が、和平派のグルー大使率いる駐日アメリカ大使館でも事態の先行きを悲観する空気が強まっているようだ。

平安丸が太平洋を往復するのはこれが最後となるかもしれない。このチャンスを逃せば、息子のアンドレイに約束の地を踏ませることはかなわなくなる。父親は日々懸命の祈りを捧げながら、力の限り硬い岩盤を攀じ登ろうと自らに誓ったのだった。

査証と船の切符がようやく手に入り、平安丸もシアトルに向けて出航の準備を急ぎつつあった。しかし流亡の民に新たな災厄が降りかかってきた。渡航者は乗船後ただちにオフィサーに五十ドル以上の所持金があるという証明書を発行してもらわなければならなかった。

五十ドルは大金である。流浪の旅を続けてきたユダヤ難民には乗船切符を購うだけで精一杯だった。東京の「難民救済委員会」に泣きついて用立ててもらうほか手段はない。だが当の委員会とて渡航者の家族すべてに貸し与えるドルなど持ち合わせていようはずもない。

難民救済委員会はユダヤ人の乗客と計らって巧妙な作戦を練りあげた。ユダヤ人たちが乗船したら、ただちにオフィサーのもとに現金五十ドルを持参する。そして確かに現金を持っていると証明する書類を発給してもらう。そして見送りの救済委員に五十ドルをひそかに返す。次に待ち受けているユダヤ人家族に同じ五十ドル紙幣がそっと渡されるのである。

フリスク一家も事前の周到な示し合わせに従って、五十ドル紙幣を手に平安丸のオフィサーの姿を探したのだが一向に見当たらない。出航を告げる銅鑼（どら）が鳴り響く。

「まもなく出航します。お見送りの方々はいますぐ下船してください。出航の時間となりました。直ちに下船してください」

　現金の運び役の委員が必死の形相で訴える。

「もう下船しなくちゃならない。金を早く返してくれ」

　だが、このまま現金を返して平安丸が岸壁を離れてしまえば、証明書を持ち合わせていないフリスク一家はアメリカへの上陸を拒まれるかもしれない。ヘンリクは必死だった。上甲板に船長の姿を見つけると、「どうかオフィサーに代わってサインを」と頼み込んだ。かくして泣き出しそうな表情で待ち受けていた救済委員に虎（とら）の子の五十ドルを握らせたのだった。

　平安丸は、アンドレイたちを乗せて横浜港の大桟橋を離れ、浦賀水道を抜けて太平洋に船出していった。

　真珠湾攻撃まであと八ヶ月と迫っていた。アンドレイは春の太平洋上で霞（かす）んでいく日本の島影に咽（むせ）ぶような声で叫んだ。

「雷児、雷児。元気でいろよ。僕らは、いつかきっとまた会えるからなあ」

アンドレイのいない神戸の街は、太陽が姿を隠してしまったような寂しさだった。学校で気に食わぬ軍事教練の教官の弁当を盗んでも、近所の少年たちに喧嘩を吹っかけても、雷児は心の空洞を埋めることができなかった。

「雷児、君にたっての頼みがあるんだ。上海に渡ったソフィーの居所を突き止めてくれないか。そして、もしも彼女が困っているなら、僕に代わって手を貸してやってほしいんだ。ソフィーが上海の街で悪餓鬼たちにいじめられるようなことがあったら、神戸から飛んでいってでも助けてやってほしい。君がこの僕を助けてくれたように」

神戸を発つその日、アンドレイはそう言い残し、少女ソフィーの身の上を親友に託したのだった。そして、アメリカの滞在先である親族の住所を記した紙片が雷児のもとに残された。

あいつと交わした約束を必ず果たしてやる、俺には崇高な使命がある。そう思うと、雷児は心躍るような昂ぶりを覚えるのだった。俺はもう立派な男になったのだから、かならず男同士の約束を果たしてみせる。自分にそう言い聞かせると、どこからか力が湧きだしてきた。

その日から雷児の密(ひそ)かな行動が始まった。蘇州(そしゅう)からやって来たという、北野町の交番裏で占い師をしている呉吉生(ごきちせい)のもとに通って上海語を学び、外航船を運航する会社の雑用係に雇ってもらって、放課後を労働に費した。こうして上海に旅立つ準備を整えていった。

雷児はアンドレイと別れて一年半の後、神戸港から上海行きの貨客船に乗り込んだ。日米開戦の翌年、南方での華々しい戦果を伝える報道に国民は等しく酔いしれていた。上海ではさして厳しい入管の手続きはないという。だが戦時下に国を出るのは容易(たやす)い業ではない。雷児の年齢では当局に怪しまれてしまう。乗船に当たっては、年齢を十六歳と偽って渡航の書類一切を偽造することにした。

雷児は、三宮(さんのみや)の駅裏にあった怪しい代書屋のおやじと掛け合った。間口わずか一間の小さな事務所を構える代書屋は、公文書を作成して申請する表の稼業(かぎょう)とは別に、書類の偽造に手を染めていた。ユダヤ難民から法外な金をせしめて、旅券や査証の改竄(かいざん)をしているという噂をアンドレイから仕込んでいたのだ。

俺はあんたの本当のシノギを知っている——そう匂(にお)わせるだけで代書屋は全(すべ)てを請け負ってくれた。

「ボン、いくつに化けたいんや」

「十六歳でどうやろうか」

「ふたつもサバを読むんか」

代書屋は料金こそビタ一文まけてくれなかったが、行方を晦まして三年になる浮浪児の戸籍を使って、新しい旅券と渡航の書類一式をそろえてくれた。上海にいる両親のもとを訪ねて行くという理由書も書いてくれた。

年若いガキになぜこれほどの度胸が潜んでいるのか。代書屋はそんな顔で雷児を一瞥すると、現金と引き替えに旅券と査証を投げてよこしたのだった。

「いまのご時世、人生これからというとき、かわいそうに死んでしもうた若いもんが仰山おる。そいつらの分まで存分に生きるんや。あんたはそいつらの人生をもろうたんや。どや、わいの裏稼業は、ごっつう功徳をつんどるやろ」

代書屋は自分を納得させるようにそう呟いた。

「油谷丸」二三二〇トン。雷児が乗り込んだ老朽船の三等船室は、人生のゴミ溜めそのものだった。同室となった大人たちは皆素性の定かならぬ連中ばかりだった。戦争のさなかだというのに、この男たちは軍役からどうやって逃れ、何をしに上海に行こうとしているのだろうか。だが意外なことに、彼らはみな雷児に親切だった。

「おい、にいちゃん。干し柿はいらんか。食うてみい。そのかわり、二等船室に忍び込んで、茶の葉と温い湯を持って来いや」

半日もすると、雷児は同室の大人たちの気性をすっかり呑み込み、使いでのある私設ボーイになっていた。ある男には焼酎を、別のおっさんには退屈しのぎのエロ本を他の船室から調達して甲斐甲斐しく働いた。

男のひとりが勧めてくれた。

「おい、おまえ、なかなか気が利くやないか。上海ではヤサはあるんか。何かの縁じゃ、わしが紹介してやる。そこは日本人街より居心地もええ。そのうえ飯も旨い」

煮しめたような紙に書きつけてくれた住所はフランス租界の一角だった。日本租界よりよほどきれいで、割のいい仕事にもありつけると教えてくれた。

黄浦江沿いに広がるユダヤ人の居留地は虹口舟山路に集中していた。だが、ソフィーは親戚の伝手を辿ってフランス租界にいるらしい。神戸に居残っているユダヤ人のひとりがそう教えてくれたのだ。

フランス租界に住み込めばソフィーを見つける手掛かりを見つけられるはずだ。アンドレイとの約束を意外に早く果たすことができるかもしれない。雷児は自分の運の強さに賭けてみたい気分だった。

「北野の坂道でソフィーに再会したんだ」

アンドレイが顔を上気させて、そう告げに来た午後のことをいまも鮮やかに覚えている。あれほど嬉しそうな表情を見たのは初めてだった。

アンドレイは母親の言いつけで、トア・ロードのパン屋にベーグルを買いにいく途中だった。北野町のシナゴーグから続くモロゾフの小径をひとりの少女が登ってきた。遠目にもヨーロッパの街角から抜け出てきたような優雅な姿だった。亜麻色の髪を美しく巻きあげ、真っ白なレースのリボンを結んだ、可憐な少女だ。

なんてきれいなんだろう――アンドレイは息を呑んだ。

次の瞬間、どこかで会ったことがあると確信した。気がつくと、小走りにモロゾフの小径を駆けおりていた。少女も大きな瞳を瞠いて、こちらを見つめている。

そう、たしかに、どこかで会った憶えがある。

「もしかして君、シュピタルナ通りの古本屋に時々来ていた――」

アンドレイは思わずポーランド語で話しかけていた。

「あなたは、あの本屋さんの」

「ソフィー、ソフィーじゃないか」

淡いブルーの瞳に喜びの灯火がともった。古都クラコフのフィルハーモニアに近い、スモレンスク通りに住んでいたソフィーだった。

「アンドレイ、あなた生きていたの。ポーランドを出てから、クラコフの知り合いに出遭ったのは、あなたが初めてよ」

アンドレイはおずおずと手を差し出した。ソフィーはその手を優しく握り返してくれた。雷に打たれたように少年はその場に立ち尽くしたまま、しばし動くことができなかった。

ソフィーの家族もまた九月末にリトアニアの首府カウナスで日本へ渡る通過査証を手に入れ、モスクワを経てウラジオストックから船に乗ったという。カウナスの日本領事館は一九四〇年の八月末には閉鎖されていたはずだ。だが、ポーランド難民の支援組織の世話で通過査証とシベリア鉄道の切符を手に入れ、ウラジオストックから敦賀に辿りついたのだという。船はアンドレイが乗ったのと同じ天草丸だった。

「神戸に着いたのは五日前よ」

フリスク一家に遅れること三週間だった。

この日からアンドレイは、ソフィーが慣れない異国で心安らかに暮らせるようあれこれと世話を焼いた。その献身ぶりは貴婦人に仕える騎士を思わせた。ソフィーが少しでも寂しそうな表情を見せると、サンドイッチを用意してジェームス山へのピクニックに誘いだしたりもした。

見知らぬ異国に仮住まいするソフィーにとって、アンドレイは心を許せるたったひとりの友達となった。

そうだ、ソフィーにもうひとり友人をプレゼントしよう――アンドレイはある時そう思いたつと雷児を連れ出し、三人揃って六甲山のケーブルカーに乗り込んだのだった。サクラはまだ硬い蕾をつけたままだったが、立春を過ぎた六甲山には明るい陽光が降り注いでいた。

ソフィーの輝くような美しさに気圧されたのか、雷児はいつになく無口だった。

「なあ、アンドレイ。アホは高い所が好きや言うやないか。そやさかい、おれは高いところが苦手なんや」

居心地悪そうに呟くと、ぼろのズック靴に眼を落とし、恥ずかしそうにした。

「雷児、僕らが暮らしていたクラコフは、それは綺麗な街だった。まんなかに石畳の大きな広場があって、聖マリア教会の尖塔が聳え立っている。そのすぐ近くで僕の父さんは古本屋さんをやっていた。彼女もよく本を買いに来てくれたんだ。ソフィーに神戸で会えるなんて夢を見ているみたいだよ」

ソフィーの淡いブルーの瞳には、見る人を湖の底に引き込むような魅力が湛えられていた。それゆえ、アンドレイも雷児も、この美しい少女の眼をまっすぐに見ることができなかった。雷児はケーブルカーの窓から六甲山の木々を眺めたまま終始無口だった。

日本語を話せないソフィーは、恥じらうような表情で白く華奢な手を差し出した。だが、雷児は半ズボンのポケットに手を突っ込んだまま、困ったような顔をしている。

「雷児、握手をしろ。ポケットから手を出して」

アンドレイが無理やり雷児の右手をとって、ソフィーの柔らかい手に重ねた。それはマシュマロのように柔らかかった。

「ソフィー、僕の親友の雷児だ。いつも僕を助けてくれる。君もきっと仲良しになれるさ」

ポーランド語でアンドレイはそう言った。三人はそれぞれに緊張したまま、急斜面を登る箱に閉じ込められ、やがてケーブルカーは六甲山上駅に着いた。

アンドレイとソフィーが並んで歩き、その後から雷児がついていった。

すると、ベレー帽をかぶって、蛇腹のカメラを首からさげた男が声をかけてきた。

「君たち、よかったら写真をとらせてもらえないか」

青い杉綾織りのワンピースを着たソフィーの愛らしさがカメラマンの目にとまったのだろう。雷児は、男の目当てがソフィーだとわかると、「ふん、いやや」とそっぽを向いて歩き去った。

アンドレイは、ソフィーにポーランド語で何事かを告げ、雷児を呼び戻した。

「いいじゃないか、雷児。撮ってもらおうよ。きっといい想い出になる。おじさん、三人そろってお願いします」

「写真ができたら、君たちにも現像してあげよう。さあ、山上駅を背に並んで。お嬢さんはそう、真ん中に」

アールデコ調の白い駅舎を背景に、アンドレイと雷児はソフィーをはさんで立ち、硬い顔つきでポーズをとった。雷児はまだなにやらぶつぶつと文句を言っている。

ベレー帽の男は、その頃、売りだされたばかりの「マミヤシックス」を構えて、様々なアングルからシャッターを切った。120ブローニーのフィルムに三人の姿が収められた。

それから三人は寄り添って植物園を散策し、アンドレイの母親が作ってくれたお弁当を広げたのだった。ベーグルにハムとスモークチーズがはさんである。雷児にとっては初めて味わう異国の味だった。

「うまいな。こんなん食べとると、色が白うなって、鼻が高うなるんか」

アンドレイが通訳すると、ソフィーは噴き出し、笑い転げた。ソフィーがこれほど朗らかな笑顔を見せたのはポーランドを出て初めてのことだろう。アンドレイと雷児の顔もガス灯が点(とも)ったように明るくなった。

陽が傾くと、ふたりの少年は、ソフィーを家まで送り届けた。その帰り道、雷児は口ごもりながら心の底にわだかまっていた疑問を口にした。

「あのな、アンドレイ、ソフィーも、その、ユダヤ人なんか」

「ああ、そうだよ」

「あんな青い目をしたお人形さんみたいな子でも殺されそうになったんか。そやからポーランドから逃げてきたんやな」

「そうだよ。だけど、ソフィーのうちは、僕んちとは違うんだ。うちは先祖代々ポーランドに住んでいた。ソフィーはおばあさんがフランス人らしい。ユダヤ教も信じていないし、ユダヤ人の言葉、イディッシュ語も話さない。ソフィーという名前も、ポーランドじゃふつうゾフィーって発音するんだ。でも彼女の家じゃフランス風にソフィーって呼んでいる」

「それでもユダヤ人やてか」

「うん、そうだよ。僕と同じ血が流れているからな。だから、悪いやつから護ってあげなくちゃいけないんだ」

アンドレイはそう言うと、誇らしげな顔をした。

「わかった。そやったら、おれもおまえのお姫さんを、悪党から護ったるぞ」

ふたりは誓いの握手を交わすと、まっしぐらに蛇骨湯に駆け出していった。


ドイツ軍がポーランドに侵攻してくるまで、ソフィーの家族は、常のポーランド人たちと何ら変わらぬ豊かな暮らしをしていた。それゆえ神戸に逃れてきても、クラコフでの満ち足りた暮らしが忘れられずにいた。なぜ自分たちがユダヤ人として扱われ、かくも過酷な仕打ちに遭わなければならないのか――。ソフィーの家族はいまだに一家を見舞った運命を納得しかねていた。

一日も早く日本を離れて、ヨーロッパに戻りたい。叶うなら親戚の住むフランスに、それが無理なら、せめて親しい知人がいるポルトガルに。しかし、そんな願いとは裏腹にヨーロッパの戦局は日を追って悪化しつつあった。彼らの望みは儚くも打ち砕かれようとしていた。

そしてソフィーの一家の避難先として、親戚がすでに移り住んでいた上海のフランス租界が浮上し始めていた。フランス租界には中国政府の主権が及ばず、フランスのヴィシー政権の統治も十分に及んでいないため、入国に面倒な手続きが要らなかったからだ。

神戸に滞在して、二ヶ月が過ぎていた。彼女の一家には決断の時が迫っていた。

アンドレイがトア・ロードのパン屋で焼きたてのクロワッサンを買い、ソフィーの家に届けた朝のことだった。マロニエの並木は葉を落としたままだったが、小鳥のさえずりは春の訪れを告げていた。

「アンドレイ、わたしたちは神戸の港から上海行きの船に乗ることになったの。これまで本当にありがとう。あなたが親身にお世話をしてくれたことは一生忘れないわ」

ソフィーはそう言うと、アンドレイの手を強く握りしめた。

アンドレイは言葉を発することもできなかった。くるりと背を向けると、ひたすら家に駆けていった。そして、一冊の本を抱えて戻ってきた。

息を弾ませながら、手垢（てあか）にまみれた本をソフィーに差し出した。

「これ、持って行って」

アレクサンドル・デュマの『三銃士』だった。このポーランド語版の『三銃士』こそ、クラコフからモスクワへ、そしてウラジオストックを経て神戸まで、アンドレイと共に旅してきた僚友だった。数え切れないほど読み返し、ダルタニアンと三人の銃士、アトス、ポルトス、アラミスのセリフを諳(そら)んじていた。彼らが一緒でなければ、勇気も、そしてポーランド語もどこかに置き忘れてしまっていただろう。

「アンドレイ、どうしてわたしが『三銃士』を大好きだと知っているの」

「父さんに聞いたんだ。ソフィー、僕らも勇壮無比なダルタニアンと三銃士のように――」

そう口にするのが精いっぱいだった。

僕らの行く手に待ちぶせている幾多の苦難を雄々しく乗り越えて進まなければ――。われらが三銃士(チェンクウイエン)はきっとソフィーにも地の底から湧(わ)き出すような勇気を与えてくれる。

「ありがとう。わたしもいつかきっとミレディーのように勇敢な女性になってみせるわ。知恵の限りを尽くして、王様とも、手ごわい敵とも、渡り合ってみせるわ」

ソフィーの淡いブルーの瞳は、必死に涙をこらえて大きくみひらかれていた。

*

上海は、中国という黄色い皮膚にできた吹き出物だ――三等船室の仲間がこう吐き捨てるように言った。欧米列強の植民地支配のゆえに生じた汚濁の産物だと言いたかったのだろう。同じアジアの港町でありながら、清潔で都会的な匂いが漂う神戸に育った雷児にとって、上海の街は、猥雑を極め、奇妙なエネルギーに満ち溢れていた。新参者には想像を絶する世界だった。

この巨大な混沌都市は、清らかな緑なす国からきた少年の嗅覚を麻痺させるほど圧倒的な臭いを発散していた。日本の支配地域である虹口では、薄い布一枚を身にまとう中国人労働者が道端で放尿し、幾筋もの細い流れができている。これら糞尿の臭いに石炭の粉塵と海藻の臭いが混じりあい、路上の露店から立ちのぼってくる大蒜と油の臭いが加わって、息を止めたくなるほどの臭気が漂っている。

ものに動じない雷児も、これほどの悪臭に覆われた街を歩いていると、頭の芯がしびれそうになる。加えて、猛烈な湿気を含んだ暑さだ。黙って立っているだけでもじわじわと汗が噴き出してくる。臭気、酷暑、湿気の三つが圧倒的な質量で覆いかぶさってくる国際都市上海。雷児にとってここは挑むにふさわしい難攻不落の城だった。

同じ三等船室の客に書いてもらった紹介状を頼りに、虹口から共同租界を抜け、フランス租界に足を踏み入れた。そこには、アンドレイとソフィーから聞かされたヨーロッパの街並みを思わせる瀟洒な建物が連なっていた。雷児はここに棲処を定めて、親友との約束を果たすために着々と布石を打ちはじめる。

得体のしれない日本軍の下請け機関がこの街の至るところにはびこっていた。軍の機密費を養分に、上海の地下社会に簇生する日陰の隠花植物だった。そこに巣喰う連中は、タングステン、ラジウム、コバルト、ニッケルなどの軍需物資を買いあさり、海軍の航空本部などに競って納入し巨利をむさぼっていただけではない。軍の特務機関にいかがわしい情報を売り込み、機密費のおこぼれに与っていたのである。

「東光公司」もまたそんな組織のひとつだった。それを仕切っていたのが、軍と太いパイプをもつフィクサーとして知られた水田光義だった。後に軍の下請け組織同士の隠微な抗争に巻き込まれて次第に力を喪い、ついには暗殺されてしまう。だが当時の上海にあって、水田は並ぶ者なき帝王だった。そして、最も羽振りのいいこの時、水田光義の眼にとまったのが雷児だった。

魔都と呼ばれる上海にあっても、四馬路はきわめつきの歓楽の街衢だ。茶館、劇場、娼館がびっしりと建ち並ぶこの界隈で、雷児は初めての職を得た。「大中華飯店」にあるナイトクラブの使い走りとして雇われたのである。そんな雷児に眼をかけてくれたのが、ナイトクラブの上客だった水田光義であった。何かにつけて気が利く雷児を可愛がり、気前よく小遣いを弾んでくれた。この希代のフィクサーに導かれて雷児は次第に上海の闇社会に通じていった。雷児の類稀な商いの天分は、上海という巨大な混沌から存分に養分を吸い取り、次第に磨かれていった。

その頃、上海のジョッキークラブでは、ユダヤ系のサッスーン財閥と、浙江省出身の劉潤卿率いる財閥が、持ち馬を二分して覇を争っていた。それはとりもなおさず、上海の経済界と地下社会が、このふたりによって牛耳られていたことを意味している。水田光義は「中華のメタル王」と謳われた劉潤卿になんとしても食い込みたかった。その頃、帝国海軍の調達組織から矢のような催促が寄せられていた。軍用機の素材となるモリブデンやクロムなどのレアメタルを大量に入手せよ、金に糸目をつけるな、という。そのためにはメタル王の力が何としても必要だった。

「劉潤卿は白人の美少女には眼がないそうです。その白い肌に触れることは、いかなる不老長寿の媚薬にも勝ると信じているらしい。とりわけ処女には大金を惜しまない。肌が透き通るように白い美少女にして汚れなき処女を紹介すれば、劉の爺さんは、どんな取引にも応じてくるはずですぜ、水田の旦那」

ナイトクラブの中国人マネージャーが引っかけてきた情報だった。

水田は、すぐさま部下たちにとびっきりの玉を探し出すよう命じたのだった。そんな上玉がいるとすればフランス租界をおいて他にない。水田機関は、組織の総力を挙げて「白い肌の処女探し」を繰り広げたのだった。

「辣斐徳路（ラファイエット）のフランス租界にポーランドから逃れてきたユダヤ難民の一家が住んでいる。そこに眼の醒（さ）めるような美少女がいるらしい。年恰好（としかっこう）からして生娘（きむすめ）にちがいない」

この耳寄りな情報が水田のもとにもたらされたのは、処女探しを始めて八日後のことだった。早速、この美少女の身辺が徹底して洗われた。両親はポーランド系のユダヤ人だが、既にカトリックに改宗している。いまは親戚からこまごまとした仕事を世話してもらって糊口（ここう）をしのいでいる。だが、ささやかな蓄えも底をつき、国に残してきた財産はナチスに差し押さえられて、暮らし向きは相当苦しいらしい。にもかかわらず、ひとり娘を宝石のように大切にして働きに出さない。質草を扱う中国人を介して、娘をナイトクラブの勤めに出してみる気はないかと持ちかけさせたが、両親は峻拒（しゅんきょ）したという。

「この上海で金で動かない人間など、ヒマラヤの雪男より珍しい。いいか、相手はきょうのパン代にも事欠くユダヤ人難民だ。ヨーロッパへの渡航費と査証それに客船の切符を手配してやると持ちかけるんだ」

水田光義は、ナイトクラブの奥まった席で部下を叱（しか）りつけた。そのやり取りを立ち聞きしていた雷児は、トレイに載せていたスコッチ・ウィスキーのグラスを危うく落としそうになった。

もしかするとソフィーではないか、と思ったからだ。

次の日の朝早く、雷児は夢にうなされて目覚めるとフランス租界のヤサを抜け出し、外灘(バンド)を北に向かって歩きだした。泥のような水面から湿り気をたっぷりと含んだ空気が立ち昇り、シャツがべっとりと肌に張り付く。いま眼前に広がっているのが海なのか、広大な河口なのか、皆目分からない。

左手に五馬路をやり過ごしながら、朝から人いきれでむせかえる四馬路に入っていく。広壮な建物を見上げながら平望街を抜けると、そこから蜘蛛(くも)の巣のように入り組んだ路地が伸びている。臭気がツーンと鼻を衝(つ)いた。ありとあらゆる汚物がうずたかく積まれたゴミの山。畳もないあばら家に育った雷児だが、眼前に拡がる光景に較(くら)べれば、神戸の我が家など里山に建つ小綺麗(こぎれい)な小屋に思えてくるのだった。ゴミ箱からはみ出た肉の塊をみた雷児は、その場にうずくまり、胃の中のモノを瀉(は)き出してしまった。大きな魚の眼に見えたものは人間のそれだった。前のめりになりながら一気に走り抜けると、ゴミ捨て場の三軒ほど向うの建物は娼館だった。朝の光にランタンがぼんやりと揺れている。目の下に隈(くま)を作った娼妓(しょうぎ)たちが、物憂(ものう)げな視線を通りに投げかけている。雷児は恐る恐る彼女たちの顔を覗きこむのだった。どうぞソフィーではありませんように――。

たしか、水田の手下が話していた家は、拉都路を曲がった角に建つ洋館だった。フランス窓の縁のペンキが剝げ落ち、庇も傾きかけている。

雷児は通りをはさんで立つマロニエの並木によじ登ってみた。薄汚れた二階の窓に仄暗い灯りが点いている。

葉の陰にじっと身を潜めて二時間あまり、フランス窓の扉が開けられた。長い髪をなびかせた若い女性のシルエットが浮かびあがった。透き通るようなその頬が灯りに映え、もしやソフィーではと胸を高鳴らせたが、成熟した女性のそれだった。この日から雷児はマロニエの並木に潜んで来る日も来る日も張り込みを続けたが、目当ての美少女はなかなか姿を見せなかった。

四日目のことだった。朽ちかけた扉がきしんだ音をたて、白いワンピースを着た若い女性が買い物籠をさげて通りに現れた。亜麻色の髪が陽の光に照り映え、淡いブルーの瞳が輝いている。

ソフィーだ。やっぱりソフィーだったんだ――。

わずか二年足らずの間に、あどけない少女は美しい女性へと変貌を遂げていた。

雷児はあたりに用心しながら、永康路市場へと歩いていくソフィーのあとを追っていった。水田光義の子分の眼が光っているかもしれない。

ソフィーは、落花生や煙草を売る店、臭豆腐を揚げる店などが立ち並ぶ露路を通り抜け、市場を行き交う人々をかき分けながら進んでいく。雑踏の海のなかにソフィーがすっぽりと呑み込まれたのを見届けて、雷児はそっと声をかけた。

「ソフィー、俺や、神戸の雷児や」

日本語でそう呼びかけた雷児を、ソフィーは振り返ると、ライト・ブルーの瞳を思い切り瞠いた。

「まあ、ライジ。どうして、あなたがここに」

「ええから、ちょっと話があるんや。アンドレイに頼まれたんや。黙って俺についてきてくれ」

果たして言葉が通じているのか、雷児はそんなことには頓着していなかった。ソフィーの手を引いて肉屋の脇の路地に入っていった。木箱の上に腰をおろして、刻み煙草を吸っている婆さんに声をかけた。

「おばさん、ちょっとだけ、奥の部屋を借りるよ」

婆さんは雷児から皺くちゃの紙幣を受け取ると、顎をしゃくって、行きなと合図した。雷児はソフィーの手を無理やり引くと、汚れたドアを押し開いた。

「ライジ、ここはどこなの」

「俺がときどき使っとるヤサや。ソフィー、いいか、よう聞いてくれ。君の身の上にとんでもないことが起きようとしとるんや」

「とんでもないことなら、上海に来てからもう何度も起きたわ」

　雷児を見るソフィーの瞳は暗い光を放っていた。上海での暮らしがよほど行き詰まっているのだろう。

「そうか、苦労しとるんやな」

「私たちは、もうすぐ虹口の東にあるユダヤ難民隔離区に収容されてしまうのよ。ユダヤ人のゲットーが上海にも造られようとしているんだわ。ここを出て中立国のアイルランドに向かう船便と査証を手に入れようと、両親は毎日のように走り回っているの。けれど、うちには何処(どこ)を探しても、ヨーロッパに渡るお金なんかない。二百ポンドの船賃なんて、そんな気の遠くなるようなお金はどこを探しても出てこない。毎日のパンを買うお金すら足りないんだもの」

「ヒヒ爺(じじい)があんたを狙(ねら)うとるんや。人の弱みに付け込みやがって」

　ソフィーは表情一つ変えなかった。

「その話ならお父さまから聞いたわ。ライジ、私はもう覚悟はできてるのよ」

「あかん、俺はアンドレイに約束したんや。命に代えてもソフィーを守るって。これは男同士の約束なんや」

アンドレイの名にソフィーの目は一瞬輝いた。

「ああ、彼は今どうしてるの。どこにいるの、アンドレイは」

「あいつは船でアメリカへ渡ったんや。君のことを気にかけながら、横浜からシアトル行きの船に乗った。しつこいくらい、ソフィーを頼む、頼むって。そやしソフィー、このまま俺と逃げてくれ。船は俺が用意する。日本へ帰ろう。あの爺も日本までは追いかけてはこんやろ。それからアンドレイのいるアメリカへ渡るんや」

ソフィーの表情に希望の光が差したかに見えた。だが、それはすぐに暗い翳に覆われてしまった。

「ライジ、いいのよ、もう、私は決めたの。私が逃げ出したら、両親と祖母はこの上海で飢え死にしてしまうわ。私ひとりが逃げたりするわけにはいかないのよ」

家族のためにもう覚悟はできている――そう語るソフィーの毅然とした眼差しに悲愴感はない。雷児はソフィーを説き伏せる言葉を探しあぐねて黙り込んでしまった。

沈黙を破ったのはソフィーだった。

「ライジ、あなたにたったひとつだけ、お願いがあるの」

「何や。何でも言うてくれ」

ソフィーはやっぱり俺と逃げたいんだ。次のひとことを息をひそめて待ち続けた。

「あの爺さんの思うとおりにはさせないわ。あいつのもとに行く前に、あなたがアンドレイの代わりをつとめてほしいの。そうしてくれれば、私、なんとか次の一歩を踏み出せそうな気がするわ」

「何を言い出すんや、ソフィー」

「お願い、ライジ。黙って私の言う通りにして。あなた、アンドレイの親友でしょ。だったら、言うことを聞いて。私と一夜を過ごして」

ソフィーの決意の固さを悟ると、雷児は黙って頷いた。

雷児はこの上海の夜の街で「処女屋」を営む男を知っていた。処女だと偽るための工作を請け負う処女屋稼業が明の時代からあり、一種の正業となっていた。中国人ほど処女の神聖を尊んできた民族はない。それゆえ、こんな商売が連綿と続いてきたのだ。

上海からの脱出を願うソフィー一家の希望をかなえるには、劉潤卿が送り込んでくる医者の検査を受けて、処女であることを証明しなければならない。「処女証明書」

が爺のもとに届けられて初めてディールは成立し、ソフィーの家族に旅費と査証が届けられるのだ。

急がなければならない。運命の日は二日後に迫っていた。

医者が証明書を書いた後、雷児はソフィーと一夜を過ごす手筈を整えた。そして処女屋から密かに伝授してもらったテクニックのすべてをソフィーに教え込むのだ。それは鶏の鮮血を使った精妙な偽装工作だった。

雷児はソフィーとの初夜を永遠の記憶に刻むため、上海でも最高級のスワトウ刺繍を扱う店で白いハンカチを一枚買い求めた。

その夜、雷児はソフィーの鮮血をそっと拭って、白いスワトウのハンカチに滲ませた。ソフィーは黙ってベッドを抜け出すと、雷児の見送りを拒んで辣斐徳路の古びた洋館にひとり帰っていった。

第三章　マーケットの怪――二〇〇九年春

手漉(てす)きの越前和紙に文字が次々と刻印されていく。古風なタイプライターが独特のリズムを刻みながら文章を綴(つづ)っていった。それはドイツ空軍のメッサーシュミットBf109戦闘機を照準に収めて発射される機銃音を思わせた。英国の空で熾烈(しれつ)に戦われたバトル・オブ・ブリテンで散華(さんげ)した大叔父が使っていた名機オリベッティだ。

親友のマイケル・コリンズにこのタイプライターで手紙を書くのは何年ぶりだろう。スティーブン・ブラッドレーは、キーボードを叩(たた)く手を休めて頬杖(ほおづえ)をついた。箱庭に植えられた竹の葉が風にさらさらと揺れている。

イギリス秘密情報部の統帥部(とうすいぶ)ヴォクソールも、反逆児スティーブンに手を焼いているのだろう。本人から直(じか)に事情を聴き取るため、遂(つい)にロンドンへの召喚に応じるよう命じてきた。

英国へ帰るのは七年振りとなる。この機会にドーバー海峡を渡って、会いたい友がいる。泊まってみたい宿もあった。パリのサン・マルタン運河沿いに住むマドレーヌを訪ね、その後はフィレンツェ郊外のフィエゾレの丘に建つ「ヴィラ・サン・ミケーレ」に逗留して、マキャベリの『君主論』をじっくりと読んでみたい。心弾ませながら旅程を組んでいたところに、ロンドンから二回目の訓令が届いた。こちらの手の内を読んでいるのだ。

今回は賜暇にあらず。査問と心得られたし。ゆえに、許可なく大陸に渡ることはご法度と了解されたし。

文面から毛虫のような情報官僚の顔が立ち昇ってくる。そんな連中がうようよしているロンドンに滞在するのかと思っただけで、鉛を呑み込んだような気分になってしまう。アイルランドかスコットランドならヨーロッパ大陸には当たるまい。この鬱憤は必ずや晴らしてやる。とはいえ、暇つぶしには、それに相応しい相棒が必要だ。

条件は三つ。閑を持て余していること。心根が優しく清々しいこと。フライパンで煎るような辛辣なユーモアにもめげないこと。だが、その全てを備えている奴など滅多にいるものではない。

やはり僚友マイケル・コリンズをおいて他にないだろう。奴を誘いだせば一石二鳥だ。マイケルに直にぶつけて、どんな反応を示すか、ぜひとも探ってみたい案件があった。そのためには、奴をどうやって誘き出すか。やはり撒き餌が要る。オリベッティは一転して典雅な旋律を奏でながら、魅惑的な言葉を繰り出していった。

> 親愛なるマイケル
>
> 君のような、きらめく才能に恵まれた男が、商品先物取引委員会とかいう牢獄に閉じ込められていることに心から同情申し上げたい。だが僕はわが友を深く識る者だ。凡俗の徒には辛気臭く見える「商品先物取引捜査官」は、偉大なるマイケル君にとっては、神が与えた天職なのだろう。
>
> そんな男が世に発した警告に瑕疵などあろうはずがない。だが、凡庸な者たちに警鐘を鳴らすことほど危ういわざはない。彼らは自らの想像力の乏しさを識らず、警告してくれた者を狼少年に仕立ててあげてしまう。巨大な情報組織に巣喰うコウモリたちは、われらの声に耳を貸そうとしなかっただけではない。失政の

責任を免れようと超俗の徒を処分さえしようとしている。

あの惨劇の背後に蠢いている者がきっといる――という我々の見立ては間違っていない。

諜報界に同盟なし。価値ある情報には対価を支払え、という。他ならぬ君を誘うのだから、こちらもそれなりの土産は携えていく。僕は絹のような礼節を重んじる者だ。君を決して落胆させたりしない。

ゲールタクトの故郷で会おうじゃないか。そう、妖精が飛び交う彼の地で。久々に君のゲール語が聞きたくなった。語学の才を錆びつかせておくのはもったいない。

信書の開披は紳士の業にあらず――そんな訓戒はとうの昔に死に絶えてしまった。暗号をかけたEメールも安心できない。EU委員会の報告を読んだだろう。暗号をかけようとキーを押したとたんに、エシュロンの検索エンジンが作動する世の中だ。詳しくは「森のなかの散歩」に委ねよう。

会合場所の選択肢を三つあげておく。
（一）アイルランドの草競馬のブックメーカー「ケネディ」のスタンド前。
（二）スコットランド国立美術館に展示されているゴーギャンの絵画「説教のあ

との幻影」の前。
(三) スコットランドのハイランド地方、ラノッホ湖ほとりに建つB&B「ガーデンズ」。
君の望みを速やかに知らせてほしい。君ほどの貴人を迎えるには、それなりの準備がいるからね。マイケル、ふたりででかい獲物を再び釣りあげようではないか。

スティーブン

マイケルからの返信は、ワシントンD.C.に宛てて手紙を投函してから十二日後に届けられた。仲介者は意外にも、東京・湯島のサキだった。スティーブンが幼い頃、乳母をつとめてくれた女性で、長じてからもなにくれとなく世話を焼いてくれる。マイケルはいまもサキとカタカナ文字で文通しているらしい。サキからの封書にマイケルの返信が差し入れてあった。スティーブンは少なからず驚いて封を切った。

親愛なるスティーブン
毎日が退屈で、退屈で、もう少しで退屈死しかけていたときに、遠雷のような君の手紙が届いたというわけだ。なんという絶妙のタイミングだろう。もう少し遅ければ、タスマニアで人類学を専攻しているアボリジニの女友達のもとに旅立っていたところだった。

大切な二個のボールが漆にやられたそうだな。どこから聞いたかだって？ 親友の君にも情報源は明かせない。

ところで漆アレルギーで脳までかぶれていなければいいのだが――。ミーティング・ポイントの提示はあったが、日時の記述がない。

ということで、会合の日程はこちらで決めさせてもらった。五月六日から十日ということにしたい。

ついで三つの選択肢についての寸評を記しておく。

（一）について。ブックメーカー、ケネディの親爺とは久々にじっくりと話しこんでみたい。賭け率の新しい理論式も考案してあるからな。だが、問題はあのひどく太った娘の存在だ。わが情報筋によれば、いまだ嫁にゆきそびれている。ケネディ家の婿養子にという災厄が再び降りかかってくる危険なしとしない。あの娘の攻勢は、スペイン風邪にも劣らない。君もわが逃亡の日々を忘れたわけじゃないだろう。加えてあの一帯はピョンヤンと地下水脈で結ばれたレッド・フォックスの縄張りだぞ。俺たちが「ウルトラ・ダラー」を摘発したことくらい、レッド・フォックスなら先刻ご承知だ。奴らの懐に飛び込んで囚われの身になりたいのか。レッド・フォックスの手でケネディの娘にわが身を差しだされる——。これは極めつけの悪夢といっていい。（一）案は却下。

（二）について。ゴーギャンの「説教のあとの幻影」は、IRAの左派組織が密かに狙っているいわくつきの逸品だ。にもかかわらず防弾ガラスには入っていない。アート・テロリストに「説教のあとの幻影」を敢えて狙わせて、おびき出そうという魂胆さ。高性能の監視カメラがそっと仕掛けられている。ボストンのイザベラ・スチュワート・ガードナー美術館でフェルメールの名品「合奏」を盗み出した一味をおびき出す撒き餌なのだ。アート・テロリストはとりわけフェルメールとゴーギャンがお気に入りだ。アイルランドでは「手紙を書く女と召使」、ロンドンでは「ギターを弾く女」も、IRAのアート・テロリストにやられている。彼らの標的の前に君と僕が立つ。そんな無謀な振る舞いは、ピョンヤンの政府招待所から機密の国際電話をかけるようなものだ。すべてが見られていると心得よ。（二）案も却下。

（三）について。スコットランドのキンロッホ・ラノッホにあるB&B「ガーデンズ」の主人は、君がモザンビークで一緒に仕事をした、あの律儀な測量技師、ジム・ウィルソンだってことぐらいは察しがつく。引退を機に君のための「セーフ・ハウス」を営んでいるというわけか。でもフライ・フィッシングに出かけるのも悪くないな。ハイランドの渓流でなら、せせらぎに打ち消されて、声のでかい俺でも心おきなく何でも話せるだろう。

それでは、すべてはその時に――。

わが永遠の友、サキさんに君からもくれぐれもよろしく。

ワシントンD.C.にて　マイケル・コリンズ

＊

それから十日後の早朝、マイケルはエディンバラ空港に降り立った。レンタカーのフィアット・プントを借りて北西に走らせる。空高く晴れていたかと思うと一瞬のうちに雲が垂れ込め、柔らかな霧雨が樹々を濡らす。ひと雨毎に樹々の緑は一層濃くなり、空気までが薄い緑色を帯びているようだ。

二時間も走ると、一面ヒースに覆われた褐色の泥炭地帯に入った。地の果てを思わせる風景が地平線まで続いている。さらに一時間ほど走ると、眼下に細長い形をした湖が姿をあらわした。麗わしのラノッホ湖だ。

めざすＢ＆Ｂはこの湖の西端にある。なだらかな丘のそこかしこに、真っ黒な顔に白い衣をまとった羊の群れが草をはんでいる。スコットランド名物の「ハギス」を思い浮かべて、マイケルの胃は引き攣ったような反応をみせた。日本の納豆とハギスだけはどうにも苦手なのだ。羊の胃袋に内臓肉を刻んで詰め込み、たまねぎ、オート麦、それに香辛料を混ぜ、三時間ほど茹であげる。地元の人々はこれにスコッチ・ウィスキーを滴らして食べる。

どうか食卓にハギスが出ませんように。そう願いながら車を走らせていると、左手に大きな鋼鉄の門が見えてきた。地図によれば、ここがＢ＆Ｂガーデンズの入り口のはずだ。門の中央に翼を広げた鳥と草花を象った紋章が彫り込まれている。その上に“copiose et opportune”とラテン文字が刻まれていた。「豊かにして時宜を得た」と記したものだ。いったいどんな意味が込められているのだろう。この地をいま訪れることが時宜にかなっているとでもいうのか。そう考えながら、ハンドルを切って敷地内に入り、ゆるやかにカーブする並木道を登っていった。やがて小高い丘の上に屋敷らしき建物が見えてきた。

だが、近づいてみると、それは不気味な廃墟だった。車を降りてみた。円形の塔が聳えている。スコティッシュ・ゴシックと呼ばれるスタイルで建てられたのだろう。花崗岩の外壁は崩れ落ち、邸内は草木が伸び放題だ。うち捨てられて、もう百年は経つだろう。

スティーブンの奴が仕組んだいたずらなのかもしれない。ここで野宿をしろとでもいうのか。あちこち歩き回った挙句、丈高い草叢のなかに玄関の扉を見つけた。焦げ茶色にくすんだ張り紙に文字が記されている。

どうやら道を間違えたようですよ
伯爵夫人の亡霊に誘惑されぬうちに
引き返したほうがいいでしょう
三叉路を右へ進めば娑婆に出ます

スティーブン、君の知人も随分な好事家らしい。到着間もない客人を楽しませてくれるじゃないか。

来た道を戻って、三叉路を砂利道へ折れると、かわいらしい家がぽつんと建っていた。

ガーデンズは、かつて伯爵家の庭師たちが寝泊まりした石造りの小屋だった。近年ベッド&ブレックファーストに改装され、釣り人たちがよく利用する宿になっている。ドア・ノッカーもキングサーモンだった。鮭の王者の口で真鍮板を二度叩くと、見事なまでに日焼けした、小太りの女性が現れた。女主人のティナである。

「マイケルです。ワシントンD.C.から参りました。エディンバラ経由で先ほど着いたところです。スティーブンともどもお世話をかけます。よろしくお願いします」

がっしりとした手が差しだされ、これまたがっしりと握手された。

「きっとそうね。スティーブンの友達なら、あんたもさぞかし手がかかることでしょうよ。モザンビークでもね、私たちがいなけりゃ、スティーブンはとっくにミドリ猿の胃袋のなかだったよ」

「僕はオクラホマの農場生まれですから、奴ほど、お世話をかけません。たしか、部屋は二つあると聞きましたが。スティーブンと同じ部屋だけは勘弁してください。何しろ、枕は蕎麦殻じゃなければなどと、うるさいんですから」

「いえいえ、わがままは言わせませんよ。アフリカじゃ、二度も命を助けてあげたんだから」

玄関からなかに入ると、一階は広々としたサンルームになっていた。朝食用の小さなテーブルとその脇にソファがふたつ並んでいる。陽がいっぱいに差しこむサンルームを横切って階段をあがると、壁にはシマウマの皮が飾られていた。この宿の主がケニアに住んでいた時、サバンナで仕留めたものだという。

マイケルの部屋の窓辺にもタンザニアから持ち帰った木彫りの像があった。その足元に置手紙が挟まれている。

親愛なるマイケル

ようこそスコットランドへ。僕は一足先にテイ川の渓流でフライ・フィッシングを楽しんでいる。装備を整えてすぐに来てくれ。釣り師は親友にも穴場を教えないという。だが、君では仕方がない。地図を同封しておく。入漁料五十ポンドは偽名で払い込み、許可証は入手済みだ。君の名はマイケル・ケネディだ。ランチはティナがスコティッシュ・サーモンのサンドイッチを用意してくれた。

釣り師　スティーブンより

テイ川の流れは清く涼やかだった。もっとも川の色は紅茶を煮出したような色をしている。この一帯は泥炭地帯なのだ。一年のうち、たった二週間だけ、テイ川のほとりは赤紫色に覆われる。高さ四メートルものシャクナゲが一斉に花開く。マイケルは、この赤紫のトンネルをくぐり抜けて進んでいった。

流れが緩やかに湾曲したところに小さな淀(よど)みがあった。そこでスティーブンは、存分にたわんだロッドを頭上に振り上げていた。フライラインがするすると空中に伸びていく。その先端にはクイルボディ・パラシュートがついている。七メートル先の淵(ふち)にぽとりと着水する。ほっそりとした体つきのカゲロウだ。サーモンたちも、あまりに精巧な擬餌(ぎじ)のつくりに本物と思い込むだろう。

見えざる敵と刻々対峙(たいじ)する、それが渓流釣りの醍醐味(だいごみ)だ。スティーブンの真剣な表情を遠くから眺めていると、ウィルトン卿(きょう)の言葉を思い出す。こちらから先に仕掛けてはならない。淀みにとどまってひたすら待ち続けるのだ、その忍耐が勝負を決める。そう自分に言い聞かせているように見えた。

欅(けやき)の太い枝が伸びた淵に立って、スティーブンは親友の出現を待ちうけている。薄茶のフィッシング・ベストに、ズボンとゴム長靴が一体になった釣り専用のウェーダーで身を固めている。昔は鉛のように重かった装備も近頃では日本製の新素材を使って驚くほど軽くなった。偏光グラスが陽光を反射してきらりと光った。偽名の釣り人には必携の品だろう。

竿の先が揺れている。おれがいつ現れるのか、そう思うと釣り糸に集中できないらしい。それほどに親友の到来を待ち焦がれているにちがいない。

頭上から何かが落ちてきた。スティーブンがそれに気づいて首を振った。ああ、また雨か、しかし川面には陽の光が零れているのに、と不思議そうな顔をしている。わずかに濡れた栗色の柔らかな髪を左手でまさぐった。なにやら白濁した液がべったりとこびりついている。鳥の糞だ、空から直撃されたらしい——そんな戸惑いの表情をみせながら、日本手拭いを頭に載せた。第二撃に備えているのだ。西洋タオルなら風に飛ばされるが、これなら大丈夫と思っているようだ。よし、また直撃弾を見舞ってやる、とマイケルは身構えた。

すると、スティーブンが水面に目を落としたまま叫んだ。

「テイの川面にでかい図体が映っているぞ。それじゃニンジャは失格だ。射落とされないうちに降伏して下りてこい」

水面から三メートル上方で、マイケルの高笑いがはじけた。ミミズと小魚をすりつぶした撒き餌が鳥の直撃弾の正体だ。それがマイケル流の再会の挨拶だった。

ふたりはしばらく言葉も交わさないまま、フライ・フィッシングに打ち込んだ。瞬く間に二時間が経ち、陽がずいぶんと高くなった。

スティーブンは、きれいなピューター・フラスコを胸のポケットから取り出した。

シングル・モルトのウィスキーだ。

「ロイヤル・ロッホナガーだぜ。スコットランドには、シングル・モルトの醸造所は、星の数ほどある。だが、女王陛下からロイヤルの冠を初めて頂戴したのはここだった。君のような、共和国からやってきた、ガサツな男にはモッタイナイが、まあ、御心の寛い女王陛下のお恵みだ。ひとくち飲んでみろ」

マイケルはピューター・フラスコを受け取るとごくりと飲みほした。

「どうだ、いけるだろう」

「ああ、スモークの香りがじつにいい」

「この十年物は、醸造元が自分たちだけのために造っている。これほどの香りを醸し出す秘訣は樽にある。スペイン産のシェリーの樽を使っているんだ。それも十二年ごとに二度使っただけで気前よく捨ててしまう」

「じゃ、ふつうの醸造所はどんな樽を使っているんだ」

「君の国、北アメリカ産の欅さ。バーボンと同じ樽だよ」

「アンダルシア地方のシェリー樽が上等で、ワイオミングの欅は劣るっていうのか」

「残念ながら、その通り。マイケル、君はその欅的な人物ということになる。何しろ、ネイティブ・アメリカン、アイリッシュ、ハイランド・ジャーマンのハイ・ブリッドだからな。様々な人種と文明がブレンドされた一滴、つまり、まことにバーボン的な人物といっていい」

スティーブンはライフジャケットの左ポケットから今度は漆の器を取り出した。日本酒用にと師匠が特別につくってくれた逸品だ。

「欅的な人物たる君にこの酒の味が分かるかどうか。山形・天童の造り酒屋、出羽桜酒造の名品『雪漫々』だ。マイナス五度の酒眠蔵で五年間ゆっくりと眠らせ、熟成させた酒なんだ。若い角をゆっくりと削ぎ落とし、まろやかな味わいを醸し出している。君たちもそんな大人になりなさい。この酒を口に運ぶ度に、そう諭されているような気がする」

マイケルはひとくち飲んで感に堪えないという顔をした。

「日本酒もまた進化する――ダーウィンが酒田港から上陸して、テンドウに旅していたら、そう言っただろうな」

チェス、碁、将棋と盤上のゲームに一方ならぬ才能を見せるマイケルは、将棋の駒の名産地、天童の地名を心得ていた。

雲間から覗いた陽の光でかすかに川面が表情を変えた。小さな渦巻が淵を波立てている。

「ほら、あの少し先を見てみろ。あそこには間違いなく大物が潜んでいる」

そう言われて、眼を凝らすと、褐色の色調がかすかに変化し始めている。スティーブンはこの機を逃さずフライを投げ入れた。数十秒後、当たりがきた。釣り糸がピーンと張り詰め、大物がかかったことを告げていた。

「マイケル、君のテリトリーには、とてつもなく、でかい獲物が潜んでいる。そんな気がしてならない。僕の勘が錆びついていなければの話だが」

スティーブンはルアーをすばやくたぐりあげた。

「ロンドンで『悪い奴ほどよく眠る』というクロサワ映画を見たことがある。金融のマーケットでも、こすっからい手を使ってインサイダー情報を仕入れて、ひと儲けを企む小悪党はたくさんいる。だが、本当に悪い奴らは小博打などに手を出さない。そうだろう」

マイケルは黙って頷き、これはと見定めた溜まりにフライを流しながら呟いた。

「相場を急落させるような大事件が間違いなく起きる——そんな情報を、ありあまる資金を懐にした投資家が摑んでみろ。為替でもいい、株価指数の先物でもいい。それを前もってどんと売っておけば、間違いなく大儲けができる。相場が下がりきったところで、買い戻せばいいんだからな。しかも、なんら法に触れることなく、巨額の利益が転がり込む」

「なぜ、株そのものではなく、為替や株価指数先物を売るんだ、コリンズ教授」

「じつに、いい質問だ、スティーブン君。オックスフォードのブラックウィル教授でもAプラスの評点をくれるだろう。個別の株式銘柄、たとえばロイヤル・ダッチ・シェル株じゃ、相場全体が暴落しても、果たしてどんと下げるとは限らない。その時の業績が飛び抜けて好調だったり、品薄だったりすれば、石油株だけ値上がりすることもありうるからね」

「かならず相場を暴落させるような事件が起きることを知っていれば、為替か株式の先物指数で勝負するべきだというんだな」

「そのとおり。アメリカを震えあがらせる事件を事前に察知していれば、あとはドルを売っておくだけでいい。さもなければ、自分たちでそんな事件を引き起こせばいい」

　二〇〇一年の同時多発テロ事件と二〇〇八年のリーマン・ショック。マイケルはこのふたつの大暴落をワシントンで目の当たりにしている。四機のハイジャック機が、アメリカ経済と国防の中枢に攻撃を仕掛けることを事前に察知して、金融商品の売買に動いた者がいるなら、次の機会も虎視眈々と狙っているに違いない。

だが「悪い奴」ほど、その姿を不用意に曝そうとはしない。アメリカの市場を襲った一連の暴落にまとわりつく翳の存在に気づいている少数の目利きたち。スティーブンは、何食わぬ素振りでロッドを振りあげた。

問わず語りに話し出したのはマイケルの方だった。

「ちょっとした調べものがあって、書類庫に籠っていた時のことなんだ。探していた調書のすぐ脇に、ひとつの書類が無造作に差し込まれていた。ブラック・マンデーの捜査調書だった。ほんの気まぐれから、二、三ページ、ぱらぱらとめくってみたんだ」

スティーブンは、狙っていた獲物がフライにおびき寄せられてきたと踏んだのだろう。いつものことだが、こちらにあえて視線を向けなかった。

それは起訴できないままお蔵入りとなった捜査記録だったのだろう。

「まだマイケルがこの世界に入る前じゃ仕方がない。当時の捜査官にブラック・マンデーの犯人など見つけられるはずがない。泰山鳴動して鼠一匹出てこなかったんだろう」

「ああ、君のいうとおりだ。暴落前に株価指数の先物が大量に売買されていたことは連中もなんとか突き止めた。どでかい商いだったからな。いくつかの市場では株も巧妙に売られ、手堅く買い戻していた。足跡はほとんど残されていなかった。並みの捜査官じゃ手に負えるような代物じゃなかったんだ。それでお蔵入りになったというわけさ」

二十年以上も闇に埋もれていた巨額の空売りに、いま一条の光が差しはじめていた。

この瞬間、世界の表情がほんの少し変わり始めたことに、近くを通りかかった釣り人は気づかなかった。それほどにティ川のほとりでルアーを投げるふたりの後ろ姿は淡々として穏やかだった。

*

スティーブンとマイケルは、B&Bガーデンズへの帰り道も、とり憑かれたように語り続けた。宿に戻ると、女主人のティナが、香草を入れて八時間も煮込んだラムのシチューを振る舞ってくれた。だがそのとろけるような肉を口に運んでいることさえうわの空だった。ティナはぷりぷりして部屋を出ていった。

「スティーブン、それにしても君は、あの暴落劇になぜそこまで興味を持ったんだ」

「ブラック・マンデーがすべての始まりだからさ。あの暗黒の月曜日の謎が解けなければ、その後に起きた一連の出来事の真相を解き明かせない」

一九八七年の大暴落のあと、市場にいくつかの神話が生まれた、とマイケルは言う。

「ブラック・マンデーは、ニューヨークから始まったといわれる。だが事実じゃない。まず東京と香港の株式市場で前の週からパニック売りが始まっていた。だから市場関係者は、ニューヨークのマーケットが開けば、月曜日は土砂降りになると誰もが覚悟していた。果たして市場が開かれてみると、どんな悲観論も追いつかないほど、猛烈な下げになった。優良株も一斉に投げ売りされて、値段がつかないほどだった。まさしく暴落そのものだった」

「なら、やっぱり、主戦場はニューヨークの株式市場ということになるじゃないか」

「それが神話だというわけさ。ブラック・マンデーの本質は、中西部のシカゴにあった。これが僕の見立てだ。もちろん、例によって少数意見だがね。シカゴのマーカンタイル取引所で『S&P500』という株価指数の金融商品が大量に売り浴びせられ、大暴落を演じている。指標となるニューヨークの優良銘柄が軒並み記録的な下げとなったのだから当然の成り行きだった。荒くれ者として知られるシカゴ市場の連中も、崖からまっさかさまに落ちていく恐怖に全身凍りついたという」

「マイケル、S&P500の金融商品がなぜブラック・マンデーでそれほど重要な役割を果たしたんだ」

「おい、スティーブン。オックスフォードのコーパス・クリスティー・カレッジでは、経済学で飛び抜けていい成績をとった君のことだ。全てを知っていて、僕にしゃべらせてるんじゃあるまいな。シェリー樽的な人物には、一瞬の隙も見せられん」

「いや、資産の運用という奴が僕は死ぬほど嫌いなんだ。だから湯島のサキに全てを任せてある。親友を信頼しろよ」

マイケルは、腑に落ちない顔をしながらも、説明を続ける。

「S&P500という指数ほど、アメリカ的な金融商品はない。有力な格付け会社『スタンダード&プアーズ』が、ニューヨーク、アメリカン、それにナスダックの株式市場に上場している五百銘柄の株価をもとに弾き出した株価指数で、アメリカ経済のパフォーマンスを表わす指標として使われる。知ってるよな」

スティーブンは小さく頷いて、先を促す。

「シカゴ・マーカンタイル取引所は、このS&P500指数を上場して、今日の隆盛を築きあげた。現物が存在する農畜産物の先物取引と違って、現物がこの世に存在しない株価指数という金融商品は、純粋に投資家のために産みだされたといえる。世界でもっとも活発に商われているため『投資のF1レース』とさえ呼ばれているんだ」

ふたりの議論は次第に核心に近づいていった。

「マイケル、そのF1レースだが、ブラック・マンデーでは、先物商品の価格を形成しているはずのニューヨーク証券取引所が事実上、機能停止に陥った。だとすれば、S&P500はどうして値をつけることができたんだ」

この問いに、マイケルはおや、という表情をした。

「スティーブン、君はやっぱり怪しい。いくらなんでも、ちょっと呑み込みが早すぎやしないか」

スティーブンは微笑んだまま、首を横に振っただけだった。

「インド人がイエスと答えるときは、首を横に振る。やっぱり怪しい」

コーパス・クリスティーが生んだ逸材は、無言のまま、やはり首を振ってみせた。

「ニューヨークの株式市場じゃ売り注文が殺到して値がつかず、その結果、S&P500の指標も算出できなかった。このため、前の週の最終取引価格が使われ、大混乱に陥った。取引の値段は、実勢価格とはおよそかけ離れた数字となった。にもかかわらず、シカゴのマーカンタイル取引所では、月曜日の寄り付きから、S&P500の取引が敢然と行われた。その結果、二十ポイント以上の猛烈な下げで幕を開けた。これがどれほどのすさまじいクラッシュなのか説明するのは難しい。ナイアガラの滝をゴムボートで落下する様を思い浮かべればいい」

「それほどに市場は、株式市況の先行きを悲観したというわけか」

「そうだ、取引が始まって少し時間が経つと、ニューヨーク市場はついに機能麻痺をきたしてしまった。凄まじい悲鳴とともに市場は閉鎖に追い込まれようとしていた。結局、アメリカの市場で実質的に取引が行われていたのは、シカゴのマーカンタイル取引所ただひとつだった」

「そうなれば世界中の投資家の売り圧力が、シカゴ市場に押し寄せてくる。マーカンタイル取引所はどうなったんだ」

こんどはマイケルがドスを利かせた低音でこう告げた。

「スティーブン、この情報はひどく高くつくぜ」

スティーブンはあきらめ顔で、高らかに笑ってみせた。

「よし、次の会合は、金沢・ひがしの茶屋街にしよう。君のお座敷太鼓のお師匠さんは、僕が見つけておく。太鼓のCDを送るから、前もってしっかり稽古しておけよ。すべて僕の招待だ、これでいいだろう」

思いもかけないディールの申し出にマイケルは満足げだった。

「あの暴落のさなかだ。強気で知られる財務副長官のリチャード・ダーマンまでもが市場閉鎖に傾いた。暴落の被害を最小限に食い止めるには、他策なきことを信じたいという心境だったのだろう。ところが、市場閉鎖を求める声に頑として抵抗した男がいたんだ」

スティーブンはわずかに身を乗り出して頷いた。

「おい、我が友よ。聴聞官（ちょうもんかん）の初級研修でも教わっただろう。尋問がヤマ場に近づいても、相槌（あいづち）をうったり、身を乗り出したりしてはならない。君がその男の名に餓（う）えていると告白しているようなものだからな」

「よし、マイケル、もう一つ、ご褒美（ほうび）を差し出すことにしよう。ひがしの茶屋街で『藤とし』のおかあさんにオトコシさんとして住み込ませてもらえるよう頼んでやる。いまは祇園（ぎおん）でも消えゆく専門職だ。芸妓（げいこ）さんの帯を締めたり、いろいろな役得がある」

「なら、男の名を教えてやろう。アンドレイ・フリスク。マーカンタイル取引所の大立者だ」

「アンドレイ・フリスク」

スティーブンの記憶装置に収納されているサーチ・エンジンが起動し始め、七秒後にヒットした。アンドレイ・フリスク。ポーランドのクラコフに生まれたユダヤ人。ナチス・ドイツ軍のポーランド侵攻後、難民となってシベリア鉄道で日本に逃れ、真珠湾攻撃の八ヶ月前にアメリカに渡って一命を取りとめた。その後、一家はシカゴに移り住み、眼科医から商品先物の世界に転身した変わり種。金融先物取引の世界では革命児の名をほしいままにしている。

B&Bガーデンズでのやりとりは深夜に入って、いよいよ熱を帯びていった。いまや「たったふたりの捜査会議」の様相を呈している。スティーブンとマイケルは、ついに一睡もしないまま夜明けを迎えたのだった。

女主人のティナがあきれ顔で朝食を運んできた。

「マイケル、ブーダン・ノワールよ。豚の血を固めた黒いソーセージは苦手だったと言っていたわね。そんなに太っているのに」

「ティナ、その表現はまずいですよ。いまやアメリカじゃ、相手に『太っている』と言っただけで、訴えられる危険がある」

「あら、そうかい。でも太っているじゃないの、実際に。それにここはスコットランドで、植民地のアメリカじゃないよ」

食卓には、塩漬けのニシンを燻（いぶ）したキッパーズ、ポーチド・エッグ、焼きトマト、マッシュルーム、煮豆、それにポテト・スコーンが並んだ。

マイケルは、それらを次々に平らげると、最後にポテト・スコーンを頬張りながら言った。

「ブラック・マンデーの騒動が一息つくと、大暴落で巨額の損失を蒙（こうむ）った人々の怒りの声がメディアに溢（あふ）れだした。アメリカ最大の権力は、メディアだからな」

こうして、クラッシュを引き起こした犯人探しが始まったという。

「ニューヨーク・タイムズが真っ先に血祭りにあげたのはコンピュータだった。特定の銘柄がある一定の水準を下回れば、自動的に損切りにする。こうしたプログラムが組み込まれたコンピュータが暴落を引き起こした張本人だというんだ。ブラック・マンデーのように株価が暴落すれば、プログラムが自動的に株を売りに出す。それが株価をさらに押し下げて更なる暴落を呼び、洪水のようなクラッシュにつながったというのだった。一見すると、もっともらしいストーリーだろう」

株式市場のシステムに組み込まれたコンピュータこそ暴落の犯人だ。そうであるなら、なけなしの資金を株の投機につぎ込んだ庶民の恨みの矛先を巧みにそらすことができる。

スティーブンはニシンの骨を外しながら言った。

「ニューヨーク市場を牛耳る連中はなかなか頭が切れるじゃないか。たしか、大恐慌のときには、ボロ株を空前の高値に仕立てた相場師が血祭りにあげられた。こんどはコンピュータという新たな生け贄を見つけたというわけか」

だが実際に調べを始めてみると、コンピュータが犯人だと断じる確かな証拠などどこにも見つからなかった。ニューヨーク・タイムズの記事からも「コンピュータ犯人説」はひっそりと退場していった。

「そこで新たに登場した被疑者――それがシカゴ市場の千両役者にして、金融先物という革命的な商品を編み出したマーカンタイル取引所だった。とりわけS&P500こそ、大暴落を引き起こした張本人だとメディアは決めつけた。先物は、比較的少額の証拠金を積めば大量に買いつけることができる。レバレッジと呼ばれる梃子の威力を存分に利かしたシカゴ・マーカンタイル取引所の売買システムこそ、悪の元凶だと断じた。ニューヨーク市場の値下がりを増幅させ、全世界の株式市場に壊滅的なダメージを与えた犯人だとね。ニューヨーク・タイムズはシカゴ主犯説を麗々しく書き立て始めた」

「なるほど、マンハッタンじゃ、ニューヨーク・タイムズの論説は、連邦地裁の判決より権威があるからな」

「全くだ。こうして、シカゴ・マーカンタイル取引所の実力者、アンドレイ・フリスクへの包囲網が敷かれていった。ブラック・マンデーの前にひそかに大量のS&P500の先物を売り抜けていた者がいる。その真犯人こそアンドレイ・フリスクだと。でなければ、あんな土砂降りのなかで、市場を開け続けるべきだと主張するわけなどないというのだ。どうだ、説得力のある推論だろう」

「もしそれが本当なら、アンドレイ・フリスクは、暴落を見届けて建玉(たてぎょく)をひそかに買い戻し、空前の利益を懐(ふところ)にしたことになる」

「だからこそ彼は、一夜にして乏しい蓄えを喪(うしな)った庶民から恨みに恨まれた。そして、有力メディアの論調が、ついに監視当局を突き動かした。フリスクは、捜査当局の長時間に及ぶ事情聴取を受けることになった。俺が眼にしたのは、その時のアンドレイ・フリスクの供述調書なんだ。ほとんど諳(そら)んじているぜ、いまでも」

　出勤前にはフォーシーズンズ・ホテルのジムで汗を流す。これが私の変わらぬ日課です。トレーダーとして現役を張り続けるには、一に体力、二に体力、三、四がなくて、五に気力です。その体力を維持するため、毎朝のトレーニングは欠かしません。あの日も朝の六時からトレッドミルでジョギングをしておりました。走り始めて二十分ほど経ったころでしょうか。パンツにつけていたポケットベルが鳴りだしました。私の個人投資会社の秘書からでした。オフィスに電話すると、市場に異変が起き始めているという。凶事の一報でした。

「ボス、ニューヨークの相場が大荒れとなりそうな雲行きです。ニューヨークの証券取引所では相場が開く二時間も前から主要な優良株の全てに大量の売り注文が出ています。取引が始まればクラッシュが起きそうな雲行きです。大急ぎでオフィスにいらしてください」

私はシャワーも浴びずにクラブを飛び出して、ワッカー通りのシカゴ・マーカンタイル取引所へ急いだのです。駐車場に車を滑り込ませると、自分の投資会社には向かわず、まっすぐ取引所に入りました。電話はニューヨーク証券取引所と繫ぎっぱなしにしてありました。すでに異変は起きていたからです。

「ボス、いまニューヨークで取引が始まるベルが鳴っています」

「寄り付きでどんな値がつくか、代表的な指標株の値動きを報告してくれ」

「だめです。電子掲示板のライトはついていますが、売りが殺到して銘柄のほとんどに値がつかないといっています」

ニューヨークは事実上、取引が成立しない状態だったのです。ほかの取引所も同様で、閉鎖されたも同然でした。私たちのシカゴ市場は次第に孤立無援の状態に追い込まれていきました。

東京や香港に端を発したツナミは、大海原を渡って何層倍にも威力を増して襲いかかってきたのです。

市場は時に凶暴な怪物に変身する。永年の経験からそう肝に銘じていましたが、実際に巨大なツナミが襲ってきた時の恐怖は譬えようもないものでした。現物株の取引は単純明快です。買値より株が下がれば損を被り、値上がりすれば儲かる。しかし、先物の取引では、証拠金の十倍にあたる取引が可能なだけに、相場が上昇機運にあれば大きな儲けが転がり込んできますが、いったん相場が大きく下げると、損も一気に膨らんでいく。信用取引をするための証拠金を積み増しする追証を納めることができずに、自己破産する例も珍しくありません。

ここはいったん市場を閉じて嵐が過ぎ去るのを待つべきだ。そうした声は仲間内にもあったのですが、私は市場を閉じることなど露ほども考えませんでした。いまシカゴが取引をやめてしまえば、市場の意思をどうして聴きとれるというのでしょうか。ニューヨークの市場はすでに心肺機能を止めていたのですから――。

この私にとって、自由な市場こそわが命にも代えがたい大切なものでした。

なぜか、とお尋ねなのですか。

それは、私がスギハラ・サバイバーだったからでしょう。そうとしかお答えしようがない。

二つの全体主義の暗雲に覆い尽くされたヨーロッパの地から、永い旅路の果てにたどりついた自由の国。私の背後には、志半ばで斃れていった幾多の同胞がいる。彼らの遺志を継いで、自由を新大陸に押し広げていく。その先駆けとなると誓ったのです。だから、私は挫けるわけにはいかなかった。アメリカのシンボルであるマーケットの自由な取引をなんとしても守り抜きたかったのです。自由な取引を担保するこの市場メカニズムは、私、アンドレイ・フリスクの命そのものでした。

スギハラ・サバイバー――「スギハラ・ビザ」によって救われたユダヤ人だということか。伝説的インテリジェンス・オフィサー、杉原千畝の存在はむろん知っていたが、マーケットの自由を守り抜きたいというアンドレイの供述書に登場したことは意外だった。

「それにしても――」と、スティーブンは感に堪えないという表情で呟いた。

「優れたインテリジェンス・オフィサーの資質は、聞きとった会話の再現率に帰着する。マイケル、君はじつに素晴らしい。僕の試算では、君の再現率は九六・五％に達する正確さだ」

どうせ持ち上げて、更なる情報を引き出そうという魂胆なんだろう――そう言いたげなマイケルに気づかぬ素振りで、スティーブンは疑問を投げかけた。

「自由な市場こそわが命――か。それで、マイケル、実のところ、シカゴの大立者アンドレイ・フリスクの手は汚れていたのか」

マイケルはこめかみを軽くマッサージしながら、僚友の質問を受け止めた。

「そこなんだが、アンドレイ・フリスクの身辺をいくら洗っても、大量の先物を売っていた証拠は見つからなかった。迂回のルートを使って巧妙に売っていたことを示唆する材料も出なかった。捜査書類はそう結論付けている。彼らの情報リークに頼っていたニューヨーク・タイムズも困惑したのだろう。勇猛果敢に悪を追及する論調は影を潜め、フリスク主犯説も静かに姿を消していった」

「フリスクをクロと断じる材料はなかったのか」

「全てが深い霧に包まれたままだ。ただ、ひとつだけ明らかになった事実がある。東京と香港の市場では確かに大量の建玉が処分されていた。そして膨大な利益を手にした者がいた」

スティーブンは弾かれたように身を乗り出した。

「東京と香港。売ったのは誰だ。マカオのカジノ王、スタンレー・ホーか」

「いや、ライジ・マツヤマという男だ。大阪ではちょっと名の売れた相場師だが、アメリカの市場じゃ無名に近い雑魚といっていい」

自らの守備領域に思いもかけない登場人物が出現したことで、スティーブンのヘーゼル色の瞳が久々に輝いた。

「スティーブン、僕もさっそく調べてみたんだ。だが、相場関係者のブラックリストには載っていない。その昔、スターリン暴落で大儲けしたという伝説は残っているが、確たる話じゃない。9・11同時多発テロ事件でもしこたま儲けたという話がある。だがこれも噂の域を出ない」

「その男のことなら、知っているぜ。ちょっとした出来事で、以前に調べたことがある。日本の相場関係者は、マツヤマ・ライジの姓と名を縮めて『マツライ』と呼んでいる。いっぱしの勝負師をそういう符牒で呼ぶことがある。是川銀蔵をコレギンという具合にね。マッライは港町神戸の出身だよ」

今度はマイケルの記憶装置がくるくると回りだした。キーワードは「神戸」。はるか彼方(かなた)の記憶を呼び起こそうと、窓の外のヒースの原野に眼をやった。鉛色の雲が北の空へと流れている。

「ポーランドの古都クラコフからシベリア鉄道で日本に逃れたアンドレイ・フリスクも神戸に住んでいたことがある。アメリカに渡る前のごく短い間の話だが――」

「マイケル、君のことだ、そこまで調べたのなら、アンドレイとライジが実線で繋がっているかどうか、もう洗ったんだろ」

「ふたりが少年時代に神戸の街で出遭ったかどうか。それを示す材料はない。日本は君のテリトリーだぜ。さあ、ここまでネタを提供したんだ。こんどはそれに見合うだけの情報を返してもらいたいな。諜報界(ちょうほうかい)に友情を持ちこんではならない――ブラックウィル教授もそう言っていたからな」

「それは違う。諜報界に同盟なし――が正しい。教授も引用は正確にと言ってたろう」

「はやく見返りを頂きたいものだな。でないと、我が国の納税者の皆様に申し開きができない」

B&Bガーデンズは、にわかに黒い雲に覆われ、大粒の雨が屋根を叩き始めた。丘の上で一心不乱に草を食んでいた羊たちも、のそりのそりと木陰に移動していった。

＊

ハナミズキが白やピンクの花をつけ、街中に蝶が舞っているようだ。ワシントンは一年で最も美しい季節を迎えている。まぶしいほどの陽差しが降り注ぐなか、女性たちはすでに夏の装いで通りを闊歩していた。ラノッホ湖のほとりで行われた二人だけの捜査会議から二週間がたっている。

マイケルは仕事を終えると、お気に入りのスポーツ・バー「ダッフィーズ」に立ち寄った。サミュエル・アダムスを飲みながら、ハイビジョン・テレビの大画面で地元のプロ・サッカーチーム、D.C.ユナイテッド対ニューヨーク・レッドブルズの試合を観戦した。最初の二十六分でユナイテッドは四点を先取して気を吐いた。得点するたびに店内に男たちの歓声があがり、ジョッキをぶつけあう音が響き渡る。その後、レッドブルズに続けて二点を返されたときは、ブーイングが巻き起こった。しかし、最後はクリス・ポンティウスが華麗なコーナーキックを決めて、宿敵を五対三で下したのだった。マイケルは勝利を見届けると、春の宵をそぞろ歩きで帰ることにした。家まで四十五分はかかるだろうが、たんまり流し込んだビールとフレンチフライを今夜のうちに消化しなければ——。

ウィスコンシン通りのアパートに戻ってみると、日本から国際郵便小包が届いていた。スティーブンが言っていたお座敷太鼓のCDにしては大きいし長すぎる。開けてみると、真新しい野球のバットが二本入っていた。菖蒲（しょうぶ）を描いた美しい日本語のカードが添えられている。

マイケルさま

少年野球チーム「ベアーズ」の監督就任を心からお祝い申し上げます。白のバットは、かのイチロー選手が特注しているメーカーの作品です。ここ一番の勝負にお使いください。もう一本の赤のバットは練習用です。どうぞ内部構造の研究なりにお役立てください。握りのお尻（しり）の部分にご留意のほどをお願いします。

湯島　サキより

長さ八十五センチ、重さ約九百グラム、芯（しん）の最も太い部分の直径が六十・五ミリの極細バット。年間十ダースを作るのに角材一万本が必要だという逸品――と説明書に記してある。

マイケルはさっそく赤いバットを取り出して握ってみた。ひと振り、ふた振りしているうちに、バットの尻に緩みが生じてきた。端を強く回してみると、ぽとりと抜け落ちて中が空洞になっている。そこに丸く巻いた紙が差しこまれていた。取り出してみると、オリベッティのタイプで打たれたスティーブンの手紙であった。

親愛なるマイケル

B&Bガーデンズで、君が話していたくだりに、ひとつだけどうしても気になる部分があって筆を執った。われわれが思い描いた仮説を立証する突破口になるような気がしてならないんだ。君は「マツライ」に触れたおり、次のように言っていたね。

「9・11同時多発テロ事件でもしこたま儲けたという話がある。だがこれも噂の域を出ない――」

僕の記憶は正確だろう。

ブラック・マンデーで空売りに打って出たマツライが、もしも9・11同時多発テロでも大相場を張っていたとしたら、よほどの強運か、もしくはとびきりの情報源、それも国際テロリスト組織の中枢に迫る情報源をつかんでいた可能性がある。果たして、神戸の相場師とテロリストは何らかの関係があるのか。そしてアンドレイ・フリスクは絡んでいるのか。

マイケル、それを解明するためにも、9・11事件に至る経緯をいま一度詳しく検証してみてくれないか。そう、惨劇が訪れるとわれわれが警告したにもかかわらず、米英の両情報当局の首脳陣は一切耳を貸そうとしなかった、あの9・11事件だ。

僕らふたりの通信はすでに各方面からかなりの程度マークされているようだ。わが畏友よ、まず君自身のなかで、あの時の記憶を詳細に辿ってくれ。それをどのように料理するかは当方に任せてもらおう。

金沢・東山　スティーブン

マイケルの脳裏に八年前の暑い夏の日々が蘇ってくるまで、さして時間はかからなかった。

第四章　ゼロ・アワー——二〇〇一年八月

「午後には気温が華氏百度に近づくでしょう。お年寄りや子供は外出を控えましょう」

ニュース専用ラジオ局WTOPの天気予報がそう伝えるほどの猛暑だった。ワシントンの夏は湿度が高い。薄曇りで風もなく、最高湿度八七％の予報だった。議会は休会中で、さすがに街中は人通りが少なかった。

21ストリート沿いに建つ赤い煉瓦(れんが)造りのオフィスビル「ラファイエット・センター」。ここにマイケル・コリンズが勤める「商品先物取引委員会」はある。先物やオプション取引市場を監視・監督する連邦政府の機関だ。設立は一九七四年。ニューヨーク、シカゴ、カンザス・シティに支部を持ち、年間百万件にものぼる先物取引に目を光らせている。

マイケルは本部の捜査局に在籍して不正な取引行為を捜査・摘発する特別捜査官だ。

この日もランチのBLTバーガーにかぶりつきながら、パソコンの画面を見つめていた。ユーロドルの値動きが表示されている。コーヒーをごくりと飲んだとき、ふと気がかりな動きを目にした。マイケルは持っていたマグカップをデスクにそっと置いて、モニターを凝視した。その姿はエックス線写真に写し出された微小な影に見入るがんの専門医のそれだった。

ユーロドルの値動きが常とはどこか違って見える。

最初に異変を感じてから四十分。その小刻みな値動きはマイケルの心を捉(とら)えて放さなかった。

異変は常にこうして露頭を覗(のぞ)かせる。それがなぜ変事なのか。そう問われても、正確に答えることは難しい。プロフェッショナルの勘が囁(ささや)いているのだ。市場で夥(おびただ)しい数の不正を摘発してきた経験則がそう告げていた。

誰かが大量のユーロドルを売っている。

猛暑で、ニューヨークやシカゴの市場関係者は早々と夏の休暇をとってしまったのだろう。市場の取引は閑散としていた。そのうえ、昼休みでオフィスには人影もまばらだった。

そんなときにこそ、何かが起きる。いま目の前に現れた異変もその微かな予兆なのかもしれない。資本主義の心臓部であるマーケットの奥底で密かな不正が企てられている——。マイケルの眼光は時を追って鋭さを増していった。

ユーロドルだけではない。Ｓ＆Ｐ５００の先物を大きく売っている何者かがいる。疑念は膨らんでいくばかりだった。

売り手は、相場の先行きに確かな情報を摑んでいるのだろう。その背後には、重大なインテリジェンスが隠されているはずだ。

マイケルは、想像力の限りを駆使して、変事の震源に思いをめぐらした。いまただちに中東で戦乱が持ち上がる気配はない。台湾海峡も波静かなままだ。朝鮮半島で金正日が三十八度線を突破する気配もない。にもかかわらず、ユーロドルとＳ＆Ｐ５００の先物が夥しく売られているのだ。何かの凶事が企まれているのかもしれない。

意を決して、アマリア・ステンディックの機密の番号に電話を入れた。

ステンディックは、アメリカ経済の中枢機能が集まるニューヨーク州南部を所轄する連邦検事局の主任検事だ。マイケルがアメリカの捜査組織のなかで、ただひとり信頼を寄せる人物だった。

一九九三年、ワールド・トレード・センターの地下に大がかりな爆弾が仕掛けられ、多くの人命が失われた。この事件を担当したステンディック主任検事は、事件に国際テロ組織「アルカイダ」が関与したことを法廷で明らかにし、姿なき組織を初めて起訴に持ち込んだ敏腕の検察首脳だった。その苛烈で恐れを知らない姿勢は、一線の部下たちから圧倒的な信頼を寄せられ、「小さな巨人」と呼ばれていた。

ステンディック一家もまたナチス・ドイツの魔の手を逃れてポーランド北部からアメリカに渡ったユダヤ系であった。彼女の両親もまたスギハラ・サバイバルだった。母親の強い希望で彼女は「ニュー・スクール・フォー・ソーシャル・リサーチ」に進んでいる。この大学は、戦時中、ユダヤ人や社会主義者など百八十人ものヨーロッパ知識人を受け入れ、「亡命者の大学」と呼ばれていた。偉大な政治哲学者ハンナ・アーレントが、ドイツ語で講義をしながら、大著『全体主義の起原』の草稿を練った学び舎だった。

ステンディック主任検事は、ワールド・トレード・センター爆破事件の裁判の後もアルカイダの動向を執拗に追い続けていた。

「新型ウイルスの出現にも似た、まったく新種の国際テロの動きを捕捉するには、彼らの資金の流れを追わなければならない」

これが彼女の口癖だった。

商品先物取引委員会の捜査官マイケル・コリンズは、アルカイダの資金の流れを追跡しようとするステンディックに協力し、いつしか深い信頼を得る存在となっていた。

そのステンディック主任検事が、突然マイケルのオフィスに現れたのは七月の初めだった。マイケルは立ち上がって歩み寄り、握手をしようと手を伸ばした。ステンディックの身長はわずか百五十五センチ。マイケルよりも三十センチは低い。自然と大きくかがんでお辞儀をするような格好になった。

ステンディックは、マイケルの机の上に置かれたボストン・レッドソックスのピッチャー野茂英雄（のもひでお）の写真を取りあげて言った。

「私は三つの時からヤンキースの大ファンなの。レッドソックスは言ってみれば天敵よ。でも、ノモは別。彼がアメリカにやってこなければ、いまのイチローもいなかったはずだわ。孤高にして不屈のパイオニア。あなたとはどうやら男の趣味まで一緒かもしれないわね」

FBI・連邦捜査局との会議に出るため、ワシントンD.C.に出張してきたのだという。ステンディック主任検事が自ら乗り込んでくるのだ。重大な捜査案件が持ち上がっているのだろう。

彼女の乾いた声がこう告げた。

「マイケル、先物相場に妙な動きは出ていないかしら。少しでも不審な取引があったら、真夜中でもかまわないわ、電話で起こして」

事態は差し迫っているにちがいない。

「忍び足でこの国に迫りくる大がかりなテロ攻撃をどうすれば防ぎとめることができるのか。私は、来る日も来る日も、一日二十四時間、そのことばかり考えているわ。アメリカ本土を標的にしたテロリズムは、起きるかもしれない、というのではない。もうそんな段階はとっくに過ぎている。いつ、どこで起きるのか、という切迫したステージに入っているのよ。いいわね、マイケル」

小さな巨人は不吉な警告を残して足早に立ち去っていった。

マイケルが保秘の装置が付いている電話回線で、アマリア・ステンディックを呼びだしたのは、この約束を果たすためだった。

「いまのところ、確たるウラがとれているわけじゃないのですが、僕の勘では誰かが大きなヤマを仕掛けようとしています。ユーロドルとS&P500が狙われています」

「ユーロドルとS&P500を選んだのなら、まさにアメリカが標的だと宣言しているようなものだわ。この国を、世界を震撼させるような大きな事件が起きる、いや、起こす。だから、その前に巨額の売りを仕掛けて、あと十年は優にテロ組織を存続させる資金を稼ぎ出そうとしているのかもしれない」

ステンディック検事のことばは不気味なほど真実味を帯びていた。

「じつは一九八七年のブラック・マンデーの際もアジアで不審な空売りが仕掛けられていました。国際テロ組織の動きと何らかの関係があったのかどうかは分からないのですが」

「マイケル、何か新しい動きがあったら必ず、いいわね、必ず私にじかに連絡してちょうだい」

電話を切ろうとするステンディック主任検事にマイケルは食い下がった。

「検事、何かあったのですか。ヒントだけでも構いませんから、教えてください」

短い沈黙のあと、ステンディックは声を一段低めて言った。

「マイケル、駆逐艦『コール』の爆破事件を覚えているでしょう。あのテロ事件に加わった犯人のうち、ふたりがアメリカに入国していたことが分かったの。大胆にも実名でね」

マイケルはぐっと言葉を呑みこんで受話器を握り続けた。

前の年の十月のことだった。イエメンのアデン港で、爆弾を積んだアルカイダ一味の小型ボートが、港内に停泊していたアメリカ海軍の駆逐艦「コール」に突撃していった。そして船腹に十二メートルもの大穴をあけ、乗務員十七名を死亡させた。「海に浮かぶ国家」たる軍艦がアルカイダの手にかかってしまったことに、超大国アメリカは言い知れぬ衝撃を受けたのだった。情報当局は、かねてからアルカイダがイエメンに設けた拠点を重要な監視対象としていた。にもかかわらず、彼らの犯行計画を事前に察知することができなかったのだ。

イエメンのアジトから発信された通信の傍受記録から、アジアのイスラム国家マレーシアとイエメンを結ぶ線が浮かび上がった。情報当局は、アルカイダがクアラルンプール郊外で開いた秘密会合をついに捕捉する。会合場所はエバーグリーン・パーク、B二号棟。持ち主はマレーシアの微生物学者だった。

「この会合に加わったふたりの工作員の身元が判明したの。ハリード・アル・ミダルとナワフ・アル・ハズミ。ふたりともメッカ出身のサウジアラビア人よ。そして追跡の結果、ふたりが実名でアメリカに入国していることがわかった。ミダルは七月四日にニューヨークのジョン・F・ケネディ国際空港で入国審査と税関を難なくくぐり抜けていったわ。入国カードの滞在先の欄には、ブロードウェイのホテル『マリオット・マーキー』と書いてあったけれど、その後の足取りは全くつかめていない」

マイケルは慄然として受話器を置いた。そして、パソコン画面が映し出すユーロドルの値動きに再び目をこらしたのだった。

＊

「今年は真珠湾攻撃からちょうど六十年目を迎えようとしています。日本の連合艦隊の奇襲攻撃によって、ハワイの太平洋艦隊は未曾有の被害を蒙ったと言われる。だが、アメリカは本当に不意打ちを食らったのでしょうか。じつは、アメリカの政府も軍部も、数多くの警告を事前に受け取っていたのです」

アメリカ国歌の斉唱を受け、やせぎすの背広姿の紳士が、儀仗兵にエスコートされてゆっくりと登壇し、居並ぶ士官候補生たちを見渡してこう言い放った。鷲のように鋭い眼光であった。その尖った顎は強烈な意志をもつ人物であることを示している。半ば白くなった豊かな髪をかきあげながら言葉を継いだ。

「しかしながら、まことに遺憾なことなのだが、真珠湾への攻撃がありうるという警告はことごとくが無視されてしまった。奇襲を窺わせる直接的な兆候さえあったにもかかわらず――。それらもまた見逃されてしまったのです」

ウェストポイントの講堂は、国防総省の高官、陸軍の将官、卒業する士官候補生の親族で埋め尽くされていた。卒業する八百七十二名の士官候補生たちは、間もなく天高く帽子を放り投げて陸軍士官学校を巣立ち、一線の部隊に赴く若者たちだった。二〇〇一年五月のことだ。

マイケル・コリンズも、父兄席の三列目に、神妙な面持ちで座っていた。郷里のオクラホマ・シティの高校から進学した姪っ子のステファニーが、卒業時の席次がシングルという優秀な成績で卒業する。若くして亡くなった姉メアリー・アンに代わって、ステファニーの晴れの卒業式に列席していたのだった。

「戦略の要諦は、想像すらできない状況をあえて想像し、最悪の事態に備えることにある」

その祝辞は、卒業生に与える一般的な人生訓とは、およそかけ離れたものだった。

この人物こそ、新しい保守主義者・ネオコンの巨魁にして、ブッシュ政権の安全保障政策を差配する実力者、ポール・ウォルフォウィッツ国防副長官だった。

眼前のネオコンの戦略家が、これほどの剛速球を投げ込んできたことに驚いたマイケルは、ポケットから式次第を取り出し、その裏にメモを始めた。スピーチを一言も漏らさずに書きとったのは、オックスフォード大学時代のブラックウィル教授の講義以来だった。

居並ぶ兵学校の首脳陣の表情がかすかにこわばった。はるか六十年前の出来事とはいえ、警告を見逃した政権と軍の首脳陣の責任を追及するウォルフォウィッツ演説は鋭いトゲを孕んだものだった。だが兵学校側の思惑など無視して祝辞は続けられた。卒業生たちの面差しに若き日の自分を重ね合わせているのだろう。ウォルフォウィッツは、はるか遠くを仰ぎ見るような眼差しで最後列を眺めている。

「この真珠湾への奇襲こそ、若き日の私に戦略というものを究めたいという気持ちを起こさせたのです。当時、真珠湾に生じていた巨大な力の空白こそが、アドミラル・ヤマモトを奇襲に駆り立てました。そしてアメリカ側のインテリジェンス機能が十分でなかったことが、奇襲を劇的なまでに成功させたのでした」

核の時代を迎えて、超大国アメリカに再び奇襲攻撃が仕掛けられるような事態を許してはならない。若き日のウォルフォウィッツはそう考え、二十世紀のアメリカが生んだ偉大な核戦略の理論家、アルバート・ウォルステッターの門を叩いたのだった。ウォルフォウィッツの胸中には、わが同胞を「核のホロコースト」に直面させてはならないという決意が漲っていたのだろう。

「想定を超える事件はわれらが眼前で頻発しています。にもかかわらず、われわれはそこから何も学ぶことなく、再び奇襲を許そうとしている。愚者は体験に学び、賢者は歴史に学ぶといいます」

ウォルフォウィッツは、間もなく軍務に就く士官候補生たちに、国家を防衛する責任の重さを諭してスピーチを締めくくった。

「ともすると未来という未知の領域に踏み込むことに怯みがちな姿勢を、改めようではありませんか。想像すらできない事態を予想せよ。そして、かかる近未来の事態に備えるべきです」

自らの想像力をはるかに超える事態は将来必ず起きる。それに応えうる人材こそが、国家の安寧を保証する。これがウォルフォウィッツの半生を貫く信念だった。

血の滲むような苦闘の末に手にした情報を紙屑のように捨てて顧みない幹部たち。そんな上司を見慣れてきたマイケルは素直な感銘を覚えていた。

その日の夕方、日本がまだ未明であることを知りながら、マイケルはスティーブンを電話でたたき起こした。感情の昂ぶりを分かち合いたかったからだ。

「スティーブン、夜明け前に悪いな。じつは今日、姪の卒業式があって、ウェストポイントに行ってきたんだ」

機先を制したのは、僚友のほうだった。

「ウォルフォウィッツ国防副長官が来たんだろう。夜中にCNNニュースで映像が流れていた。短いサウンドバイトを聞いただけでも興味をそそられる内容だったぜ。中味を詳しく話してくれ」

なんと勘の鋭い男なのだろう。マイケルはメモを忠実に読み上げた。電話の向こうからはノートに鉛筆をさらさらと走らせる様子が窺えた。

「おい、マイケル。ウォルステッター博士といえば、たしか夫人のロベルタの著作に情報戦略を論じたものがあっただろう。ブラックウィル教授の講義で何度も読まされた憶えがある。アメリカはなぜ真珠湾の奇襲を許したのかを分析した、タイトルは何と言ったかなあ」

「ロベルタの畢生(ひっせい)の名著『真珠湾(パールハーバー)―警告と決断』のことだろ」

「あれは、現代でも十分に通じる希代(きたい)の著作だぜ。日本の外交暗号の傍受から、真珠湾攻撃を窺わせる情報が数多く寄せられていた。にもかかわらず、アメリカの統帥部(とうすいぶ)はことごとく無視してしまった。なぜそんな事態を招いたのかを解き明かした労作だ」

マイケルの脳裏に、ロベルタの明快な文章が蘇(よみがえ)った。

「ああ、そうだったな。当時のアメリカ政府と軍部には、日本の陸海軍がオランダ領インドネシアの油田を狙って南進するという思い込みが余りにも強かった。ロベルタによれば、ルーズベルト政権の統帥部、とりわけ情報当局は、そういうノイズに惑わされて、貴重なシグナルを聞き分けられなくなっていたのだというわけだ」

「ノイズ」と「シグナル」は、ロベルタ論文の重要なキーワードだった。スティーブンも記憶を手繰り寄せるように応じた。

「しかし、真珠湾攻撃の前、アメリカの情報当局は、日本の外交電報『マジック』を少しずつ解読できるようになっていたはずだ。奇襲のシグナルを読み取ることはできたはずだろ」

「いや、アメリカ側にはもうひとつ別の思い込みが強く働いて、それがまた大きなノイズになっていた。真珠湾は水深が四十フィート足らずと浅い。日本海軍はそんな浅い海域を攻撃できる魚雷を持っていないと。ところが実際には、日本は奇襲の直前に浅海面（せんかいめん）発射用魚雷の開発に成功していたんだ。そのうえ、地形が真珠湾に似ている鹿児島で海軍航空隊による海面すれすれに雷撃を敢行する訓練も積んでいた。シグナルは災厄が起きた後なら誰でも聞き分けることができる。だが、重大事件が起きる前には、思い込みというノイズのなかに埋もれてしまうのが常なんだ」

スティーブンの小さなため息が聞こえた。

「惨事を警告するシグナルを聞き分けることはそれほど難しいってことか。たしかに、いま俺たちが苦労しているのもまさにそこだ。いくら正確なシグナルを発しても、凡庸な者はノイズに惑わされ続ける。事態はいまも何も変わってない」

「全くだな」

ここで受話器の向こうのスティーブンが突然沈黙した。

「おい、どうした、聞いているのか、スティーブン」

「マイケル、ウォルフォウィッツは、どうして奇襲の話をいま持ち出したのだろう。奴は何かが起きることを知っているのかもしれないぞ」

スティーブンの鋭い読みに、今度はマイケルが絶句する番だった。

*

東京・文京区、湯島天神の裏手に黒竹の垣根で囲まれた日本家屋がある。母屋の縁側から下駄をひっかけ、雨に濡れた紫陽花やクチナシをながめながら飛石伝いに進むと、小さな土蔵が建っている。その頃、スティーブンは、この土蔵の二階に秘密の通信設備をしつらえていた。

新たな情報が入電すると、小さな灯りが点滅する。厳重なセキュリティーシステムを幾重にも解除していくと、やがて暗号が解かれた電文がコンピュータ画面に現れた。日本時間の午前二時二十四分のことだった。

ロンドン発の緊急電であった。

GCHQ・政府通信本部の通信網が捕捉したところによれば、アフガニスタン、パキスタン山岳部、アメリカ・ネヴァダの各地とロンドン郊外を結ぶ通信に極めて留意すべき内容が散見される。アメリカを標的としたテロ攻撃を窺わせる通信内容と思惟される。各地の要員は関連情報の入手に努め、異変ある時は直ちに通報されたし。

アメリカ政府は、英連邦諸国に所属するイギリス、カナダ、オーストラリア、ニュージーランドの協力を得て、地球の上空を飛び交うあらゆる電波を傍受している。「エシュロン」と呼ばれる精巧な傍受システムがそれだった。巨象たちの檻を思わせる広大な施設が世界各地の拠点に配されていた。英国の諜報システムは、アメリカの

NSA・国家安全保障局と緊密な連携を保ちながらエシュロンの運営に携わっている。アメリカのNSAはもとより、CIA・アメリカ中央情報局にも忍び寄るテロ攻撃の詳細な内容が通報されたことは言うまでもない。

これを受けて、CIA長官のジョージ・テネットは、対テロリスト・センター所長のコーファー・ブラックを伴って、ホワイトハウスにコンドリーザ・ライス国家安全保障担当大統領補佐官を緊急に訪ねている。アフガニスタンの山中に潜むオサマ・ビン・ラディンが何かを企(たくら)んでいる。国際テロ組織アルカイダが細胞へ出した指令を見るかぎり、アメリカ政府は迅速な行動をとる必要があると警告するためだった。二〇〇一年七月十日のことだ。

テネットは、ライス補佐官の部屋に入るなりこう切り出した。

「ドクター・ライス、アルカイダとオサマ・ビン・ラディンに関する非常に気がかりなインテリジェンスが入ってきています。急ぎお耳に入れておくべきだと判断してやってまいりました。対テロリスト・センターのブラック所長から概要を説明させます」

ブラックがブリーフケースから資料を取り出した。

「NSAによりますと、オサマ・ビン・ラディンとその配下の者たちが交わした会話のなかに非常に気になる部分がありますので報告しておきます。コミント・通信情報の総数は、おもなものだけで計三十四件にのぼっています」

ブラックは、傍線が引かれた部分を指さして説明した。

ゼロ・アワー、決行の時は近い。

驚くような出来事が起きる。

ライス補佐官は時折メモをとりながら聞いているが、取り立ててコメントはしない。

テネット長官は、これらの情報を受けてCIAが取った対応を伝えた。

「私としましては、これらのコミントを踏まえて、先月末、各地のCIA支局に対し、各国の政府、情報機関と緊密に連携し、テロリストの拠点への監視を強めること、さらには彼らの活動を封じる措置をとるよう指示を出しております」

ライス補佐官には、その説明がホワイトハウスにも速やかな対応策を取れと迫るものに感じられ、微(かす)かに不快な表情を浮かべたのだった。そして次の瞬間に逆襲に転じてきた。あなたたちは大統領を動かすに足る確実なインテリジェンスを携えてここにやってきたのかと。

「アルカイダのテロ攻撃が、いつ、いかにして、どんな地域で起きると言うのですか。そして、そのテロは、どのような規模になるか、あなた方はおおよその見当をつけているのですか」

テネット長官は額に人差し指をあてて苦しそうな表情をした。

「いいえ、ドクター、率直に申し上げて、分かってはおりません」

ライス補佐官は、これしきのインテリジェンスで大統領に政治生命を賭けろというのかと挑むような眼でふたりを見据えた。

傍らのブラックは形勢が不利とみるや、必死で食いさがった。

「しかしながら、ドクター・ライス、傍受されたテロ組織の声は、そのトーンがこのところ一段と高くなっております。去年、イエメンで起きた駆逐艦コールの事件の際にも、同様に通信量が跳ね上がり、緊張が高まりました。情報の信憑性にはかなりの自信を持っておりますが」

ふたりの肩にはCIAという組織の防衛がかかっていた。いったん事が起こってからでは遅い。CIAに非難の矛先が向けられるのを防ぐためにも、ここはホワイトハウスに警告を発しておかなければならない。テネット長官も、ブラックの発言に後押しされたように慌(あわ)てて言葉を継いだ。

「われわれが摑(つか)んでいるインテリジェンスには、大きな矛盾点を見出(みいだ)すことができません」

ブラックは、次にテロ攻撃が企てられるとしたら、その標的はアメリカ本土になるというニュアンスを強く滲ませた。

「アルカイダは、我が国の権益そのものを標的にしようとしております。今度こそアメリカ本土に攻撃を仕掛けてくる可能性が高いとみるべきでしょう。いまこそ、戦略警告を出すべき時だと考えます」

テネットは迅速な措置を、とにじり寄った。

「ドクター・ライス、オサマ・ビン・ラディンの野望を打ち砕くために、いますぐにも行動を起こし、何らかの対策を講じなければなりません。CIAによる秘密作戦、アメリカ軍による軍事作戦、そのいずれか、もしくは両方を発動し、彼らの動きを即刻、封じなければなりません」

ライス補佐官は、CIAのブリーフィングにじっと耳を傾けてはいたが、さしたる反応は見せなかった。情報当局が傍受したコミント・通信情報の確度に全幅の信を置いていない様子がその表情からはっきりと窺(うかが)われた。

エシュロンの傍受システムが捕捉した情報によると、国際テロ組織の巨頭、オサマ・ビン・ラディンは、すでに世界の二十ヶ国以上に散らばる細胞に指令を飛ばしていた。傍受された通信はのべ二千二百時間。しかし、誰ひとり、テロを封じる行動を起こそうとはしなかった。

＊

捜査機関と情報機関の牢固たる縄張り意識は、癒しがたい風土病であり、時に国家そのものを壊死させるほど甚だしい。そうしたなかで、小さな巨人がひとり奮闘を続けていた。ニューヨークの連邦検事局の主任検事アマリア・ステンディックだ。ワシントンに置かれている商品先物取引委員会の捜査官マイケル・コリンズからの緊急通報を受けて、テロリストたちの行方を懸命に追っている。

「離陸後の操縦方法さえ教えてくれれば、着陸の操作などどうでもいい――」

ミネソタ州イーガンの飛行学校で訓練を受けていたハイジャック犯の予備軍のひとりがこんな暴言を吐いた。不審に思った教官から地元のＦＢＩには通報が届いたのだが、ＦＢＩはこの情報を抱え込んだまま、ニューヨークのステンディック検事には知らせようとしなかった。

マイケルが異変を通報してから五十三日目のことである。

太平洋を挟んだ日本の港町神戸。三宮繁華街の本町通りの角に小さなバーがある。入り口に「舶来酒房スモーキー」というプレートが掲げられている。

ひとりの男がドアを押し開いて、カウンターに腰をおろした。蝶ネクタイのマスターが黙ってグラスを客の前に置いた。「ナイス・バディ」グラスにガラナのカクテルがなみなみと注がれた。

ふたりはひとことも言葉を交わさない。男は左手の親指と人差し指でナイス・バディの腰を持ちあげ、ぐいと飲み干した。ほどなく二杯目のカクテルがテーブルに置かれた。「スモーキー」のニックネームで呼ばれるマスターは、客の注文を一切聞かない。

二杯目を飲みかけた、そのときだった。男の胸のポケットに入っていた携帯電話が震え出した。液晶の画面に通信文があらわれる。男が腕時計に視線を投げた。

午後九時四十九分だった。

「マスター、済まんが、ＢＢＣのワールド・ニュースをつけてくれへんか」

「何ぞあったんかいな」

スモーキーが、棚の上にある古いテレビのスイッチを入れた。

「ニューヨークのワールド・トレード・センターの北棟に小型飛行機が衝突した模様です。飛行機が突っ込んだ箇所からは黒い煙があがっています」

BBCは、アメリカABC放送のブレイキング・ニュースをそのままキャリーしている。それほどの緊急事態なのだ。

「済まんが会社に戻るわ」

バー・スモーキーを飛び出したのは相場師松雷こと松山雷児だった。歩いてもすぐなのだが、通りでタクシーを拾うと、北野町四丁目の事務所に取って返した。

全力で階段を駆け上がり、二階のオフィスのドアを開けると、女性事務員がまだひとり居残っていた。

「社長、ニューヨークがえらい騒ぎになっています」

雷児はテレビのチャンネルをCNNにあわせると、画面に食らいついた。

アメリカの心臓部を標的に新たな奇襲攻撃が企てられたのだ。テレビ画面に映し出されたアメリカ東海岸は、紺碧(こんぺき)の空に雲ひとつない朝だった。

東部時間の午前九時三分。ワールド・トレード・センターの南棟に航空機が激突していった。CNNのアンカーマンは興奮のあまり、うわずった声で放送を続けている。

「ワールド・トレード・センターに二機目の航空機が衝突しました。管制当局によりますと、ボストンのローガン空港を発ったユナイテッド航空一七五便だということです。テロ攻撃の可能性が高いと見られます」

間もなくカメラは、煙が立ち上る高層ビルの窓から飛び降りる人間の姿を大写しにした。

ワールド・トレード・センターの摩天楼は、ほどなく崩れ落ちていった。

「どういうことだ、これは——」

雷児は地の底から湧きあがってくるような呻き声を漏らしたのだった。

「あいつ、これを知っとったんか。それで、まさか——」

香港のディーラーが携帯の端末に新たな情報を流してきた。

いまならどれほど大きく勝負しても懸念なしと思料される。ニューヨークの市場は間もなく閉鎖に追い込まれよう。追加の売りはいまが絶好のタイミングと思われる。至急連絡されたし。

雷児は三階の社長室に戻ると、奥の書棚にある書籍を押しのけて、セーフティー・ボックスの鍵に手をかけた。震える手でコンビネーションキーを回す。鉄製の扉を押し開いて、数通の手紙を取り出した。

二〇〇一年七月二十九日の消印がある手紙を手にとった。懐かしい友からの便りだった。上質な便箋に家族の近況が記され、雷児の健康を気遣う温かいことばが綴られていた。手紙の最後は次のような一文で結ばれていた。

僕の見通しでは、九月の半ばまでに相場は必ず大きく下げる。九月限月のユーロドル先物、さらにはS&P500の指数先物で勝負する絶好の機会となろう。いつものように、この取引で利益が出たら、香港のチャリティ・ファンドに資金を拠出してほしい。恵まれない環境にいる子供たちに最高の教育を受けさせる資金に使わせていただくことを約束する。

「いや、ただの偶然に過ぎん」

雷児はひとりごちた。そして右の拳をぎゅっと握り締めた。

シカゴ金融界に並ぶ者なしと謳われた、あれほどの傑物がテロリストと繋がっているはずはない。愛してやまない自由の祖国を売ってまでカネを手にすることなど考えられん。

これまで三度にわたって送られてきた手紙。その末尾には、いつもグリコのおまけのように「ご託宣」が添えられていた。

最初は、ほんのつきあいというつもりで乗ってみた。すると、驚くように儲かった。それは雷児の懐を潤わせただけではない。相場師としての松雷の存在を実力以上に大きく見せてくれた。

二度目の手紙では、一九七三年の第四次中東戦争とオイルショックを精緻に見通していた。三度目は一九八七年十月のブラック・マンデーだった。

そして今回の手紙――雷児は二〇〇一年七月二十九日の消印をいま一度確かめた。

雷児は友との約束に律儀だった。大きな利益が出る度に、その三割を指定された香港の口座にすぐさま送金した。そのファンドは、毎年、平均すると一〇%近い利回りを確保し、優良にして堅実な運用を続けている。

雷児には自らに少しも恥じることのない公正な取引だという自負があった。

だがいまは、黒いインクを一滴水面にたらしたような疑念が広がっている。

テロリストが、香港、ニューヨーク、シンガポール、ロンドン、東京の市場で一千億円ずつのS&P500とユーロドルを売ったとしてみよう。暴落後に買い戻せば、彼らの懐にしめて一兆円が転がりこむ計算になる。もしもこれが新たなテロ資金を稼ぎ出すためだとしたら——。

雷児は心身ともに凍りついて、声も出せなかった。

第五章 それぞれの夏——一九七一年八月十五日

少年スティーブンにとって、東京の雑踏で目にするもの、聞こえてくる話し言葉、風にさざめく木々の葉、あらゆるものが新鮮だった。つい半年前まで暮らしていた香港の混沌（こんとん）とした風景とは異なり、街をゆく人々の匂（にお）いも、朝顔の植木鉢が並ぶ裏町の風情（ふぜい）も、子供たちが大切にしているお菓子の景品も、ことごとくがもの珍しかった。

乳母にして生涯の心の友、サキの手にしっかりとつかまり、人ごみをかき分けかき分け、進んでいく。湯島の屋敷町から歩いて十分ほどなのだが、上野・不忍池（しのばずのいけ）の畔（ほとり）にはおびただしい夜店が軒を連ねていた。カブトムシ屋。金魚すくい。射的屋。バナナの叩（たた）き売り。さいころ博打（ばくち）。蛇女の見世物小屋。

「さあ、坊や。よってらっしゃい、見てらっしゃい。南の国はアマゾン王国にだって、こんなにでかいカブトムシはいるわけがねぇ。それが一匹、なんとたったの三十円。さあ、お買い得だよ。そこの坊や、毛唐の坊ちゃん、さあ、買ったり、買ったり」

スティーブンは眼を輝かせ、サキの浴衣(ゆかた)の袖(そで)を引っ張った。

「ねえ、サキ。カブトムシを一匹だけでいいから、買ってほしいんだ」

「買うなら、別の店ですよ。大切な坊ちゃんを毛唐だなんて」

「この店のカブトムシがいいんだ。ねえ、ここで買おうよ」

スティーブンはサキの手をぐいと引っ張った。

「はいはい、わかりました。いつもなら、お母様にお伺いを立てるところですが、今夜はお祭りですから」

スティーブンは、親指と人差し指で黒光りのする甲虫をそっとつかみとり、竹籠(たけかご)に押し込んだ。夜店で大好きなカブトムシが手に入るなんて——。スティーブンはたちまちこの街に魅せられてしまった。猛獣狩りのハンターが鉄の檻(おり)にライオンを閉じ込めたような気分で、竹籠を提げて意気揚々と人いきれのなかを突き進んでいく。

その日、湯島のブラッドレー邸では、一大変事が持ちあがっていた。この夜は家族そろって隅田川の屋形船に繰り出すはずだった。だがロンドンからの一本の国際電話がすべてを吹き飛ばしてしまったのである。

父は英国の船会社「ジョン・スワイヤー・アンド・サンズ」の極東代表にして、ロンドンのインテリジェンス・コミュニティの重鎮だった。第二次世界大戦には最年少の情報士官としてシンガポールに赴いたが、戦後は情報機関から身を引いた。一方、オックスフォード大学のリンカーン・カレッジで学んだ学友たちの幾人かは、そのまま冷たい戦争の情報戦士として情報部にとどまった。彼らとの交流は途絶えたことがない。父もまた、在野の逸材をゆるやかに抱えこんでいる情報統帥部に事実上、留まっていたと言えよう。

国際電話をかけてきたのは、ロンドンの船会社だったのか、ヴォクソールの友人だったのか、電話口に出たサキにも判じがたかった。

受話器を肩にあてた父は、サキに呼びかけた。

「サキ、短波レイディオだ。レイディオを！」

紳士たるもの、陸上のトラック以外では、決して走ってはいけない――。常日頃からそう家族に諭している父だったが、よほどの事態が持ちあがったのだろう。我知らずサキに英語で話しかけていた。

「レイディオ――。旦那(だんな)様、なんのことでございましょう」

とっさに日本語に切り替えて言った。

「サキ、ラジオだ、ラジオをすぐここに」

「ああ、ラジオのことでございますか」

BBCの国際放送は、ワシントン発で一大事件が起きつつあることを刻々と伝えていた。アメリカのニクソン大統領が世界を揺るがす重要演説をつい今しがた始めたという。

「アメリカ政府は、ドルと金との交換を停止する」

同時にすべての国からの輸入品に一律に一〇%の輸入課徴金をかけることが明らかになってきた。

霞が関の大蔵省も激震に見舞われていた。国際的な金融問題を扱う財務官室は、日本のような輸出超過国に課される課徴金に眼を奪われ、ニクソン大統領が基軸通貨ドルを金の呪縛から解き放った事態の本質を摑みかねていた。

このとき戦後の金融システムは、金・ドル本位制の古い衣を脱ぎ捨て、真正のドル本位制に踏み出そうとしていた。これ以後、ドルと金との交換には応じない——一片のアメリカ大統領令が世界にこう宣言すると、戦後の風景は一変してしまったのである。「ニクソン・ショック」の始まりだった。

父は直ちに運転手を呼びだして丸の内のオフィスに向かった。濃紺のジャガーは低いエンジン音を残して湯島の坂を降りてゆく。

不吉な出来事が起きたのではない。サキの見立ては核心を衝いて鋭かった。旦那様の表情に翳りは見えなかった。瞳の奥には弾んだものさえ見え隠れしていた。

第二次世界大戦終結の前年、ニューハンプシャー州ブレトンウッズで戦後の国際通貨体制を取り決める会議が行われた。このとき、イギリスはかの偉大な経済学者ジョン・メイナード・ケインズ卿を代表に送り込んだ。だが、ケインズ卿は、アメリカのフランクリン・ルーズベルト大統領、ヘンリー・モーゲンソー財務長官、ハリー・デクスター・ホワイト財務次官補の三首脳によって徹底していたぶられた。水に落ちた犬は打ちのめせ。マウント・ワシントン・ホテルで大英帝国に加えられた屈辱から、ケインズ卿はついに立ち直ることができなかった。間もなく持病の心臓病を悪化させ世を去ってゆく。

ブレトンウッズ会議でのケインズ卿の無念を知るスティーブンの父は「基軸通貨ドルの陰り」に格別の同情を抱かなかった。驕れるものは久しからず。ドルの覇権にはほころびが生じ始めている。英国紳士はジャガーの後部座席に身を沈めたまま、静かにお濠端の緑に見入っていた。

この騒ぎで屋形船の遊びが取りやめになると、母親は早々と女友達のもとへブリッジをしに出かけてしまった。スティーブンとサキだけが湯島の家に取り残された。サキは幼い少年が不憫だったのだろう。不忍池の夜店に連れ出してくれたのだった。

「ねえ、サキ。見世物小屋に入ってみようよ。北の海で人魚を見たという船乗りはいる。でも、蛇女を見たイングランド人はいないと思うな。クラスのみんなに自慢できそうだよ。ママには内緒にするからさ、サキ、入ってみようよ」

「坊ちゃま、蛇女だけはどうしてもいけません。男の子が見るものじゃありません。蛇女のおっぱいを坊ちゃんに見せたら、お母様からこのサキが大目玉を頂戴してしまいます」

花札博打をすることで、ふたりの妥協が成立した。スティーブンが賭け金と札をきめ、サキが代わって札を張る。

スティーブンは、くしゃくしゃにしてポケットに押し込んでいた二十ドル紙幣を取り出し、サキに渡した。

「これで勝負しようよ」

「坊ちゃん、ドルなんぞいけません。お父様もドルはただの紙切れになったとおっしゃっていたでしょう」

桜吹雪の刺青を肩に彫りこんだ兄さんは即座に応じた。

「坊や、あっしは受けさせていただきます。このお札にどれだけシノギを助けてもらったことか」

「ほら、ドルには価値があるだろう。父さんはアメリカを嫌いなだけだよ。ポンド紙幣には女王陛下の顔が刷ってあるから好きなんだ、きっと」

ドルの覇権時代はまさにこれから幕を開ける。基軸通貨ドルとアメリカの威信はいや増すに違いない——研ぎ澄まされた少年スティーブンの勘はそう感じ取っていたのかもしれない。

＊

このマーケットには黴臭い臭いが漂っている。足を踏み入れた者なら誰もがそう感じてしまう。それほどシカゴ・マーカンタイル取引所は淀んだ空気に覆われていた。

この市場の主力商品だった豚肉が腐臭を放っているかのようだ。マーカンタイル取引所の先行きを心配する若手のメンバーたちは、旧弊な商慣行に縛られて改革に及び腰の執行部に苛立ちを隠さなかった。

現物の取引は勢いを欠き、それにつられて豚肉の先物取引も低迷したままだった。

もう一つの主力商品、卵の商いも振るわず、ピットに陣取るトレーダーの姿もまばらだった。

アンドレイ・フリスクが初めてマーカンタイル取引所にやってきた日からもう二十年になる。胸に番号札をつけたトレーダーたちが身振り手振りを交えて大声で取引をする様子を見ながら、アンドレイはこの取引所と共に過ごした若き日々に思いを馳(は)せていた。

ガラスの向こうの立会場では「ランナー」と呼ばれる少年たちが駆けずりまわっている。売買注文書を手にトレーダーに伝令する要員だ。アンドレイはいつしか彼らの姿にかつての自分を重ね合わせていた。ランナーだった日々のぞくぞくするような興奮が蘇(よみがえ)ってきた。

その頃のマーカンタイル取引所の喧騒(けんそう)は、クラコフのカジミエーシュにあったノヴィー広場を思わせた。だが、飛び交っているのは、イディッシュ語ではなく、中西部訛(なま)りの英語だった。マーカンタイル取引所のトレーダーはその三分の一をユダヤ系が占めている。名門のシカゴ商品取引所がアイリッシュの牙城(がじょう)なら、ここはユダヤ系の砦(とりで)だった。

フリスクの一家にとって、シカゴはまさしく約束の地だった。ポーランドからリトアニアを経て、シベリア鉄道に乗ってウラジオストックに着き、そこから日本海を渡って敦賀港に上陸し、ふたつの港、神戸と横浜を経てアメリカへ。永遠に続くかに思われた逃避行の果てに、ようやくたどり着いた街がシカゴだった。

両親は息子に医者か弁護士になってほしいと望み、アンドレイもその願いを容れてミシガン大学のメディカルスクールを卒業して眼科医の免許をとった。

だが、アンドレイは、ユダヤ難民が歩む、ありふれた成功物語を演じるつもりなどなかったのである。裕福で満ち足りた眼科医アンドレイ・フリスク――そんな自分に早々に別れを告げ、医学生の頃、夏のアルバイトで通っていたマーカンタイル取引所に帰っていった。幼いころに体験した逃避行が、青年アンドレイを強烈な刺激を求める冒険者に変えてしまったのだろう。迷わず「ランナー」として売り買いが交錯する魅惑の世界に舞い戻っていった。父ヘンリクはひどく落胆し、二週間もアラスカの旅に出かけて戻らなかった。

俺はこのピットで生計をたてていく。かくして、気鋭の先物トレーダーが誕生した。

マーカンタイル取引所は、十九世紀の終わりにバターと卵の取引所として設立された。卵は先物市場で取引される代表的な投機商品だった。

先物取引とは、将来の一定の期日内に商品を受け取る権利を売買するディールである。その場で実物の受け渡しをしないため、一定の証拠金を担保に積めば、手持ち資金の数倍、時には数十倍の取引が可能となる。極めて投機性の高いディールなのである。

アンドレイは先物取引の奥深さに魅せられていった。

カリブの海はべた凪のように見えても、ハリケーンが近付くと一転して大荒れとなる。相場は生き物である。表面上どんなに静かに見えても、穏やかさのなかに危機の芽は静かに育まれていく。些細なきっかけで突如として暴れだす。その時、商機は訪れる。大局の見立てさえ誤らなければ大儲けができる。とっさの判断こそ地獄と天国の岐れ目となる。胃はきりきりと痛むが、それだけ儲けもでかいのだ。これこそが先物相場の醍醐味である。ひとたび相場の味を知ってしまった者は、堅実無比の眼科医暮らしには満足できなかった。

アンドレイが足を踏み入れた当時の取引所は、金と力が支配する世界だった。トレーダーたちは仲間と気脈を通じて買占めを平然と行っていた。そして相場を吊りあげたかと思えば、次の日にはたたき落とす。そんな力技が通用する時代だった。

敏腕トレーダーとは、買占めの達人を言い、彼らは芸術的なほどの手並みで相場を操っていた。相場から存分に甘い蜜を吸い、公正な取引など、聖書の言葉ほどにも気にかけていなかった。当時のシカゴ・マーカンタイル取引所は、荒っぽく稼ぎまくるトレーダーたちが蠢く「ならず者マーケット」だったのである。

　そんな荒くれ者たちのなかに、医師免許をもつ若者が紛れ込んできた。眼科医の職をなげうって、先物取引を生涯の仕事に選んだこの男は、トレーダー仲間も一目置く相場勘を持っていた。

「将来、奴はひとかどの勝負師になる」

　有望な銘柄を先物買いするように、彼らはアンドレイをそう評したのだった。

　やがて彼は同世代のトレーダーたちと手を携え、取引所の悪しき慣習をひとつ、またひとつと打ち破っていった。それはマーカンタイル取引所が時代の要請に応えて、真の自由市場へと脱皮していく道程でもあった。

　世界の株式市場をリードするニューヨーク証券取引所。穀物のプライスリーダーとして君臨するシカゴ商品取引所。このふたりの巨人に較べれば、卵と豚肉を扱うシカゴ・マーカンタイル取引所など、取るに足らない存在だった。

「われわれマーカンタイルを世界のトップ市場に変貌させるには、何か、とてつもない商品が要る。いままでどの市場も手掛けたことのない、まったく新しい商品が！」

　アンドレイはことあるごとにトレーダー仲間にこう夢を語るのだが、彼とてまだ見ぬ商品の姿を摑み取ってはいなかった。

「アンドレイ、何をそんなに思いつめているの」

声をかけてきたのは、女性トレーダーのメラニー・カッツだった。いつものようにイディッシュ語だった。

「きょうも商いは閑散としているなぁ。トレーダーも開店休業というわけか。昔はこんなとき、ビリヤードでもしていたものだが」

このメラニーこそ、女人禁制の世界だった取引所に単騎乗り込んできた逸材だった。アンドレイがマーカンタイル取引所の幹部になってはじめて採用した、女性の幹部トレーダー候補だ。メラニーはナチス・ドイツの迫害をのがれてハンガリーからやってきた両親のもとで厳格なユダヤ教徒として育てられた。土曜日には欠かさずヘブライ語の学校に通い、両親とはイディッシュ語で会話した。そのため、若い世代には珍しく完璧なイディッシュ語も話すことができた。話が機微に触れるとき、ふたりはピットの片隅でイディッシュ語で語り合うことにしていた。

「このまま漫然と卵や豚肉を商っていては、うちの取引所は場末のビリヤード場になり下がってしまうでしょうね」

メラニーの歯に衣着せぬ諫言に、アンドレイは全幅の信を置いていた。

「これまで誰も思いつかなかったような、画期的な商品がどこかにないだろうか」

周到な調査を重ねていたメラニーは、自信ありげにこう切り出した。

「うちの主力商品である農畜産物という枠を越えるなら、土地や建物などの不動産はどうでしょう。卵や豚肉と同様に、現物があるのですから、商いの形はこれまでとさして変わりません」

メラニーの才を以て考えだしたにしてはいまいちだ。それはアンドレイがすでに廃材として捨てたものだった。

「いや、土地やオフィスビルには、商いの統一的な基準がどうにも設定しにくい欠点がある。でも、だめだと言っているんじゃない。ただ僕は、これまで誰も思いつかなかった画期的な商品を何としても見つけだしたいんだ。先物取引の世界に革命を巻き起こすような目玉商品を！」

メラニーの懐（ふところ）にはまだ隠し玉がある――アンドレイはそう察して問いかけた。

「メラニー、先物取引ってものが、いつ始まったか、知っているかい」

彼女は新古典派経済学の聖地、シカゴ大学のミルトン・フリードマン教授のもとで学んだ俊英だ。

「ええ、一七三〇年、オオサカの堂島米会所です。そこで差金決済を含んだ世界初の先物取引が始まりました。証拠金を積むだけで将来のコメの所有権を売買する。江戸期の大坂商人は本当に革命的な売買システムを考え出したものですね」

「そのとおり。コメの仲買人たちが考え出した、驚くほど独創的な商品だった。現物を持ち寄らずに、帳簿の上だけで将来のコメ売買の権利を取引する。価格変動によるリスクをヘッジすることもできる。加えて投機目的にも適(かな)う。いま、私が求めているのは、あの独創的な大坂商人たちの発想にも匹敵するような、革命的なアイデアなんだ」

メラニーの眼に一筋の光が走った。

「もし私たちが、そんな商品を手に入れたら、この取引所は、もうニューヨーク市場の後塵(こうじん)を拝する屈辱に堪えずに済みますね」

「そうだ、そんな商品をいつかきっと二人して見つけ出してみようじゃないか」

ふたりのイディッシュ語は熱を帯びて早口になり、次第に彼ら自身が追い付けなくなるほどだった。そこには燃えるような野心が渦巻いていた。

＊

アンドレイが内に秘めた相場の勝負勘、そして匕首のように鋭い決断力は天性のものなのか——仲間たちはこう囁きあった。

トレーダーとしてのアンドレイは、マーカンタイル取引所で商いが成立していくさまを生々しい映像として思い描くことができたのだ。シベリアの鉄路を辿った逃避行こそが、ディーラーとしての彼の資質を育んでくれたのだろう。様々な取引がどのように交わされていくかを少年の日に身近に目撃した経験はかけがえのないものだった。

両親は故郷のクラコフから携えてきた宝石や時計を売り払って旅費を工面し、パンやスープを手に入れた。母のリフカが祖母から贈られたダイヤの指輪をモスクワのヤロスラヴリ駅頭で金に換えるのに立ち会った。シベリア鉄道を東に辿るなかで、ポーランドから携えてきた品物はソ連の通貨ルーブルに換えられ、一家は飢えをかろうじて凌いだのだった。

果てしない鉄路の旅のなかで、父のヘンリクは通貨という不思議な生き物について、飽くことなく語り聞かせてくれた。

「それぞれの通貨には、その国の経済のありようが精緻に投影されているだけではない。通貨とはその時々の国際情勢をくっきりと映し出す鏡のような存在なのだ」

一家は、欧州各国の通貨が微妙な政治情勢に左右されながら、刻々と揺れ動くさまを目の当たりにした。流浪の民に襲いかかる苛烈な体験を通して、アンドレイは幼くして通貨の何たるかを垣間見たのだった。シベリア鉄道の旅は、いかなる経済学者も敵わない偉大な教師であった。

　列車のなかでも、貨客船でも、ドル紙幣は燦然と輝いていた。新興の大国アメリカは、戦乱の欧州を見おろして超然として聳え立ち、次なる基軸通貨の座を見すえて存在感を示していた。それゆえ欧州から逃れてきた人々は誰しもドルを欲しがった。彼らにとって、ドルは命にも等しい重みを持っていたのである。アメリカの通貨ドルは、七つの海に覇を唱えたイギリスの通貨ポンドを王座から逐い落とし、通貨世界の新たな覇者になろうとしていた。

「証拠金を積むだけで、コメの将来の所有権を売買する。ほんとうに革命的な売買システムが江戸期の商都大坂で誕生したのは、十八世紀前半のことでした」

　かつてコメは貨幣と同じ役割を果たしていたという。メラニーのことばを反芻しているうちに、アンドレイの脳裏にとてつもない着想が稲妻のように閃いた。戦後世界の覇者ドルを金融先物商品として、このシカゴ・マーカンタイル取引所に上場できないだろうか。コメをドルに置き換え、通貨そのものを先物商品に仕立てあげる――この壮大な夢に取り憑かれたアンドレイは、来る日も来る日も取引所の資料室に籠もって、膨大な経済学の文献と格闘し続けた。やがて小さな資料室から飛び出して、シカゴ大学の図書館に籠城（ろうじょう）した。そこは、市場での自由な競争こそ至上のものとするシカゴ学派の居城だった。

そして、その城主こそミルトン・フリードマン博士だった。

博士からドルを先物商品とする着想にお墨付きをもらえれば、取引所の将来に展望が開けるかもしれない――。アンドレイは図書館を飛び出し、博士の研究室のドアをノックしていた。

新古典派経済学の巨頭は気難しいことで知られていた。弟子たちは、フリードマンから論争を挑まれないよう研究室の前を忍び足で通り過ぎる、という話がまことしやかに囁かれていた。

「君はいったい何者だ。思索の時間は誰とも会わないことにしておる。現世のくだらない雑務から経済学の理論が支配する世界に戻るには、私の場合、じつに二十三分もの時間を要するんだ。それは経済学と人類の損失だとは思わんかね」

広い額にかかった白髪をかきあげ、大きな鼻にのった眼鏡の奥の眼に不快な色を漂わせていた。

さしものアンドレイも震えあがらんばかりに緊張し、マーカンタイル取引所から来たことを告げると、恐る恐る話を切り出した。

「これは博士の経済学理論の正しさを実証する絶好のテーマなのです。ですから、二十三分は、負債ではなく、まるごと資産のほうに計上すべきだと思います」

一代の碩学の瞳がギラリと輝いた。

「世界の基軸通貨たるドルを、わがシカゴ・マーカンタイル取引所に、金融先物商品として上場することはできないものでしょうか」

この唐突な問いかけに、フリードマン博士は驚いた様子を見せなかった。

「ドルという紙幣を、君らが扱う豚や卵と同様に、飯のタネにしようというのか」

博士がシニカルな修辞で応じてきたときには脈がある。

経済学界の異端児と呼ばれてきたこの学者の辞書には、「突拍子もない」という形容詞などそもそも存在しない。アメリカの自由な市場にあっては、商えない商品など存在するはずがない。これが博士の信念だった。

「君、私は君のような商売人じゃない。だから、これがビジネスとして成功するかどうかは、保証できかねるよ」

フリードマンはなかなかに老獪だった。

「しかしだ、経済学者たる私のみるところ、君の思いつきは、なかなかに面白い。うん、秀逸とさえ言えるだろう。いや、さらに言えば、資本主義の必然と断じてもいいかもしれんな」

ここでアンドレイが博士に切ったカードは、大胆不敵なものだった。

「博士、ひとつお願いがあるのですが。ドルのような金融商品を商う先物市場を創設することの意義をひとつ論文に書いていただく訳にはいかないでしょうか」

一介の商売人が、世界の経済学界に君臨する帝王に自分のビジネスのための論文を書いてくれと頼み込んだのだ。こめかみを震わせながら怒鳴られても仕方がないだろう。

だが、博士はこともなげにこう応じた。

「なに、論文を書くことは、私の商売だ。君が豚を商っているのと少しも変わらん。考えてやらんでもない。ところで君、代価は払ってくれるんだろうね」

わが生涯でもっとも投資するに値する案件だ――。アンドレイは、フリードマン論文にならどれほど金をつぎ込んでも惜しくはないと覚悟を決めた。

だが、そこはアンドレイも相場師だった。

「博士、それで、いかほどで論文を書いていただけるものでしょうか」

「そうだな、五千ドルでは、どうだ」

五万ドルと踏んでいたアンドレイは、心のなかで快哉を叫んだのだった。ケインズ卿と並ぶ二十世紀最大の経済学者もディールには不慣れと見える。

もし「いくら出す」と尋ねられたなら、十倍の値を提示していただろう。

かくしてアンドレイは、生涯で最も安上りの投資でフリードマン論文を手に入れたのだった。ミルトン・フリードマンは、その後まもなく、ノーベル経済学賞を受賞し、アンドレイの買い物はさらに価値を高めることになった。

だが、基軸通貨ドルは、ブレトンウッズ会議で定められた固定相場に縛られたままだった。これではドル通貨を取引所に上場することなど夢のまた夢だった。

その一方で西側同盟の盟主アメリカは、ヨーロッパの戦略正面でソ連と冷たい戦争を戦わなければならず、アジアではベトナム戦争の激化で日々膨大な戦費を垂れ流し続けた。これによって超大国の懐から夥しいドルが流出していった。金・ドル本位制のゆえに、それは金の流出を意味したのである。

アメリカは一時二万トンを超す金を保有していたが、ベトナム戦争が泥沼化した一九六八年には、一万トンを下回るまでになっていた。一九七一年の四月にはドルの切り下げを予測した国際投機筋がマルクを買ってドルを売る動きを強めていく。ブレトンウッズ会議で決められた為替の公定価格が決壊する瞬間が刻々と迫っていたのである。

アンドレイは夏休みをとるのが嫌いだった。とりわけ家族と過ごす休暇が苦手だった。

かつて妻に説き伏せられてカリブ海の保養地に出かけたことがあった。英国領タークス&ケーコス諸島には、アメリカ本土に通じる国際電話は数本しかなく、市場が開く時間にはアンドレイがそのすべてを独占して、売り買いの指示を出す騒ぎになった。別荘の支配人からはできるだけ早く退去するように求められた。妻と子供はお尋ね者の家族のように肩身の狭い思いをしなければならなかった。それ以来、一家揃っての夏休みは取りやめになった。

「夫は相場と結婚したのです」

アンドレイの妻は休暇の季節が近づくと、知人たちにこう答えるのだった。

一九七一年の夏も、アンドレイの妻は子供たちを連れてカナディアン・ロッキーで休暇を過ごしていた。シカゴに残ったアンドレイは心置きなく相場に打ち込むことができた。

八月十五日は日曜日だった。だが彼はオフィスで執務していた。

机上の電話が鳴った。秘書からの緊急連絡に違いない。相場に異変が持ち上がるのは決まって取引が閑散としているこんなときだ。アンドレイは、深呼吸をしておもむろに受話器をとった。

「すぐにテレビのスイッチを入れてください。ニクソン大統領が緊急のテレビ演説を行うという速報が通信社のワイヤーで流れています」

ニクソンはいつもの陰気な表情でテレビの画面に現れた。

「アメリカのみなさん。今日は重要なお知らせがあります。アメリカ政府は、外国政府が保有する米ドルとアメリカ政府が保有する金との交換を一時停止します。そのための大統領令に署名したことをお伝えします。あわせてアメリカへの輸入品に一〇%の輸入課徴金をかけることを決定いたしました」

金とドルの交換停止を宣言したニクソン演説。これが金融の世界にどれほどの衝撃を与えるか、アンドレイはすぐさま読み取った。基軸通貨の価値を根底で支えていた金とのリンクが外されてしまう。ドルの価値は相対的には下がっていくのだろう。後にニクソン・ショックと呼ばれる衝撃は国際社会を揺るがした。だがそれはドルを新たな金融商品にと考えていたアンドレイにとって天祐でもあった。

ドルと主要通貨との固定相場制がすぐに崩れることはないかもしれない。だがいずれは、ドルは各国の通貨に連動してその価値を変動させることになるだろう。シベリア鉄道の旅で体験した世界が蘇る日はそう遠くあるまい。

ニクソン・ショックの直後は、水面下で激しいドル売り、マルク買いの投機が続いたが、ドルに対する各国通貨の交換比率はいまだに固定されたままだった。

だが、それから四ヶ月後、ニクソン政権は、ワシントンのスミソニアン博物館に主要国の蔵相・中央銀行の総裁を一堂に招いて会議を開く。このスミソニアン会議で基軸通貨ドルの切り下げが諮られ、ドルは固定相場の制約から解き放たれるきっかけを摑んだのだ。注目のドル・円相場では最終的に一ドルが三百八円になるよう誘導されていった。これによって基軸通貨ドルといえども、アメリカの国力、とりわけ経済力に応じて、その時々のレートで他の主要通貨と交換されるシステムが出現した。それは、基軸通貨が、小麦や株や債券と同じように刻々と値を変える存在となったことを意味していた。

実は、アメリカ政府の軛を逃れたユーロドルは、冷たい戦争の深まりと共にすでに生まれでていた。ソ連も冷戦の主敵の通貨たるドルをどうしても必要としていたからだ。ソ連側の求めに応じて、ロンドンのシティでは、ユーロドルを密かに取引していたのだった。ニクソン・ショックは、冷戦の非嫡出子だったユーロドルを正式に認知する儀式でもあった。

究極の先物商品「ドルマネー」をシカゴ・マーカンタイル取引所に上場させる——アンドレイのとてつもない閃きが現実のものとなる機会がついに訪れたのである。

翌年、アンドレイは、シカゴ・マーカンタイル取引所に国際金融市場をオープンさせた。ドルを先物商品として扱う世界初の市場が誕生した。取引開始の日、ピットで声を張り上げる数百人のトレーダーのなかにアンドレイの姿があった。その表情は、難産のすえに愛する妻が産んだ赤子を初めて抱く父親にも似ていた。シベリア鉄道の旅から三十二年の歳月が流れ去っていた。

*

とっととバッターボックスに入れ。

ひょろりと背が伸びたピッチャーの鋭い眼光は、そうマイケル・コリンズに告げている。

トーマス・ランケルは、マイケルがバットを構えるや、セットポジションに移った。オーバースローから剛速球がマイケルに襲いかかった。

バットはうなりをあげて回転し、打球は勢いよく天空に舞いあがっていく。それは大きなキャッチャーフライだった。打者も、投手も、野手も、真っ青な天空に吸い込まれていく白球を一斉に眼で追った。

そのときだった。

「あっ、みんな、逃げろ」

三塁手をつとめるキャプテンのハリー・ロードが叫んだ。

マイケルは黒のバットを、キャッチャーはミットを抱え、煉瓦造りの校舎に向けて力いっぱい駆け出した。

目指すは校舎脇(わき)の核シェルターだ。

キャプテンのハリーが声を嗄(か)らして怒鳴る。

「おい、バットを捨てろ。グローブも捨てろ。焼き鳥になるぞ」

竜巻はすぐそこに迫っていた。

数分前まであれほどに澄み渡っていた青空。その一角に小さな黒点が現れ、瞬(また)く間に凶暴な飛行体に成長し、どす黒い煙を立ちのぼらせている。それが少年たちを震え上がらせた災厄の正体だった。

「剛直」と形容されるオクラホマ人でも、竜巻だけは心底恐れている。獰猛(どうもう)きわまりない、この魔物に打ち勝った勇者など存在しないからだ。

野球グラウンドの一帯には凄まじいばかりのつむじ風が巻き起こり、少年たちの野球帽が、ひとつ、ふたつと空高く舞いあがっていった。少年たちは、地平にまで広がる小麦畑をまっすぐ横切り、校庭のコンクリートの道に出てもなお全力で疾走していく。道路には無数のひび割れができている。一九三〇年代の大恐慌時代に造られたのだが、予算不足から補修をしていない。そのため老婆の皮膚のように皺だらけになってしまった。

キャプテンのハリーは少年たちを率いて走っているのだが、何とも奇妙なステップを踏んでいる。コンクリートのひび割れを避けようとしているからだ。

道路のひび割れを踏めば、母親に災いが降りかかる。リンカーン・エレメンタリー・スクールの生徒たちは、そんな迷信を信じていた。

からくも竜巻の魔の手から逃れた野球少年たちは、コンクリートのシェルターに次々に飛び込んでいった。そこは竜巻から身を守る退避壕だった。だがオクラホマの州政府は、核戦争に備えるシェルターだと言い募って、連邦政府から補助金をせしめていたのである。

オクラホマでは竜巻は核戦争より恐ろしかった。去年は地元のロデオ大会で優勝した牡牛が竜巻にさらわれ、六百ヤードも離れた農家の納屋の上に吹き飛ばされた。そしてこの竜巻が通り過ぎてみると、村の家々の半ばが跡形もなく姿を消していた。

オクラホマの貧乏野郎。隣のカンザス州で開催される家畜の品評会に出かけても、オクラホマ人には、そんな蔑みの眼が向けられた。この州は、それほどまでに貧しかったのである。その頃のオクラホマは、大恐慌以来といわれる不況に喘いでいた。かつて稼ぎ頭だった石油産業は、原油価格の低迷から砂地に立つ油井は錆びついたまま掘削を止めていた。油田の閉鎖で、ライトを守っていたアンディは、家族と共にシカゴに越していった。

暮らしの苦しさは、大農場主だったコリンズ一家とて変わらなかった。小麦の市況が低迷し、農場の経営を圧迫していたのである。少年マイケルの眼にも、父親のマイケル・シニアは、どこか気落ちしているように見えた。コリンズ・ファームにとって命綱だった小麦の価格は底値に張りついたままだった。

一ブッシェルあたりわずか一ドル三十四セント。これでは小麦を作れば作るほど赤字が膨らんでしまう。コリンズ・ファームの周辺に点在する中小の農場も次々に閉鎖に追い込まれていった。父は古くからの農場仲間に泣きつかれ、彼らの土地を引きとらなければならなかった。オクラホマ・シティの農業銀行にあるコリンズ家の当座預金は底を尽きかけていた。

農機具の競売では、トラクターやコンバインが痩せさらばえた牡牛と一緒に売られていった。農民たちは、我が子のように大事にしてきた農機具との別れを悲しんだ。それらは、倒産した農場主から銀行が差し押さえた品々だった。

錆だらけの農機具に凭れて、呆けたように立ち尽くしている男の姿があちこちで見受けられた。マイケルの野球チームの主戦投手、トムの父親も、そんな農場主のひとりだった。わずかばかりのキャッシュを上着にねじ込んでロスに去っていった。現場に投げ捨てていったカウボーイ・ハット。それは、ひとつの人生が終わったことを物語っていた。オクラホマの農民にとって、小麦のひと粒は血の一滴だったのだが、市況は低迷したまま上向く気配を見せなかった。

こうした負の連鎖を断ち切るために起死回生の一発がほしい。マイケルの父が望みをつないだのは、米ソ首脳会談の行方だった。地元紙の「ザ・オクラホマン」が、近くモスクワで行われる米ソ首脳の折衝で穀物の対ソ連向け輸出問題が主なテーマとなるだろうと伝えていた。

マイケル・シニアは、仲間の農場主を誘い、地元選出のヘンリー・ベルマン上院議員の補佐官に働きかけていた。オクラホマ産の小麦をソ連に輸出できるよう懸命のロビー活動を繰り広げたのだった。だがベルマン事務所の反応は鈍かった。第二次世界大戦中、硫黄島上陸作戦に加わり、勲功賞に輝いたこの保守派の共和党員にとって、小麦の対ソ輸出は赤いロシアに塩を送ることに等しく、割り切れない感情を抱いていたからである。

もちろん、ベルマン上院議員とて、大切な後援者である農場主たちをないがしろにするわけにはいかなかった。自らもカンザス州境に近いビリングスで農場を経営しているだけに、農業不況で苦しむ人々の暮らしぶりは手に取るように分かっていた。西側同盟の盟主として反共の姿勢を貫き、同時にソ連へのアメリカ産小麦を輸出する方策はないだろうか。この一見矛盾する命題を鮮やかに解いてみせたのが、民主党のヘンリー・M・〝スクープ〟・ジャクソン上院議員だった。

小麦の不足に悩むソ連にアメリカ産小麦の輸出を認める。だがその見返りに、ソ連領内にいるユダヤ人の出国をソ連政府に認めさせる。

一見すると何の関連もない二つの命題を、予算関連の法案に絡めて上下両院を通してしまった。マジックのように鮮やかな手並みは、ベルマン上院議員を啞然とさせた。

アメリカ議会の立法史に名を刻むことになるジャクソン・ヴァニック修正条項によって、小麦の対ソ輸出が可能となり、中西部の穀物地帯に大きな恩恵がもたらされただけではない。ソビエト連邦に閉じ込められていた多くのユダヤ人の出国に道を拓(ひら)くことで、やがて冷たい戦争を西側陣営の勝利に導く重要な布石となった。

ホワイトハウスのクリスマス・オーナメント。ファースト・レディが自らデザインし、ホワイトハウス前のエリプス広場に植えられているナショナル・クリスマスツリーに飾られる。このオーナメントは透明な小箱に収められ、ホワイトハウスの客人にも贈られる。ベルマン上院議員からその一つをプレゼントされたマイケル・シニアは、愛する息子への土産に持ち帰った。いまもマイケルの大切な宝物だ。

父親が語ってくれたワシントン政界での駆け引きは、ニューヨーク・ヤンキースとボストン・レッドソックスの対決を見るような面白さだった。小麦生産業界の大物たちは、ハート、ダークセントといった有力議員の名を冠した議員会館を次々に訪れて説得工作を繰り広げていく。彼らに鮮烈な印象を与えたのは、やはりスクープ・ジャクソン上院議員の事務所だった。上院議員(セネター)その人ではない。鷹(たか)のように鋭い眼をもった補佐官が、すべてを取り仕切っていたのである。浅黒い肌をした立法担当の補佐官は、セネターと見紛うばかりに、威厳に満ち溢れていた。このユダヤ系の青年補佐官こそ、リチャード・パールであり、ジャクソン・ヴァニック修正条項の生みの親だった。

マイケル・シニアがパール補佐官と面談した翌朝のこと、議会に程近いホテルで彼が数人の客とワーキング・ブレックファーストをしている姿を見かけたという。ワシントンでは珍しい光景ではない。だがマイケル・シニアは、思わずひとりの女性に眼を引きつけられた。そして、その光景を家族に繰り返し語って聞かせたのだった。

「その人は、このオクラホマ・シティじゃいうまでもないが、ニューヨークでも見かけたことがないほど洗練されていて美しかった。トルーマン・カポーティが『ティファニーで朝食を』で描いた主人公よりよっぽどきれいだった」

ふだんはおとなしくて口数の少ない母親があきれ顔で言った。

「何を言っているのかしら、主人公のホリー・ゴライトリーは、隣のカンザス・シティ出身の田舎者じゃありませんか」

「違うよ、母さん。父さんは、あの映画に主演したオードリー・ヘップバーンよりきれいだったって言ってるんだよ」

息子のマイケルがそう口をはさむと、父親は思わぬ援軍の出現に勇気づけられてこう続けた。

「彼女はアメリカ人じゃない。女の見立ては俺にまかせろ。おそらくフランス人、それもパリジェンヌだ。アメリカじゃ見たこともない、とびきりのいい女だった。その優雅なしぐさといったら、鳥肌が立つくらい魅力的だった。そう、鄙（ひな）にも稀（まれ）な美形、そうとしか言いようがない」

母は、まるで浮気をとがめるかのように父をにらみつけて、コーヒーカップを手にしたまま席をたってしまった。

パリから来た麗（うるわ）しき女が小麦の対ソ解禁と如何（いか）なる関係にあったのだろうか——マイケル・シニアの疑問は、三十年余りの歳月を経て、息子のマイケルに引き継がれていくことになる。

第六章　ピカレスクの群像──二〇〇七年初夏

ほおずき、紫陽花、紅シャクナゲ、平戸つつじ、藪蘭。

湯島天神の表通りから裏の路地に入ると、家々の軒下に色とりどりの植木鉢が並んでいる。湯島天神の境内に咲く白梅は、いつのまにかソメイヨシノに替わり、やがて薄紫色の紫陽花が咲き誇る季節を迎えている。二〇〇七年の入梅の頃だった。

スティーブンは路地の植木鉢を目で楽しみながら、湯島から上野広小路に出た。そこからふと気が向いて地下鉄銀座線に乗った。終点の浅草駅のひとつ手前、田原町で降りてみた。この機会にどんなところか確かめておきたい店があったからだ。

食通街のアーケードに入ると浮世絵を扱う宝洵舎がある。その角を右に入ると、妙興寺の寺方蕎麦「長浦」の看板が目に入った。蕎麦でも食べて、辺りの様子を探ってみよう。スティーブンは暖簾をくぐった。

「ざるを一枚」

こなれた言葉づかいに、主人の好奇な視線が注がれた。いつものことでもう慣れっこだ。ここの蕎麦はこしがあってなかなか旨い。ついでに、梅そうめんも頼んでみた。小さな梅干しが五つ、それにレモンの輪切りが二つ。細かく切ったしいたけに筍が添えられていた。薄味なのだが、梅の酸っぱさがほどよく、出汁もしっかりとってある。これもいける。

蕎麦屋の隣が歯医者、さらに一軒おいて隣に、ヘア・サロン「オルオル」はあった。小綺麗な店構えに誘われ、ぶらりと入ってみた。

「髭をあたっていただけますか」

若い主人もまた、ヘーゼル色の瞳を持つ客を好奇の眼で見上げた。「髭をあたる」などと言ったのがいけなかった。この界隈では外人客など珍しくない。かつて鎌倉山の日本語学校で教わった古風な言葉づかいには注意しなくては。スティーブンは、若い主人の戸惑いを打ち消すように爽やかに微笑んでみせた。

「OLUOLUって、珍しい名前だなあ。どうやら、ウラル・アルタイ系の言葉ではなさそうですね」

「店を開いて二年になりますが、そんなことを聞かれたのは初めてです。オルオルは、ポリネシア語で『心地がいい』という意味なんです」

「へぇ、南太平洋の言葉か」

勧められた椅子(いす)にかけると、リクライニング・シートがゆっくりと傾いていった。

「ああ、座り心地がいい。OLUOLU」

熱い蒸しタオルが瞼(まぶた)に載せられた。

「僕は不幸なことにイギリス人なものですから、ときどき悲惨な目にあってしまうんです。ロンドン・メイフェアの『トランパー』は知っていますか」

「はい、たしかチャーチル首相も贔屓(ひいき)にしていた床屋と聞いています」

「さすがよくご存じですね。あんな有名な店でも、セーターを着て髪を切ってもらおうものならひどいことになる」

「そりゃまたどうしてですか」

「家に帰って、なんだか襟元がちくちくする。セーターを脱いでみると、短い毛が編み目に針のようにささっている。それも何十本、いや何百本かな。とげ抜きで一本一本抜かなければならないんですが、途方もない時間がかかる。結局、そのカシミヤのセーターにはもう袖(そで)を通せない」

平山秀男と名乗った若い主人が愉快そうに笑った。

「そりゃ災難ですね」

「それに比べて日本の床屋さんは、気配りも行き届き、鋏さばきも繊細です。清潔さこそ文明国の証だなあと感心します」

「床屋は江戸の昔から、庶民にとっては社交の場でしたから。粋は江戸っ子の命にして、野暮は悪。髪型には大層うるさかったんです」

極細の耳掻きがなんとも心地いい。

夢見心地でウトウトしていたスティーブンの耳に、正午のテレビ・ニュースが聞こえてきた。その瞬間、つい眼を開けて画面に吸い寄せられてしまう。スティーブンは、わが習い性を呪いたくなった。

次の瞬間には特派員報告の冗長さに腹がたち、蕁麻疹の発作に襲われそうになった。ＢＢＣ・英国放送協会の東京特派員の任務を一時解かれているというのに。

その日のワシントン・リポートは、とりわけひどい代物だった。論理は明晰さを欠き、当局の言い分をなぞっているにすぎない。ＦＲＢ・連邦準備制度理事会が抜き打ちで政策金利の引き下げを決めたことに不意打ちを食らったのだろう。東京のアンカーマンの型どおりの問いかけにも答えあぐねている。

だが、それはスティーブンの思い過ごしだった。東京・ワシントン間を結ぶ回線によって微小な時間差が生じ、応答が秒単位で遅れてしまうのだ。しばらく放送の世界から離れているため、東京・ワシントンを結ぶ掛け合いには時間のズレが生じることをつい忘れていたのだった。だが、それが思わぬアイデアを招き寄せた。

ヴォクソールが知らせてきた情報は、この時間差に関係しているかもしれない。

日本の衛星通信に時折異常な兆候が見られる。何者かが外部から衛星システムに介入している可能性がある。競馬中継の時間帯にこうした異常が多発しているが、詳細は依然として不明。この件に関連して新しい情報があれば直ちに報告されたし。

たしか、テレビ・ニュースと地方競馬の中継は同じ放送衛星を使っているはずだ。この天空の星に巧妙な細工を施せば、時間を操作できる。競馬中継の時間帯に異常が頻繁に起きているとしたら、何者かが時間差のトリックを使ってひと儲け企んでいる可能性が高い。スティーブンの思考回路は、インテリジェンス・オフィサーのそれに切り替わっていた。

日本が利用する放送衛星の異変に気づいたのは、英国のＧＣＨＱ・政府通信本部だった。北ヨークシャーのメンウィスヒル基地にある電波傍受施設が、日本の衛星中継システムが奇怪な電波を発していることに不審を抱き、ＳＩＳ・イギリス秘密情報部に警告してきたのである。

巨大情報システム・エシュロンは、青森県三沢のアメリカ軍基地にも大がかりな傍受の施設を持っている。「象の檻（おり）」と呼ばれる傍受施設が放送衛星の微細な異変を捉（とら）えたのだった。

傍受されたデータはアメリカのＮＳＡ・国家安全保障局にも送られたのだが、ＮＳＡの分析官はさして関心を示さなかった。ヴォクソールの分析官だけがかすかな疑問を抱いたにすぎない。だが、この分析官とて、放送衛星の運用に不審な点が見受けられることを数行、記録簿に残したにすぎない。

そして報告は当該地域を受け持っている分析官に回覧された。その挙句、情報は「忘れられた情報士官」スティーブンに放り投げられたのである。官僚機構としては、こうした処置さえとっておけば、後にこの情報が重大な事態を予見していたことが分かっても言い逃れができる。情報の世界をしぶとく生き抜いてきたインテリジェンス官僚たちの小賢しい知恵だった。

この衛星の運用を巡る通信のなかに「OLUOLU」という単語が含まれている。
いかなる符牒なのか、その意味は不明。

ヴォクソールからの極秘電にそんな情報が含まれていた。グーグルの検索にひっかかった項目は四万九千三百件。ここから対象を絞り込んでいった。そのなかに、浅草の食通街にあるヘア・サロンの名があった。ごくありふれたヘア・サロンが放送衛星の仕掛けに関わっていることは考えられない。だが、常識では到底ありえないというケースこそ要注意なのだ。重大な事件につながる端緒を常識が邪魔して見逃してしまう。そんな教訓は巨大な情報機関の倉庫には山のように転がっている。ありそうもないケースに着目し、そこから突破口を拓いていく。スティーブンのそんな習性が、貴重な情報を掘り出すきっかけになった。

ちょうど二週間後の日曜日にオルオルを再び訪ねてみた。浅草の界隈でも、紫陽花が鮮やかな青紫色となり、初夏の訪れを告げていた。この日を選んだのは、東京競馬場で重賞レースが行われるからだった。

主人は、明るい栗色の柔らかい髪について詳しいファイルを残していた。カットの参考にするらしい。携えてきた「競馬ブック」をさり気なく手渡してリクライニング・シートに身を沈め、静かに眼を閉じた。ギャンブラーと思われたのか、競馬中継のラジオに切り替えてくれた。

隣の席にゴマ塩頭の男がいた。もう何年も前からこの椅子に座っている。そんな顔をして頭を刈ってもらっていた。

「きのうの晩は蒸し暑くて、どうもよく休めなかった。すこし眠らせてもらうよ」

そう言うと男は真っ白いシェービング・クロスの下から馬券を差し出した。

「すまんが、六区の場外馬券場までひとっ走りして、換えてきてくれんか。先々週の当たり馬券だ、忙しくて換えそびれていた。万馬券には届かないが、ちょっとした配当だ」

若い理容師は嬉々として出かけていった。たんまりと心づけが弾まれるのだろう。それを元手にひと勝負するのかもしれない。

スティーブンの長い睫毛がそっと動いた。磨き抜かれた鏡にゴマ塩男が映っている。色艶はよく、ケースには高価な鼈甲眼鏡が入っている。物言いは重役風だが、堅気の勤め人じゃあない。

三十分ほどして、使いの理容師が戻ってきた。分厚い茶色の封筒をシェービング・クロスの下から差し入れた。

「配当額は封筒の表に書いておきました」

封筒の厚さから見て百万円近い。

「金額が大きいので、窓口では何度も現金計算機にかけてましたよ」

鏡に映るゴマ塩男の表情に一瞬、緊張が走った。

あの馬券は訳ありだったのではないか。

店を出ると、スティーブンはまっすぐに六区の場外売り場に歩いていった。自分の見立てを確かめてみたくなったのだ。

先々週の日曜日のレース結果が壁に張り出されていた。高額の配当が出たのは第八レース。連勝複式馬券の出目は「2−3」。配当は八十九・三倍。ちょっとした穴と言っていい。一万円の投資で、配当は八十九万三千円だ。封筒の厚さとほぼ一致する。あのゴマ塩男は馬券を稼業にしているのではないだろうか。スティーブンはそう推察した。

すべての鍵は先々週のレースにある。男はその一週間後の日曜日に窓口に姿を見せたにちがいない。そして、第八レースの連複2－3を一万円分、自動発売機で購入したのだろう。

その馬券と先々週の馬券を比べると、一見した違いは開催日を記したいくつかの数字だけ。「6」日目から「4」日目に修整するなどすればいい。

馬券をためつすがめつ検証してみた。確かな印刷技術を持っていれば、手を加えることなどさして難しくはない。馬券の表層に載っている「6」という数字のインクをきれいに取り除く。続いて細密なドット印刷のテクニックを駆使して「4」という数字を載せていけばいい。

ひと昔前は、印刷の技術が確かでありさえすれば、偽造馬券は払い戻しを受けられた。窓口の女性が怪しいと睨んだ馬券は、ベテランの係員を呼んでチェックを依頼する。そんな彼らの眼も易々とすりぬける偽造馬券が横行していた時代もあったのである。

だが、現在の馬券は、当時からみると数世代も進化している。馬券の下には「通番」と呼ばれる数字が印字されている。これが馬券の戸籍に当たる。中央競馬会のコンピュータは、この数字をもとに当たり馬券を確定し、配当金額を払い戻して記録する。たとえ精巧なコピーを作って偽造馬券を払い戻し機にかけても、既に支払った記録が残っているため、「警告」のランプが灯り、払い戻しには応じない。新世代の馬券には、淡いブルーの帯が縦に入っている。この帯が馬券の偽造や変造を阻む武器になっているのだ。さらに、二次元コードがふたつ印字され、開催された競馬場名や発売日がデータとして組み込まれている。このように偽造や変造を防止する仕組みが幾重にも施されている。それゆえ中央競馬会は「最新世代の馬券は決して破られることのない鉄壁のシステム」だと豪語している。

ゴマ塩男の一味が本格的な偽造や変造行為に手を染めているなら、二次元コードのデータを改竄する技術を開発し、馬券の戸籍である通番を操作する高度なハッカーのテクニックを開発しているのだろう。中央競馬会のホスト・コンピュータに入り込むハッカーを擁しているとするならば、かなりの頭脳集団だと見ていい。

スティーブンは、ヘア・サロンを出てくるゴマ塩男を筋向いの喫茶店「なにわ」で待ち伏せ、後をつけてみた。男の背後には組織の影がちらついている。イギリス秘密情報部員はそう睨んだ。

男が浅草国際通りで拾ったタクシーはやがて日本橋蛎殻町に入って停まった。蛎殻町には東京穀物商品取引所があり、商品取引業界の会社が建ち並ぶ一帯だった。ゴマ塩男は「松山雷児商店」という看板がかかった三階建てのビルの裏口に消えていった。

＊

　スティーブンは、週明けに外神田三丁目にある調査会社を訪ねた。ビルの外側から階段を昇って三階のドアをノックする。背もたれが擦り切れたソファに、粗末な木製のコーヒーテーブルが置かれている。短髪で短軀の所長が出がらしの番茶を淹れて運んできた。

「久しぶりですな。お元気そうで何よりです。嵩高な官僚組織で窮屈な思いをしていると、たいていは顔に険が出るものですが、あなたにはそれがない。私もそんな目に遭ったので分かります。じつに明朗なひとだ。どうすればあなたのようになれるんですかな」

　昇進のために所轄署に出た時期はあったが、キャリアの大半を警備・公安畑で奉職して四十年。警備情報を至上のものとして実際の捜査になかなか踏み切らない警備・公安警察の体質が肌に合わなかったのだろう。加えて、身分の上下に縛られた組織の在り方にほとほと嫌気がさしたに違いない。元ベテラン捜査官は、警察と縁を切って、いまはたったひとりで調査会社を営んでいる。事務員すら置いていない。前任者が扱った事件で、ヴォクソールと堀部英俊の付き合いが始まり、スティーブンもその実直な人柄と調査の手堅さに全幅の信頼を置いている。

「堀部さん、巨大な組織というのは、いかにも厄介なものですが、僕は感性がいささか鈍いせいか、あまり気にならないのでしょう。ところできょうは、松山雷児という男の身元を洗っていただきたくて伺いました」

警備・公安畑の捜査官として膨大な人物データが頭に詰まっているのだろう。堀部英俊は異なことをという表情をした。

「あなたのように、日本人以上に日本のことに詳しい人が、松雷のことを知らんとは意外ですな」

「いま、松雷とおっしゃいましたが」

「ええ、相場を張るシマでは、これはという相場師をそう呼ぶんです、姓と名を縮めて。松山雷児は松雷。どうです、やり手に聞こえるでしょう。経済雑誌にもたまに登場しますから、一般的な調査なら、あのゴーグルとかいうやつで調べれば費用はかからない」

スティーブンは、茶渋のついた茶碗に手を伸ばして微笑んだ。

「堀部さんらしいなあ。検索エンジンはグーグルですよ。もっともいくらネット検索の時代になっても、僕は堀部さんにお願いしますけどね。誰が書いたか判らないような情報など所詮はゴミ屑同様です」

「松雷は、北浜ではかなり名の知られた相場師です。いや、相場師ということになっている」

「ということになっている――か。堀部さんがそうおっしゃるなら、もう一つの顔は何なのですか」

「そこなのですが、霧に霞んで一向に素顔が見えてこない。本当のシノギは何なのか、よくわからんのですよ。ずっと以前に別件で登記簿を取り寄せたことがありましたが、蛎殻町の中古ビルはたしかに松山雷児の名義になっていた。でも、松雷には似つかわしくない、しょぼくれた建物です。本人が使っているわけじゃないのでしょう」

「堀部さんが面白いと感じた事実だけで結構です。松雷について報告書をまとめていただけませんか」

スティーブンはそう依頼すると、近所の「花ぶさ」で夕食をご一緒しませんかと持ちかけて立ち上がった。

堀部英俊事務所の茶封筒で松雷に関する報告書が届いたのは十日後だった。いかにも「現場に行ってなんぼ」を身上とする堀部らしく、松雷の残した足跡を丹念に辿(たど)った読み応(ごた)えのある報告書だった。

（一）

松山雷児は神戸生まれ。戸籍に父親の名はない。十代の前半で上海(シャンハイ)に渡っている。渡航に当たっては、行き倒れて死んだ浮浪児の名前を買い取って旅券を偽造したというが、詳細は分からない。上海ではこの旅券名の三浦信吾(しんご)で通している。租界地では帝国陸軍の特務機関のために情報や物資を流していた、水田光義(みつよし)率いる水田機関の末端で働いていた。故郷の神戸に引き揚げてきたのは、昭和二十四年の秋。敗戦の混乱のなかで、三宮(さんのみや)周辺で職を転々としていたと当時の仲間は証言している。

「奴(やつ)だけがフラフラしていたわけではない。みな同じようなものだった。だが松雷は不思議と金には困っていなかったな」

かなりの大金を懐(ふところ)に闊歩(かっぽ)しているのを見たという者もいる。日本の敗戦から中国革命へと続く混乱のさなか、日本海軍が退蔵していた戦略物資タングステンなどを掠(かす)め取って金に換えていた児玉機関と同様の手口だと指摘して、次のように述べる者もいる。

「軍の高官は高官なりに、大物は大物なりに、小物は小物なりに、それぞれ分け前を懐にしていた。松雷もその一人だった」

（二）

戦後の神戸は敗戦を蹴散らすような復興のエネルギーに溢れていた。だが、上海という街が持つ圧倒的な混沌を知る雷児にとっては「戦後の神戸の混乱など退屈を覚えるほどだった」と当時を知る「閻魔屋」と呼ばれる競馬場のコーチ屋に語っている。（松雷は、後年、関西財界を代表する競走馬のオーナーとなった）。やがて見つけた天職が相場師だった。戦争が終わってわずか七年、設立されたばかりの大阪穀物取引所は、松雷が本気で打ち込める世界だった。はじめ小口の客として取引をはじめ、ほどなく大口の投資家となり、ついには松雷と渾名される若き相場師となった。取引所の会員株を手に入れて、新興勢力を代表する相場師となり、めきめきと頭角を現していった。手がける商品相場は、繭糸から雑穀までと手広かったが、なかでも松雷が最も得意としたのが赤いダイヤと呼ばれる小豆相場だった。雷児の思いきりのよさが存分に活かされる、値動きの激しい舞台だったからだ。鋭い勝負勘を武器に、いつしか「浪花の若大将」と呼ばれるようになっていった。

（三）

松雷は、北海道の主産地を地道に歩く現場派の相場師でもあった。帯広の小豆畑を黙々と行く松雷に農民たちは作柄の情報を競って囁いたという。時折、畑に立ち止まっては小豆を手にとり、口に含んでその年の出来を確かめ、空の一角を睨んで小さなノートに書きこむ。そんな松雷に農民たちは好感を抱いたのだった。むろん情報料として祝儀も惜しまなかった。そのころは朝鮮戦争が終わって特需がぴたりとやみ、一時は復興景気に沸いていた相場も火が消えたような寂しさだった。だが、赤いダイヤだけがひとり気を吐いていた。昭和二十九年から三十一年にかけて、主産地の北海道が冷害に見舞われたこともあって、小豆の現物はたちまち値を噴き上げていった。

（四）

「人の行く裏に道あり花の山」という相場の格言がある。それを地で行くような相場師が松雷だった。冷害や台風の被害が相次ぐと、小豆の現物は品薄から急騰する。常の相場師ならここでさらに買いあがるのだが、松雷はさっと手仕舞いにして、空売りに転じることがあった。「凶作に買いなし」。こういう時こそ、どこからともなく小豆の現物が湧き出し、値を崩すことがあるからだ。

それほどに投機性に富む小豆相場で、「空売りの松雷」として名を上げていった。相場が高値を追うなか、或る日突然、空売りに打って出る。すると相場はたちまち暴落し、松雷に巨額の利益をもたらした。

(五)

この世界で勝ち抜くには、相場の勘、豊富な資金力、それに並みはずれた強運が備わっていなければならない。そんな才覚とカネと運を併せ持った男が松雷だった。今も語り継がれている伝説的勝利がある。ひとつはソ連のスターリンの死去をきっかけにした暴落。もうひとつは第四次中東戦争が引きがねになったオイルショックによる暴騰だ。松雷は、クレムリンから訃報が伝えられる二日前に全ての建玉を手仕舞いして空売りに転じ、第四次中東戦争に端を発したオイルショックでは、小麦相場の急騰を見越して買い進み、巨額の利益を得た。この二度の勝利は、相場師松雷の名声を不動のものにした。

報告の中で、とりわけスティーブンの眼を引いたのは、松雷の伝説的勝利のくだりだった。「スターリン暴落」と「オイルショック」。いずれも国際政治の舞台で生起した事件が発端となった大相場で勝利を手にしている。

スティーブンは、松雷の背後にインテリジェンス・ネットワークの不気味な影を覗(のぞ)き込まずにはいられなかった。

松山雷児は、神戸の経済界で北浜の相場師として頭角を現しただけではない。相場で稼ぎ出した金を競走馬に注ぎ込んで、関西の馬主界で次第に重きをなしていった。元刑事、堀部の報告書には「関西財界を代表する競走馬のオーナー」と記述されている。関西財界には馬主など数えるほどしかいないのだから、そう表現しても許されるのだろう。

堀部情報の肝は「閻魔屋」に触れたくだりにあった。スティーブンは若き日の雷児を知るというその予想屋の存在を知って、府中の東京競馬場へ出かけてみた。

閻魔屋と呼ばれる老婆(ろうば)は、知る人ぞ知る存在だった。頬には皺(しわ)が深く刻み込まれ、白髪のお下げ髪姿は、津軽のイタコを彷彿(ほうふつ)とさせた。彼女の予想スタイルもまた際立(きわだ)っていた。

スティーブンが訪ねたその日も、閻魔屋はいつものシマに陣取っていた。府中の東京競馬場には、札束をどんと積む大口の客専用の窓口があった。締め切りの直前、高額の馬券を買う客に備えて、手厚く人員が配されていた。馬券の発売システムが自動化されたいまも、この一帯には予想を生業とする人種がたむろしている。黒砂糖に誘われて吸い寄せられてくる蟻の群れを思わせた。競馬の予想で暮らす人々のなかでも、コーチ屋は特異な一群だった。彼らはこの界隈を主戦場と定めて鎬を削っていた。

「旦那、懇意にしている厩舎から耳寄りな情報が入ったんや。ウオッカが調子をぐんとあげておるらしい。札束の封を解かずに窓口にぶち込む、そら、あの多摩川沿いの自動車学校のオーナーを知ってるやろ。おっさんが国税の査察でがっぽり持っていかれたんで、このジャパンカップで取り戻そうと女傑ウオッカでどーんと勝負に出るらしい。これ、確かな情報でっせ」

閻魔屋と呼ばれる婆さんは、シルクタッチの背広を着た紳士にこう囁いている。シルクタッチは封をかけたままの札束を黒革の鞄から取り出し、大口客の窓口に差しだした。

「11番のウオッカに単勝で百万円」

閻魔屋は背越しに現ナマが差しだされるのを見届けると、こんどは二十メートルほど離れたところにいた蒲田の不動産屋をつかまえて、耳元にそっと囁いた。

「ダンスインザダーク産駒の長距離馬、チョウサンが逃げ切りまっせ。手堅くいくなら、複勝でどうだっしゃろ。請け合いますわ。わても一緒にのりますさかい」

閻魔屋いわく、ウラの稼業が羽田空港周辺の地上げ屋だというこの男は、分厚い財布から二百万円を取り出した。

「5番のチョウサンの複勝」

スティーブンがそんな囁きを斜め後ろから聞きとったそのとき、閻魔屋の婆さんがじろりと睨みかえした。匕首を思わせる犀利な視線だった。

馬券の発売を締め切るブザーが窓口に鳴り響いた。

やがて出走のファンファーレが場内に響き渡った。

ゲートが開くと、チョウサンは、長距離の逃げ馬らしく勢いよく飛び出していった。横山典弘騎手を鞍上に第一コーナーから第二コーナーへと快調に飛ばしてゆく。そのすぐ後ろにはホッカイドウ競馬の雄コスモバルクがぴたりとつけ、三番手にはエリザベス女王杯を先着馬の失格で制した牝馬フサイチパンドラが追走している。その後方には、いつもより早めにポップロックがつけ、その直後に新しい勝負服をつけた岩田康誠騎手を背にアドマイヤムーンが控えている。一番人気の天皇賞馬メイショウサムソンは、中団のやや後ろから内らちのコースを選んで前を窺っている。二番人気の三歳馬ウオッカは最後方でじっと我慢の待機策だ。

本命の天皇賞馬メイショウサムソンは、武豊騎手が手綱をしごいて外を回ってするすると進出し、フサイチパンドラをかわしにかかる。

アドマイヤムーンはあっという間にインを鋭く突いて抜け出そうとする。ゴールまであと二百メートル。まずポップロックが先頭を窺って抜け出し、その外からメイショウサムソン、さらには大外からウオッカがいい足色で猛然と追いこんでくる。

だがゴール直前では、アドマイヤムーンの足色がわずかに優って、追いすがるポップロックとメイショウサムソンをかろうじて退けて決勝板を駆け抜けた。

結局、レース前に中東ドバイのダーレー・ジャパンに四十億円でトレードされたアドマイヤムーンが、頭差凌いで優勝した。二着はポップロック、三着はメイショウサムソン。ウオッカは惜しくも四着に敗れている。ノーザンファームの生産馬がワン・ツー・フィニッシュを決めたのだった。

レースが確定して配当金が発表されると、閻魔屋の婆さんがスティーブンに近づいてきた。

「どうじゃ、うちの予想は見事なもんやろ。いまどき、生産牧場が載っとらん競馬新聞は屑や。わての予想はアドマイヤとポップロックの中穴を一点で的中させたわ。うちの言うとおり、ノーザンファームの生産馬の二頭を買った客は、馬単でしめて八千百円の高配当じゃ」

　閻魔屋に予想を教えてもらった訳ではない。だが、スティーブンは黙って祝儀袋を手渡した。婆さんは「こころばかり」と書かれた嵩山堂はし本の袋を受け取り、その厚みに微かに反応した。ふだん見かけない外人客から差し出された祝儀袋をバッグに収めながら、スティーブンの全身を睨めまわした。ジャパンカップに参戦した外国産馬の関係者なのだろうかと訝っている。

「わての馬券必勝法をあんたにだけ特別に教えたる。他の者にはしゃべったらあかんで、ええな」

　このレースの展開の鍵を握る逃げ馬チョウサンは結局息が持たない。いつもなら、鋭い脚で追い込みを決めるウオッカも前半にさほどペースが上がらない展開となるため、終いの脚を余して負けると読んだのだという。パドックで舌をだしていたのも気に食わなかった。そうなれば、ここにきて昇り調子のアドマイヤムーンとポップロックの先行馬二頭に有利な展開になるはず――。果たしてレースは計ったように、ノーザンファームの生産馬二頭が来て、読み筋どおりとなった。これが閻魔屋の婆さんの後講釈だった。

「ああ、なんちゅう見事な予想やろ。わての客らはみな百万長者やで」

　婆さんは浪速言葉でこう弁じたて、天を睨んで見せた。そして、にやりとして言った。

「次のレースやけどな」

渋いダミ声で囁き始めた。

スティーブンは、芸術的な閻魔屋の口上に舌を巻いた。

婆さんは、レースの直前にシルクタッチの背広男と蒲田の不動産屋にそれぞれ別の「乾坤一擲の一点予想」を伝授していた。逃げ馬チョウサンと追い込み馬のウオッカをかけ合わせた予想だった。だが、この見立てはかすりもしていない。

これこそがコーチ屋の真骨頂なのだ。スティーブンは感動すら覚えて、その口上を聞いていた。これはカモという大口の客を見つけては、自分のひらめきをそっと囁く。一息置いて、別の上客にすっと近寄り、全く別の予想をひそかに教える。ひとつのレースで、時には二十数通りもの予想をそれぞれの客に授けるのである。これくらいヤマを張っておけば、どれかは的中する。誰にどんな出目を教えたのか。それをしっかりと憶えておく。コーチ屋とは記憶の業でもある。

そして、払い戻し窓口で現金を懐にした客を待ち受ける。

「大将、おめでとうございます。どうだす、わての予想。お役に立てて光栄ですわ」

祝儀を寄こせと匂わせる。

お前の情報で馬券を当てたわけじゃない――勝った客はみな決まってそんな顔をする。しかし、ここが勝負処だ。勝者の虚栄心をくすぐり、多少の祝儀なら弾んでいいという気にさせる。ここでケチれば、ツキが落ちると思わせる。そうして配当金の一割ほどをせしめるのである。

「わての見立てはずばり一点予想や。どーんと的中したやろ」

レースの結果を見届けると、閻魔屋の婆さんはこう吹聴して歩く。コーチ屋は人気商売だ。予想の当たらないコーチ屋など見向きもされない。

「このレースもピタリ当てたわ」

高額配当の馬券を見事に的中させたと自慢げな顔で払い戻しの列に並ぶのである。婆さんは一万円札の分厚い束をいつも鰐革のバッグに忍ばせておく。その金を払い戻し窓口でちらりと覗かせる。その時、次のレースの出走を告げるアナウンスが場内に流れる。客たちは払い戻しを後回しにして、一斉にスタンドに戻っていく。婆さんも列からすっと姿を消すのだった。馬券など的中していないのだから。

こうして「閻魔屋の予想はごっつう当たる」という華やかな常勝伝説が広がっていく。

未来を言い当てることなど、よほどの僥倖に恵まれない限り、めったにできるものではない。予想とはそもそも当たらない。この世に必勝法など存在しない。閻魔屋はそう自らに言い聞かせている。

予想の世界で生き抜いてきた閻魔屋ほどこの冷厳な現実を肝に銘じている者はいまい。確かな必勝法があるとすれば、後知恵に頼るほかない。レースの結果を知ったあと、あたかも神のごとく、未来を言い当てたと吹聴するのである。

スティーブンは身をかがめて、小柄な婆さんの顔を覗き込んだ。

「あの、北浜の相場師、松雷さんのことを伺いたいのですが。彼が相場を手がけ始めた頃から親しかったと伺っていますが」

「あんた、何者や。さっきの祝儀袋はこのためやったんか」

スティーブンは答えなかった。婆さんは顔をそむけてつぶやいた。

「わての必勝法なんて、松雷に較べれば、ガキの遊びも同然や。馬券の偽造も子分の雑魚どもがやっとるんやろう。あいつのシノギはそんなもんやない。相場も、競馬も、どえらい情報で勝負してる。未来に先回りして、勝負の結果をもぎとってくるんや。それなら負けるわけあらへん。まあ、詳しい手口はよう明かせん。わても以前に松雷に何度か情報で助けられたことがあるんや。そやから、人の道じゃ。これ以上はよう言わん」

後知恵こそ勝利への王道。

祝儀をたんと弾んだ礼なのか。松雷の秘密をそれ以上明かさなかった詫びなのか。閻魔屋の婆さんは、かわりに後知恵の秘技をさずかった若き日の思い出を披露してくれた。

老婆はハルビンからリュックひとつをかついで引き揚げてきた。大連港で引揚げ船を待って三週間が過ぎようとしていた時のことだった。神に仕えるその男は、港の倉庫の片隅で静かに聖書を繙いていた。そして日本人を見つけると、誰彼となく聖なる書を開いてみなさいと熱心に薦めるのだった。

「いいですか、あなたのこれからの人生は、ことごとく聖書に記されている。それを指針に人生行路を定めるのです」

牧師は閻魔屋にも飽くことなくこう諭し続けたという。

「だが、間違ってはいけない。聖書には単なる未来の予言が書かれているわけではない。神の御言葉が、そう、預言が刻まれているのです。ハルビンのロシア料理店が軒を連ねる界隈に、ジプシーの星占いがずらりと並んでいたのを覚えているね。連中は商売道具として予言を弄んでいるに過ぎない。判りもしない将来の出来事をくだくだと予想しているにすぎない」

襟垢のついたローマンカラーによれよれの黒い背広を着た牧師は、あんな予言など当たったためしがなかろうという顔をした。

「だが預言はちがう。神から預かった言葉を神の摂理を信じる人々に伝えるものです。神に遣わされし者の言葉が綴られている黙示録を繙いてみなさい。おのが進むべき道が自然と姿を現してくる。いいね、預言とは単なる予想じゃない」

この牧師の説教に閻魔屋は少しも心動かされなかった。しかし、たったひとつ、いまでも忘れえぬくだりがあったという。

数ある預言書のなかには、ユダヤの民に迫り来る苦難を悉く言い当てて誤らなかったものがあると牧師は言った。

「だからといって預言書のすべてを信じてはいけない。ほんとうの神の言葉が記されたものなど、ごく少数にすぎないのです。神とて、ユダヤの民に迫り来る災厄を精緻に見通せることなど稀なのだよ。この戦争でユダヤの民を襲った悲劇をみれば分かるだろう」

そして、ハルビンの貧民街で布教に励んでいたこの牧師は意外な言葉を口にした。

「あまりに整った預言の書など信じてはいけない」

預言書のなかには、ユダヤ民族を見舞った災厄をすべて正確に見通している書があるが、それは歴史の結果を知っている者が後から綴った「事後預言」だと牧師は言った。

「そう、一種の偽書なのです。『ヨハネの黙示録』を繙いてみるといい。その前半では、選ばれし民に襲いかかるであろう数々の苦難をものの見事に言い当てている。あれ程みごとに的中しているのは、災厄が起きてしまった後に綴った偽書だからに、ほかならない。そう、世間で言うところの後知恵の書なのだよ」

日本に引き揚げてきた閻魔屋には、偽書の話だけが鮮烈な像を結んで脳裏を去らなかった。そして、牧師から授かった奥義に閃きを得てコーチ屋人生を歩むことになったという。

閻魔屋の婆さんは、次のカモを追いかけて、人ごみに紛れていった。猫背なのだが、その後ろ姿にはなぜか威厳すら漂わせていた。

*

ゴマ塩男が消えた商品取引の街、蛎殻町の古びた建物を徹底的に洗わねば——。スティーブンは、警視庁の元刑事、堀部英俊に松雷ビルを張り込んでほしいと依頼した。

堀部は通りを挟んで向かい側の建物の二階にあるフィットネス・クラブ「スマート・ダイエット」にさっそく入会した。大きなガラス越しに松雷ビルの通用口が見渡せるのだ。最新型のトレッドミルに陣取って、ビルに出入りする人物を連日見張り続けた。堀部にとってはまさしく一石二鳥だった。入会費はスティーブンが気前よく出してくれた。おかげで医者から厳しく注意されていた中性脂肪の値を一四九以下に減らすことができるかもしれない。

月曜日から張り込みを始めて、金曜日までは何事も起こらなかった。警備局時代から「張り込みのホリ」と言われた堀部の粘り腰が実を結んだのは、六日目の土曜の昼過ぎだった。BMWやベンツなど高級車に乗った男たちが松雷ビルに姿を現した。運転席の窓から非接触式のカードをかざして入り口のシャッターを開け、地下駐車場に滑り込んでいく。午後一時半すぎから二時四十五分までの間に十二人が松雷ビルに吸いこまれていった。徒歩でやって来たゴマ塩頭と女性スタッフらしき二人を含めると、しめて十五人がこの古びたビルにいる。ちょうど一週間後の同じ時刻にも同じメンツが集まって来た。週末ごとに集まる常連とみていい。

堀部はこの一週間のあいだに車のナンバーをもとに男たちの身元をひとりひとり洗い出していった。東麻布(ひがしあざぶ)の外車ディーラー、恵比寿(えびす)の中華料理店オーナー、広尾のマンション経営者、奥沢の土地持ち、築地の福祉法人経営者、白金台のイタリアレストラン・オーナーといった面々だ。いずれも都心に暮らすかなりの資産家らしい。だが危うい筋に連なる者はいない。税務の面ではそれぞれに際どい綱渡りをしているが、犯罪歴はない。無類の競馬好きだが、経歴に汚れがないメンバーを慎重に選りすぐっているのだろう。

　張り込みを続けて三週目の水曜日の午後三時十五分、駐車場の入り口に一台のライトバンが停まり、年配のビル管理人が出てきてシャッターを開けた。車体には「㈱東京衛星放送設備」と書かれている。三時間ほどしてこのライトバンは駐車場から再び姿を現した。運転席と助手席に作業着姿の男ふたりがちらりと見えた。

　堀部は、その翌日東京衛星放送設備を訪ねてみた。中目黒に小さな三階建ての自社ビルを持っていた。

「八ヶ岳にペンションを建てる計画なのですが、屋根に衛星放送のアンテナを取り付け、リビングに大型のテレビ受像機を置こうと思っています。山あいなものですから地元の電器屋さんでは手に負えんらしいのです。工事の相談に乗っていただきたいのですが」

　堀部は受付でこう言って工事の担当者を呼び出してもらった。

「機材はどれがいいのか、そして大まかな見積もりもお願いしたい。なにしろ、映像設備のこととなると、とんと不案内なものですから」

応対に出てきたのは、運よく松雷ビルに現れた二人のうちのひとりだった。とはいっても、社員はわずかに四人だという。途中から社長の大沢靖も同席した。

会話を大いに盛りあげたのち、さりげなくこんな言葉を紛れ込ませた。

「じつは松雷ビルに土曜日ごとに出かける知人が、おたくの会社の仕事ぶりをえらく褒めていまして、それでわたしもお願いにあがった次第です」

堀部の巧みな誘導尋問に引き込まれて、大沢は松雷ビルの設備について詳しく説明してくれた。

「三階の広い会議室に大きなハイビジョン用のテレビ画面が据え付けてあるんですわ。グリーンチャンネルが競馬中継をハイビジョン化するというものですから、それに対応できる受像機をうちが頼まれたんです。金持ちの旦那衆がビールを飲みながら競馬を楽しむには、超大型画面がなければというんで、最新型を据え付けたんです」

競馬倶楽部のメンバーのひとりが、恵比寿で中華料理店を営んでいる台湾人だった。彼の店では、腕はとびっきりいいが就労査証を持っていないコックを広州から呼び寄せていた。堀部は警備警察のかつての同僚から仕込んだこのネタをちらつかせ、本当のことを話せばそちらは知らないことにすると暗に持ちかけた。そして競馬を楽しむ旦那衆の遊びに目くじらを立てるほど野暮じゃないと安心させた。

「うちの事務所と永年付き合いがある実業家が、この競馬倶楽部に誘われているのですが、その筋の人間が関わっていないか、一応調べてほしいといってきたんです」

台湾人は他に決して漏らさないことを条件に倶楽部の仕組みを明かしてくれた。

メンバーを厳選して、ひとり当たり一千万円の出資金を募り、一億円規模の基金を設定して、出資仲間だけで競馬を楽しむ。この基金がいわば胴元の役割を果たし、メンバーはそれぞれのレースにカネを張るらしい。

「堀部さん、そこらのノミ屋とは全く違いますよ。ジェントルマン倶楽部のまっとうな親睦(しんぼく)団体です。法に触れるところは一切ない。いわば、自分が胴元になってカネを積み、自分が発行する私設の馬券を買って楽しむ。どこに問題がありますか。その日のうちに、現金で全(すべ)てが決済される。高額の当たり馬券がでれば、積んである原資を取り崩して払い戻す場合もありますが、大抵は黒字になりますから、原資はどんどん膨らんでいく。あんた、競馬というものはほとんど当たらんもんです。だから、自分が胴元になって存分に楽しむ。そうすればみるみる原資は膨らんでいき、その十分の一は自分のものになります。かなりの利殖にさえなりますよ」

中華料理店のオーナーは得々として説明してくれた。そして堀部に名物の「しんとり菜そば」を振舞ってくれた。

「いま、あなたが説明してくれた仕組みを世間ではノミ行為と言って処罰の対象にするんですよ」

台湾人は大きく首を振ってみせた。この倶楽部の発足に当たっては、刑事事件専門の弁護士が競馬法のコピーを持参して、いかに法に準じた個人の楽しみであるかを解説してくれたという。

「このシステムの最大のミソは、控除率にあるんです。ご案内のように、競馬主催者の中央競馬会は実に二五%ものテラ銭を懐（ふところ）に入れている。こんなに身入りのいい商売など滅多にあるもんじゃない。それならば、自分が胴元になって、懐に入れるテラ銭を少なくして、客にもっと儲けさせても、十分に商売できる。しかし単に愛好家の集いでは面白くない。そこで信用できる仲間を募って多少のギャンブル性も付けくわえたという訳です」

堀部はしんとり菜そばをすすりながら相槌（あいづち）を打ち、獲物が射程に入るのをじっと待ちうけていた。ようやくその機が訪れた。

「あなたが言う紳士の競馬倶楽部では、当たり馬券の配当は何を基準に算出するのですか」

台湾人オーナーは間髪をいれずに応じた。

「そりゃ、あんた、実際の競馬のレースの配当とまったく一緒ですよ」

満を持して、堀部は次の矢を放った。

「であるならば、競馬倶楽部の原資も、まず二五％のテラ銭を取り、残りを馬券の支払いに当ててメンバーに配当しているわけですね」

倶楽部の発足に当たって、弁護士がつくった規約にはそう記されていたと台湾人オーナーは証言した。

「そうすると、総額一億円のファンドから払戻金を計算する場合も、まず二五％に当たる二千五百万円を手元に置いて、残りを支払いに充てるわけですね。これなら、胴元は全てを失っても二百五十万円は元手に残ることになる」

台湾人は大きく頷いて、だから競馬倶楽部に参加したのだという。

ゴマ塩頭の男が事務局を請け負って、一週ごとに売上げ金をきちんと精算して振り分けるという。これまで馬券で大きくやられていた連中にとっては、これほど割が良くて美味しいシステムはない。一方でゴマ塩男の側にも、リスクはまったくない。客も事務局も双方が満足するシステムなのだという。かくして「土曜競馬倶楽部」は早々と安定軌道に乗り、トラブルなく運営されているらしい。

「事務局の側も基金に出資しているのでしょうか」

「そこがわれわれが評価しているところなんですよ。事務局も一千万円の出資金をちゃんと出している。もっとも、彼らにしても、大穴が出て原資が大きくへこまない限りは、出資金の一千万円はどんどん膨らんでいくので、損はないわけだ」

だが過去に一度だけ出資金が大きく目減りしたことがあったという。

堀部はこの出来事について抜かりなく台湾人から聞き出した。

「北海道の馬産地、門別の競馬場でホッカイドウ競馬と中央との交流重賞レースが開かれた時でした。グリーンチャンネルが中継をするので、メンバーが臨時にこのナイター競馬を楽しむことになったんです。水曜日の夜にメンバーの大半が集まりました。その日なんですよ、武蔵小山の爺さんがでかい馬券を的中させたのは。馬単で配当は三八九〇円。これに一点予想でなんと三百万円をぶち込んだんです。配当はしめて一億一六七〇万円。みな度肝を抜かれました。いつもはしみったれた勝負しかせん爺さんが——。補聴器を付けたあの年寄りのどこにそんな度胸があったのか。基金も一度は底を尽きかけました」

「その爺さんはなぜ一点でそんな勝負に打って出たのでしょうか」

この問いかけに、台湾人は、白金の氷川神社のお告げだと応じた。

「爺さんの話では、縁日にお参りして引いたおみくじが大吉で、誕生日を大切に祝うべしと書いてあったのだそうですよ。そこで冥途の土産に『3－2』という馬券を買ったらしい。その日はうちの店を夜の十時から貸し切りにして大盤振る舞いをしてくれました。もっとも、いいことばかりは続かんのが人生や。その後は寝たきりになってどこぞの介護施設にいるらしい」

堀部は武蔵小山の老人の周辺を洗ってみた。確かに小金持ちなのだが、さして羽振りがいいわけではない。近所の煙草屋の話では補聴器をしている姿など一度も見たことがないという。「宮川正」という戸籍を調べてみると、生年月日は昭和二年八月三十日だった。

宮川正はゴマ塩頭の雇われ者だろう。メンバーが競馬倶楽部のシステムをすっかり信用した頃あいを見計らって、大きな勝負に出たにちがいない。

「門別競馬場のメインレースの重賞競走は、出走馬の落鉄のため、スタートが若干遅れますのでご了承ください」

台湾人の話では画面にこんなテロップが流れてゲートが大写しになっていたという。爺さんがなにやらぶつぶつ言いながら倶楽部の馬券購入の申込用紙に「3－2」と書き込むと現金三百万円を添えて集計事務を担当する女性に手渡した。ウィークデーは近くの信用金庫に勤めている女性事務員が、賭け金と投票内容を監事役の福祉法人経営者に回覧して決済のサインをもらった。

ゴマ塩頭の一味は、グリーンチャンネルの伝送システムに細工を施して、競馬中継の画面を二分ほどずらして倶楽部で放映したのである。別室で落鉄のテロップを入れ込んだ映像を挟みこみ、手早く画面に流す手の込みようだった。画面の脇に置かれていたパソコンの画面にも周到な細工が施され、二分遅れで配当金が表示された。ポール・ニューマンとロバート・レッドフォードが共演した映画「スティング」の脚本は、胴元のギャングを客たちが罠にかけた現実の事件を下敷きに書かれたのだが、当時とは情報を巡る環境は大きく様変わりしている。いまや衛星放送が日常の暮らしに入り込み、インターネットも網の目のように張り巡らされている。そうした通信環境から一時なりとも競馬倶楽部のメンバーを遮断することは至難の業だ。

だがあの夜、大型スクリーンで交流レースのスタートが切られた時には、門別競馬場では競走馬がすでにゴール板を駆け抜けていたのである。門別にいる子分からは老人のイヤホンにレース結果が速報されていたのだ。宮川老人は安心して当たりの出目を申込用紙に書き入れた。

未来に先回りをして、レースの結果を掴み、有り金をつぎ込んで巨利を懐にしていたわけだ。それは閻魔屋がいう「松雷のどえらい必勝法」を地でいくものだった。

有力な情報機関には、日々、膨大な情報が世界中から洪水のように流れ込んでくる。派手な成果を生みそうもない些細な雑音に拘っている者は、官僚機構の熾烈な出世競争から取り残されてしまう。

日本の放送衛星のシステムに異変あり――。

ヴォクソールの発した放送衛星を巡る警告も、瞬く間に積み上げられていく書類の山に埋もれていった。だが、たったひとりこのなかにダイヤモンドの原石が埋もれていることに気づいた者がいた。忘れられしインテリジェンス・オフィサー、スティーブン・ブラッドレーである。

第七章　小麦とテロリスト――二〇〇九年六月

大平原の街、ミネアポリスにマイケル・コリンズが乗り込んできて、もう二週間になる。だが、疑惑を解き明かすための筋が一向に見えてこない。

朝食付きで一泊四十六ドルのデイズ・インに泊まっている。一日も早く正式な捜査に切り替え、憧れのホリディ・インに移りたい。商品先物取引委員会の内偵予算では、一泊百三十七ドルもするホリディ・インにはとても長逗留できない。

昼と晩は、通りを挟んだバーガーキングに出かけて済ませている。ランチには、がつんとスパイシーな「アングリー・ワッパー」、八八〇キロカロリー。ディナーは肉とチーズを三段に重ねた豪華な「トリプル・スタッカー」、八二〇キロカロリー。それに濃縮牛乳、フレンチフライ、さらには朝食のパンケーキを加えると、しめて三二一〇キロカロリー。三食ともにジャンク・フードを摂り続けている。その結果を想像するだけでも恐ろしい。

毎朝のスロージョギングの甲斐もなく、ウェストラインが三センチも膨らんでしまった。ワシントンD.C.のスポーツクラブでは、ヴァレリーという名のプラチナ・ブロンドについて個人トレーニングに励んできた。毎月百七十ドルもつぎ込んでいるのだが、すべての努力は虚しくも泡と消えかけている。ミネアポリスの街まで呪いたくなってきた。

二ヶ月で五・五キロのダイエットに成功すれば千ポンド。スティーブンとテイ川のほとりで交わした賭けにも負けてしまいそうだ。こんど賭け金を巻きあげられれば二度目となる。何としても八十五キロの大台を割ってやる。あのイギリス野郎に「マイケル・ザ・リバウンデッド」などとは断じて呼ばせまい。

ミネアポリスの大手穀物会社の取引部長が、去年九月のリーマン・ショックの際、個人で手を出していた商品が暴落し、したたかに損失を被った。その穴を埋めようと小麦先物のインサイダー取引に手を出している。そんな内部告発の書簡が、ワシントンD.C.の商品先物取引委員会に届いたのは一ヶ月前だった。

確かにリーマン・ブラザーズの破綻は、穀物市場にも手痛いダメージを与えずにはおかなかった。金融危機による景気後退で穀物価格は大きく値を下げてしまった。しかし、今年三月から徐々に値を戻し、五月に入ると一五％近くも上昇に転じて、リーマン・ショック以来の高値をつけた。この値動きに乗じて、インサイダー取引の誘惑にかられたらしいというのだ。

確かに怪しい商いは散見される。だが硝煙漂う「スモーキング・ガン」は見当たらない。決定的な証拠を求めて日夜奮闘しているのだが摘発に足る材料を見つけあぐねていた。

業を煮やしたボスが連日のように催促の電話をかけてくる。

「カーギルの横暴に鉄槌をくだすべきだ。そう叫んでいる例の民主党の下院議員を知っているだろう。大手の穀物商社から零細な農家を守ると勇ましく主張しているご仁だ。首席補佐官が、摘発はまだかとうるさくて仕方がない。どうやら情報の出処はあのあたりのようだ。下院の農業委員会で不正を派手に取り上げて、次の選挙を乗り切りたいらしい。あの議員にはわれわれも借りがある。君ほどの凄腕なら、このくらいの事件は訳なく立件できるはずだがね」

シカゴとならぶ穀物取引の中心地ミネアポリス。このミネソタ州の中心都市は、気候も風土も人々の気性もシカゴとは異なっている。気候が烈しく変わることにかけては全米の大都市でも屈指だろう。大平原に位置しているため、真冬にはカナダからの寒気団に直撃され、華氏マイナス四度に達する寒さとなる。夏の朝は肌寒く、セーターが要るが、日中は気温が八十六度近くになる蒸し暑さだ。

いまは過ごしやすい季節なのだが油断はできない。「デレッチョ」と呼ばれる突風が突如襲ってくるからだ。スペイン語の響きは、強い風が槍（やり）のように吹きつけてくる感じをよく表わしている。時速百三十キロの突風が幅七十キロにわたってミネアポリスの街に襲いかかる。その破壊力は、オクラホマの竜巻を凌（しの）ぐだろう。デレッチョの槍に突かれないうちに出張を切りあげなければ——。

酷烈な気候風土は、マイケルの捜査にも影を落としている。厳しい自然はこの街の人々をタフガイに育て上げ、よそ者には容易に心を開こうとしない。不正の存在に薄々気づいていても、仲間内のことは決して口にしない。どうやらマイケルは穀物マフィアの街に迷い込んでしまったらしい。

毎朝午前八時半には穀物取引所に足を運び、小麦の値動きを記した膨大なコンピュータのデータを丹念に追っている。告発の手紙は小麦といっているが、小麦にも数多くの種類がある。モンゴル高原では羊といっても通じない。雌雄、年齢、体つきなど様々な羊を数百の名で呼んでいるからだ。穀物の街も同じなのである。

取引記録をホスト・コンピュータから呼び出してプリント・アウトする。ドキュメントに埋もれて、怪しい動きを炙り出すべく格闘しているのだが、関係者へのインタビューを何度重ねても捜査の突破口はなかなか見つからない。内偵段階で権力をちらつかせれば、市場関係者の口はかえって固くなってしまう。

いいか、マイケル、誰にでも愛想よく、そう、にこやかに。毎朝、ディズ・インを出るとき、汚れた鏡に自分の顔を映して、そう言い聞かせる。一週間が過ぎる頃には、他人の微笑みを見るのも嫌になってしまった。

土曜の昼下がりのディズ・イン一〇七号室。マイケルはベッドにごろりと寝ころび、低い天井を見つめながら、FMラジオにぼんやりと聴き入っていた。地元ミネアポリスから全米に放送される人気ラジオ番組「プレーリー・ホーム・コンパニオン」が流れている。ピアノのテーマ曲にのせて、番組の司会者ギャリソン・キーラーがいつもの低音で歌いだす。皮肉なユーモアに溢れたその語り口が大好きなのだが、なぜかその日はにこりともできなかった。小麦相場の値動きを示すグラフが瞼にちらついて、キーラーの語りがどうにも耳に入ってこない。

マイケルは、いつしかラジオ番組から離れて、ちょうど二年前の出来事を思い浮かべていた。

あのときも、過去一ヶ月にわたる小麦の先物価格を丹念になぞっていて、デュラム小麦の不審な値動きに気づいたのだった。そして、それこそが国際政治の異変を映し出す鏡となっていたのである。

*

二〇〇七年夏、パスタの原料に使われる小麦の先物価格に、不穏な動きが微かに現れていた。ミネアポリスの穀物取引所では、デュラム小麦の指数が一ブッシェル当たり七ドルの壁をするすると突破していたのだ。

この値動きはどうにも不自然だ。ハンバーガーの肉に輪ゴムが混じっているような気持ち悪さが拭えない。穀物相場を永年見続けてきたマイケルの、プロフェッショナルとしての勘がそう囁いていた。

小麦価格は確かに六月頃から動意づき、八月に入るとこれまでにない勢いで高値を追いはじめていた。

「このところのデュラム小麦の高騰は、オーストラリアの旱魃に加えて、ロシア政府が国内の食料品の値上がりを抑えようと輸出を制限したためとみられている」

ミネアポリスの穀物新聞にはそんな解説記事が載っていた。だが、数々の大相場を見続けてきた捜査官は、月並みな後講釈など受け付けようとしなかった。

デュラム小麦の相場に異変をもたらしている震源地は、果たしてどこなのか——。

ふだんならこの時期、中東地域から大量に吐き出されてくるはずのデュラム小麦が、なぜか穀物市場に全くといっていいほど出回っていない。

カイロの市場関係者に電子メールで尋ねてみたが、一向に要領を得なかった。

迷った末、マイケルは市場関係者が「イスラエル・コネクション」と呼ぶ情報網にデュラム小麦の不穏な値動きをぶつけてみた。

週明けに意外な情報が打ち返されてきた。

マイケル・コリンズ殿

穀物市場で起きている異変の震源はダマスカスにあり。シリア政府が北朝鮮政府と秘密協定を結び、大量のシリア産小麦が北朝鮮に供与されることになった。すでに現物の一部が北朝鮮に向けて船積みされた事実を当方は確認している。

テルアビブにて　M・S

マイケルは、テルアビブからの情報をプリント・アウトしながら、金沢のスティーブンと話したいという誘惑に抗えなくなった。電話には一応の保秘装置はついているが、盗聴の危険はなしとしない。だが意を決して、日本の国番号、八一を押しはじめた。

「スティーブン、そっちはまだ未明だろう」

「分かっているなら、なぜ安眠を妨害するんだ」

「起こして悪いとは思ってるよ。じつは面白い情報を引っかけたんだ」

受話器の向こうからは何の反応もない。

「デカい山を掘り当てたぞ。異変と聞いても心動かそうとしない、哀れな感性の英国人でも、思わずふるいつきたくなるようなヤマだぞ、おい、聞いているのか」

「ああ、聞こえてるよ。水を差すようで悪いが、この前、夜明け前にたたき起こされた時は、君の女友達、あのアボリジニの人類学者が、ホモ・フロレシエンシスの亜種の頭蓋骨を見つけたというビッグニュースだったな。タスマニア島で」

低血圧のスティーブンの機嫌を損ねないよう、マイケルは穏やかなトーンに切り替えた。

「こんどは正真正銘のデカいヤマなんだ。聞いてくれ」

「ああ、あの時も、猿の頭蓋骨だった。でかいヤマというから、こんどはヒマラヤの雪男か。結論だけを手短に言ってくれ」

マイケルはテルアビブからのインテリジェンスをかいつまんで説明した。

そのとたん、インテリジェンス・オフィサーの本能にスイッチが入ったのだろう。受話器の向こうから張り詰めた空気が伝わってきた。

情報の世界にアングロ・アメリカン同盟なし。

女王陛下の秘密情報部員は相槌(あいづち)ひとつ打とうとしない。無関心を装(よそお)うほどいい情報を吐き出させられると踏んでいるのだ。ジョンブル野郎の、何と老獪(ろうかい)なことか。ひょっとすると奴(やつ)の低血圧も仮病なのかもしれないとマイケルは疑った。

「イスラエルの情報当局者によれば、シリア政府は向こう五年間にわたって毎年十万トンずつ、一億ドルを遥(はる)かに超す小麦を北朝鮮に供与することを約束したというんだ」

シリア産のデュラム小麦など世界の小麦取引全体からみれば、大海に滴(したた)らした水一滴にすぎない。だが、小麦の先物市場が餓(かつ)えたように現物を求めているさなかなら、相場を押しあげるきっかけとなりうる。

スティーブンは、その機微を理解していた。

「マイケル、この値動きは、君の隠れた才能を呼び覚ます記念碑的な出来事になるかもしれない。ある偶然から偉大な発見をしてしまう、いわゆるセレンディピティと呼ばれる能力。退屈きわまりない値動きのグラフから、シリアの奥地に潜む核拡散の秘境を見つけ出そうとしているんだからな」

「スティーブン、褒めてもらって悪いんだが、値動きのグラフは少しも退屈じゃない。数字は実に多くのことを語りかけてくる」

デュラム小麦の値上がりは、中東と北朝鮮をつなぐ地下水脈が地表に滲み出ている事実を物語っていた。

その頃、イスラエルとアメリカの情報当局は、セメントを積んでいると申告した貨物船が北朝鮮から地中海に面したシリアのタルトゥース港に入るのを捕捉していた。積み下ろされた貨物は、待機していた大型トラックに積み替えられ、ユーフラテス河の西岸にあるシリア砂漠のアル・キバルに運ばれていった。シリア政府の説明によればそこはセメント工場だった。

しかし、このセメント工場こそ偽装された核施設であった。場所はイラクとの国境から西へわずか九十マイルの地点。建物の高さは百五十フィート。工場にはユーフラテス河からポンプで水を汲み上げる施設が併設されていた。原子炉のリアクターを冷却する装置だった。

シリアから北朝鮮に供与された小麦の時価総額は、新たに原子炉を完成する費用とほぼ同額だ。イスラエルの情報当局は、シリア・北朝鮮の秘密議定書を密かに入手した。そしてこの小麦の取引が原子炉の建設計画と裏表の間柄にあることが関係者の証言で裏付けられたのだった。

シリアが核開発を急ピッチで進めているという情報をめぐって、ブッシュ政権の内部で深刻な対立が持ちあがっていた。ネオコン一派は、シリアの核の背後に北朝鮮の影を見咎め、国務省が進めている宥和的な対北朝鮮政策に異を唱えたのだった。国務省の東アジア・チームが、金正日政権を甘やかし過ぎた結果、ピョンヤンからダマスカスに核兵器を拡散させることになったと批判し攻勢を強めていたのだ。

これに対してコンドリーザ・ライス国務長官率いる国務省一派は、北朝鮮がシリアへ様々な支援を行っていたのは過去の出来事だと一蹴した。そしてイスラエルがシリアを攻撃するのは時期尚早だと強い難色を示したのだった。

こうしたブッシュ政権内部の論争に止めを刺すべく、イスラエル参謀本部に直属する特殊部隊「セイェレット・マトカル」がシリア国内に潜入していった。シリア軍の軍服をまとって兵士になりすました特殊部隊は、この施設に侵入して核物質を持ち帰った。それはシリアがこの施設で長崎型のプルトニウム爆弾の製造に手を染めている動かぬ証拠だった。

イスラエル国防相エフード・バラックは、ブッシュ政権にシリアの核施設を攻撃することを内報したうえで、全軍に戦闘態勢を命じた。二〇〇七年九月六日を期して作戦が敢行された。イスラエル空軍のF15戦闘機の編隊がシリア上空に姿を見せ、アル・キバルに建設中だった核関連施設を標的に爆撃を行った。この攻撃によって現場にいた北朝鮮の外交官と技術者が死亡した。

シリアのアサド大統領は「爆撃された標的は、現在は使われていない軍事施設であり、空爆はなんらの結果ももたらさない」と述べた。「セメント工場」が「軍事施設」にいつの間にか言い換えられている。それでも、シリアの核施設の開発に北朝鮮が協力している事実はないと強弁した。

これに応じて、アメリカ政府は核施設の爆撃前の写真を主要メディアに公開した。それは、北朝鮮が寧辺(ニョンビョン)に完成させた、プルトニウム爆弾の原料を抽出するための黒鉛減速ガス冷却炉と酷似していた。

マイケルのデュラム小麦情報――。それに等価の情報で報いるには二年の歳月を必要とした。スティーブンはヴォクソールからもたらされた北朝鮮絡みのインテリジェンスを僚友マイケルにそっと漏らして借りを返したのだった。

「マイケル、イスラエル軍の特殊部隊、そう、勇猛果敢なセイェレット・マトカルがユーフラテス河岸のセメント工場に侵入したと知らせてくれたことがあったな」

マイケルはシリアがイスラエル軍の空爆を受けた後、アサド大統領の発言がくるくると変わっていった記憶を呼び覚ましていた。

「ああ、イスラエル空軍に空襲された核施設のことはよく覚えているよ。シリア政府は、最初はセメント工場と言い、次には閉鎖した軍需工場と言い張った、いわくつきの場所だった」

「マイケル、じつはセメント工場は北朝鮮とは深い縁で結ばれている。俺たちが偽札造りの全貌を暴いてピョンヤンを痛めつけたことも影響したのかもしれない。奴らはいま新しい『シノギ』——日本ではやばい仕事をそう呼ぶんだが、そいつに手を出している。セメントと深い縁のある稼ぎだ」

スティーブンには電話口のマイケルの苛立ちが手に取るように分かっていた。イギリス英語が持つ回りくどい文体そのものがこのオクラホマ男にはどうにも苦手なのだ。マイケルの報告文は、ジャック・ロンドンの雄勁な文体を思わせて、簡潔にして核心を衝いている。話が核心に近づくにつれ、マイケルの忍耐は沸騰点に達しそうになっている。

「スティーブン、俺がオクラホマ人だってことは知っているな。竜巻に襲われたら、君のようにもたもたしている奴は、まず逃げ遅れて命を落とす。頼むから、もったいぶらずに結論を言ってくれ」

「それは、僕がいつも君に言っているセリフだろう。マイケル、穴掘りだよ」

今度はマイケルがイギリス流の煙幕話法で応酬する番だった。

「穴掘りとくればモグラだろう。モグラの例証研究なら、君のところのＳＩＳの専売特許じゃないか。あの偉大なるモグラ、キム・フィルビーを生んだ裏切りの土壌——そこに潜むモグラが何をしたんだ。今度も中東のベイルートから寒い国に高飛びしたのか」

「北の独裁国家は、モグラから啓示を受けたのかもしれないな。彼らはいま、トンネル掘りで膨大な利益を稼ぎ出している」

「ディールの相手はどこなんだ。シリアか」

「いや、民主化運動の指導者アウンサンスーチーをいまだに幽閉し、ミャンマーと名乗っている軍事独裁国だよ」

マイケルはことさら威儀を正して宣言した。

「わが合衆国政府は、弱腰の日本政府とは違う。いまだに軍事独裁政権を認めていない。従ってあの国をビルマと呼んでいる」

「BBCだってビルマと呼んでいるぜ。そのビルマと北朝鮮が誼(よしみ)を通じている。国際的に孤立している国同士は接近する——これは国際政治の公理だからな。冷戦期の台湾と南アフリカがその典型だった。ビルマと北朝鮮は、二年前に国交を回復してからというもの、一挙に関係を深めて、いまじゃ同盟国と言ってもいい間柄だ。北朝鮮は、ビルマの対中国国境に近いマンダレー郊外で巨大なトンネル掘りを請け負っている」

マイケルの声は、真剣味を増すとバリトンからバスに切り換わる。そのバスが一段と低く響いてきた。

「誰(た)がために鐘は鳴る。その穴掘りはどんな目論見(もくろみ)で進んでいるんだ。北朝鮮は地下核施設の建設に手を貸しているのか」

「どうやら、ご明察の通りだ。その地下施設に原子炉と原子爆弾の原料を抽出する施設を建設しているらしい。近辺の高地ではウランも採れるらしい。北朝鮮との決済は、食糧だとも、麻薬だともいわれている」

異変の端緒を摑(つか)んだのは、今回もやはりエシュロンを統括するNSA・米国家安全保障局だった。北朝鮮の貨物船「カンナム1号」（一万六千トン）が朝鮮半島を出港した時から情報衛星が捕捉していた。核関連の積み荷を搭載している疑いがあったからだ。NSAからの通報を受けたアメリカ第七艦隊の艦艇が「カンナム1号」を追跡し、ベンガル湾に入ったことを確認している。二〇〇九年六月から七月にかけての出来事だった。

これはマイケルの国、米国の情報収集システムが摑んだ情報だった。だが、金融関連のインテリジェンスを担当する一介の捜査官に提供されるはずもない。だからこそスティーブンがヴォクソール経由でそっと漏らしたのである。

イギリスのチェルトナムにあるGCHQ・政府通信本部では、アメリカの情報機関からの情報提供を受けて大がかりなビルマ情報の収集・分析が行われた。それによると二〇〇八年にはかなりの数にのぼる北朝鮮の核科学者、トンネル掘削技師、土木専門家がビルマに入国している事実が確認された。アラカンヨーマ高地ではウラン鉱の採掘が行われており、巨大なトンネル内では、ウラン濃縮と核爆弾の製造とともに弾道ロケットの製造にも手を染めている疑いが強まっている。

傍受の危険がある国際電話でこうした情報を伝えることは難しい。だがマイケルほどのプロフェッショナルなら、スティーブンの漏らしたヒントを足がかりに概要はすぐに摑んでしまうだろう。

マイケルは、声のトーンをバリトンに戻して、こう囁いた。

「ところで、スティーブン、僕はオクラホマンだから、情報の借りを返すのに二年はかけない。この場で済ませておくよ。シリアと北朝鮮の秘密取引を知らせてくれた、例のイスラエル・コネクションが新たな情報を摑んだようだ。シリアと北朝鮮が、近く第三国で極秘会合を持つ」

スティーブンはこの情報にすぐには応じようとしなかった。ちょっとした間を置いて、マイケルの反応を探ってみた。

「確かに、奴らは依然として蜜月の間柄らしい。つい最近も、シリアはロシア製の対戦車誘導ミサイル『コルネット』を北朝鮮に八基引き渡した。これをもとに北朝鮮がコピー製品を開発し、改良してシリアに供給することで合意した」

ここでマイケルは本題をそっと持ち出した。

「どうだろう、スティーブン、ひとつ極秘会合とやらを探ってみたら――」

スティーブンは答えようとしない。

「おい、スティーブン、休暇を兼ねて行ってみてはどうだろう。極めつきのリゾート地だぞ」

「うまい話には易々と乗ってはいけませんと、サキにいつも言われているからな」

「スティーブン、君はヴォクソールから事実上の謹慎を言い渡されている身だ。だから暇を持て余している。そう思って親切心から物見遊山を勧めているんだ」

「馬鹿を言え。君が考えるほど僕は暇人じゃない。いまは、赤とんぼ蒔絵の平棗に小さな金箔を蒔く大事な工程を師匠から任されている。そのうえ、鏡花作品の朗読に篠笛の稽古までしているんだぞ。君のようにジャンク・フードを三食食べて暮らす未開人とは違うんだ。それに、ヴォクソールに無断で出かけたら、今度は謹慎じゃ済まない」

そう言い返しながらも、スティーブンは、マイケルの話に乗りかけていた。二人だけの捜査に新たな突破口を開くきっかけになるとにらんだからだ。

マイケルも、スティーブンがクビが怖くておとなしくしているような玉じゃないことは知り抜いている。

「君の大切なボールがかぶれて二倍に膨れたというインテリジェンスは、サキさんから仕込んだんだが、そうなりゃ、漆職人スティーブンも一人前というわけだ。君の才能をもってすれば、いまの稼業をやめても蒔絵できっと食っていけるぜ」

「大家の志乃さんはふだんはそれは上品な人なんだが、この間、ちょっと面白い話を聞かせてくれた。東京の花街では、舞妓にあたる若手を半玉という。お座敷をつとめる玉代が半分だからね。病に冒されてボールのひとつを取ったなじみ客がいた。スティーブンもちゃんと養生しなければ半玉になりますよってね」

マイケルは咳きこむように笑い、志乃に是非とも会わせてくれと頼み込んだ。

「日本を留守にしている間の連絡は、湯島のサキが引き受けてくれる。いいかマイケル、この貸しは高くつくぞ。覚悟しておくんだな」

「ああ、わかってるよ。秘密の会合が持たれる場所については別途、連絡する。この程度の保秘では心もとないからな」

未明の電話から三日後に、厳重な暗号システムをかけて、スティーブンのもとに連絡が届けられた。

スティーブンは名古屋のセントレア国際空港から、シンガポール経由でスリランカに旅立っていった。

*

その昔、アラブから船でやってきた貿易商たちは、インド洋に浮かぶ緑の島の美しさに打たれて「セレンディップ」と呼んだという。シンガポールから直行便で三時間半あまり、涙が零(こぼ)れるような形をした島影が眼下に姿を現した。

雨季にあたる六月、コロンボの湿度は九〇%を超える。コロンボ国際空港の税関を出た瞬間、スティーブンのさらさらとした前髪は汗でじっとりと額に張り付いた。出迎えの人混みのなかで、バティックを着たアサンティが白い歯を見せて手を振っている。かつてパブリック・スクール「セント・ポール」で机を並べたミリンダ・モラゴダが紹介してくれたドライバー兼通訳だった。

さっそくアサンティの車に乗り込んだ。コロンボから内陸に百六十キロあまり入ったところに仏教寺院の街ダンブッラがある。目指すカンダラマはその郊外だ。

途中の道路のあまりの凹凸に、苦情のひとつも洩らしたくなる。だがこれも英国植民地支配の残滓(ざんし)と思い定めてぐっと我慢する。じつに五時間あまりの難行苦行だ。

インド製の三輪自動車がレーンを慌(あわ)ただしく変えて走り回っている。これを縫って路線バスがクラクションをけたたましく鳴らしながら爆走する。まるでカーチェイスだ。

「旦那(だんな)、これも民営化の恩恵というものなのです。複数のバス会社の車が停留所にいる客を奪いあって、追い越しをかけ、猛烈な自由競争が繰り広げられているという訳です」

鉄の女サッチャーが推し進めた民営化の弊害を罵られているような気持ちになった。アサンティは見事なドライビング・テクニックを披露してくれるのだが、そのサービス精神のゆえか、絶え間なくしゃべり続ける。息苦しくなってきた。入り組んだ民族紛争の解説のゆえか、排ガス規制の不備によるものかは定かでない。ことコロンボに限っては、禁煙などは何の意味もない。大量の排ガスを吸いこんでいると、わずか一日で肺がんに罹ってしまいそうだ。

「旦那のご友人、モラゴダ大臣の尽力もあって、『タミールの虎』は鳴りを潜めています。政府軍が攻勢に出て北部地域の十五キロ四方の狭いエリアに追い込まれ、殲滅されつつあります」

あくの強いアクセントと独特のリズムをもった英語を聞かされていると、自分も強硬派になったような気分になってしまう。言葉はつくづく不思議な生き物だ。そのうち、煙の都コロンボは遠景に去り、緑の世界が広がってきた。道の傍らには椰子の林が連なり、その彼方には薄緑の稲田が広がっている。

籠細工の街、ラタン家具の街、陶器の街。それぞれに個性的な街を通り過ぎると、こんどは花の街が姿を現した。ジャスミンや蘭、蓮の花が強烈な甘い香りを放っている。巡礼者たちが仏陀への捧げ物にするのだ。そこはもうダンブッラだった。

スリランカの多数派シンハラ族が誇るダンブッラ石窟寺院が見えてきた。紀元前一世紀、仏教徒たちは崖をくりぬいて寺院を造った。そして洞窟の内部に巨大な釈迦の臥像を置き、その生涯を見事な壁画で描いたのだった。

車はそのまま街を抜けて、赤土の細い道を進んでいく。まもなく左手に真っ青な湖が姿を見せた。カンダラマ湖だ。湖の対岸には深い森が広がっている。

「われわれのホテルは、あの山の中腹にあります。私は運転手仲間と近くの宿に泊ります」

アサンティはそう言って彼方を指差すのだが、いくら眼を凝らしても見つからない。カンダラマ・ホテルは神秘の森にひっそりと埋もれて息づいていた。トロピカル・モダニズム建築の旗手、ジェフリー・バワが遺した名品だ。コロンボに生まれたこのスリランカ人建築家は、父方にアラブ、イギリス、母方にオランダ、スコットランド、シンハラの血が流れていた。ケンブリッジ大学で英文学を学んだのち弁護士となり、建築家に転身した。スリランカ流のエキセントリック種なのだろう。

車は鬱蒼とした熱帯の緑のなかに分け入ってゆく。窓を開けて見上げると、空は紺碧なのだが、森のなかは沈んだ闇の色を帯びている。空気はしっとりと湿り、何処からか甘い香りが漂ってくる。尾の短い灰色の猿が哀しげな鳴き声をあげ、黄色い果実を無心に食んでいる。かつて迷い込んだことのある風景――。そう思って記憶を辿ってみる。あっ、そうだ。アンリ・ルソーが描いたジャングルだ。

眼前に巨岩が現れた。

「到着しましたよ、旦那」

そこがホテルだった。巨大な岩がエントランスの一部をなしている。石窟寺院から着想を得たのだろう。建物に一歩入り込むと、そこはもう巨大な洞窟の胎内だった。真っ白いシャツにオレンジ色のサローンを合わせた小綺麗なボーイが、優雅なしぐさで先導してくれた。

エントランスから長い渡り廊下を歩いてメインロビーへ向かうのだが、廊下の両側には淡紅色、純白、淡灰色の岩肌が銀河のように帯状の紋様をつくっている。どこまでが自然の岩で、どこからがバワの意匠なのか。人工物そのものであるはずのコンクリートが周囲の岩石に渾然と溶け込んでしまっている。

いつしかバワの魔術に誘われて不思議な世界に入り込んでいた。

建物の周りには熱帯の植物群落が生い茂っている。ホテルは歳を重ねるごとに一個の生命体と化していった。廊下は外気にそのまま開け放たれ、周囲の熱帯林と連なっている。もう何年かしたら、ホテルそのものがカンダラマの森に埋もれてしまうだろう。それこそが、バワが密かに目指した究極の意匠なのかもしれない。

スティーブンはロビーから遠く離れたイースト・ウィングに案内された。部屋のバルコニーから眼下のジャングルを眺めると、茶色い猿が木から木へと飛び移り、大きな角を持ったヤクがのんびりと下草を食んでいた。真っ青な飛行体が飛翔していく。

「キンピシャです」

部屋に案内してくれたボーイがそう教えてくれた。カワセミの一種だ。「キングフィッシャー」を地元ではそう呼ぶらしい。

ガラス張りのバスルームからはカンダラマ湖が見下ろせる。

スティーブンは二人用の大きな円形のバスタブにゆっくりと身を沈めた。サンダルオイルを数滴たらす。白檀の香りが鼻腔を満たし、身体の芯にたまった旅の疲れが溶けていくようだ。

雪花を連れてくれば、どれほど楽しかったことか。

コロンボの国際空港で麻薬犬が活躍している様子をみれば、彼女の励みにもなったことだろう。雪花は大型犬のラブラドールを自宅で飼い、麻薬犬として英語で訓練している。将来は各地の国際空港に派遣されて、麻薬をしのばせた荷物を嗅ぎつけるよう手塩にかけているのである。

だが、次の瞬間には、いや、いけない、大事なひとをこんな危局に曝すべきではないと自らに言い聞かせた。

梅の橋を渡ってきた白い日傘のひとに再びめぐり遭うことができたのは、何という幸運だったろう。あの日のことは隅々までくっきりと憶えている。

その朝、大家の志乃にユニークな散策を勧められたことがツキの始まりだった。

「スティーブン、せっかく金沢におるがやさけぇ、浅野川の七つ橋渡りをしてみたらどうけ」

スティーブンがやってみますと即座に応じると、志乃は古くからの言い伝えに従って、真っ白な下着をおろしてくれた。筆で生年月日を下着に書き入れると、玄関まで見送ってくれた。北陸三十三ヶ所観音霊場めぐりに出るような気持ちだった。

常盤橋、天神橋、梅の橋、浅野川大橋、中の橋、小橋、昌永橋。

浅野川の上流から順に橋を巡っていく。七つの橋を渡り終えるまでは、決して後ろを振り向かず、誰とも言葉を交わさず、同じ道を通らずに下流に下っていく。

「スティーブン、途中で宇多須神社に寄って、お賽銭あげて、手ぇ合わせてきまっし。

ほしたら日頃の願いごとが叶うがや」

志乃の言いつけに忠実に従って七つ橋渡りを無事に終え、ひがしの茶屋街の入り口に辿りついた。遅いランチをとろうと「自由軒」をのぞいてみた。まずビールを一杯飲み、ついで海老のコキールとメキシカン・サラダを注文した。

そのとき、三人の芸妓が賑々しく店に入ってきた。ひがしの検番での稽古帰りなのだろう。

「わたしは美ち奴かつ丼」

「美ち奴かつ丼」とは、ご飯にキャベツの千切りと牛ヒレカツを載せ、特製のソースをたっぷりかけた特注料理だ。加賀鳶の伝説的な名手だった美ち奴姐さんが好物だったことから命名されたという。

「野菜スパゲティー」

「オムライス」

美ち奴カツ丼を頼んだのが、あの日、梅の橋で出遭った美しいひとだった。

おかみさんが「雪花ちゃんや」と紹介してくれた。

「あの日は主計町で笛のお稽古だったのですか」

雪花は涼しげな目で頷いた。

「お座敷の前やったがやけど、金沢おどりが近いさけえ、三茶屋街合同の素囃子の合わせ稽古があったがや」

すでに大家の志乃から奇妙な下宿人がいるという話は聞いているらしい。

「あんとき、着てらしたがは、志乃さんのお見立ての柄やろ」

こうして初めて言葉を交わし、裏通りの駄菓子屋「ただたけ」の並びにある喫茶店「ゴーシュ」に場所を移して話し込んだ。一階は板の間なのだが、雪花はスティーブンのために掘り炬燵の席をすすめてくれた。正座よりも足が楽だろうと気を配ってくれたようだ。窓を背に正対してみると、雪花の清々しい美しさにますます心奪われてゆく。漆黒の睫毛が濃い影をつくり、一重瞼の大きな眼がまっすぐこちらを見つめている。

ラブラドールのことを尋ねてみた。

「いつも真夜中にラブラドールを連れて走っている女性を遠くから見かけて気になっていたんです。卯辰山の麓にある観音院の急な坂をまっしぐらにくだり、寿経寺から西源寺の前を走りすぎて、髪結い処まで一気に駆けおりてくるのはあなたでしょう」

雪花は驚いたように目をあげた。

「見ておいでたがや」

「でも、篠笛の袋を抱えた楚々とした人と図体の大きなラブラドールを連れたレザー・ジャケットの人とでは、どうにも落差が大きすぎて、結びつけることができませんでした。常識を跳びこえる思考の筋力がなけりゃ、とても同じ人とは判りません。イギリスの恩師には、想像すらできない事態を想像せよとよく諭されたものですが、僕はやっぱり落第生です」

「北国のおんなは、たまに思いもかけんがに変身をするさけ、よーお気いつけたいね」

　雪花はお茶目な笑みを浮かべて、飼っているラブラドールの名前を教えてくれた。

「ダービーっていうがや。ボランティアで麻薬犬を育てとるがやけど、逆にわたしがダービーに癒され、教えられとるげん」

　麻薬犬はヤクの売人に食べ物でつられてはいけない。血のしたたる肉を前に「食べてよし」と主人から許可が出るまでお預けの姿勢で待つよう厳しく躾けるのだという。

「そんなときのダービーの健気な眼差しをみると全身で抱きかかえてやりたくなるんです」

「あれ、山の手言葉に変わっている」

「父は金沢の人でしたが、母は東京でしたので、バイリンガルなんです。亡くなった父とは金沢弁でしたが、母とはいまでも山の手言葉で話しています。普段着のわたしは東京言葉よ」

喫茶店「ゴーシュ」でともに楽しいひとときを過ごしたことで、スティーブンと雪花の間合いはぐんと狭まった。本名は辰林涼子という。スティーブンが、小さな茶屋「八の福」に志乃と蒔絵の師匠を招いて、ささやかなお礼の宴を催した折りも、雪花は心を配ってお座敷をつとめてくれた。

ぼたん雪がしんしんと降りしきっていたその年の瀬、スティーブンが深夜の散歩に出かけた折りのことだった。降り積もった雪を融かすシャワーがそこかしこに噴き出して滑りやすい大通りを避け、駄菓子屋「ただたけ」の横丁を抜けて畳屋の角を曲がって観音町の通りに入った。

膝丈のゴム長靴で踏みしだく新雪が鳴き兎のような音をたてた。

ダービーが小さな洋服屋「真理子の部屋」の前でけたたましく吠えたてている。玄関脇のガラス戸に置かれているマネキンが雪明りを全身に浴び、まるで生きているようにダービーを睨みつけているのだ。

怯えたダービーは低い唸り声をあげて襲いかかろうとした。

雪花が必死に首輪を摑んで抑え込もうとしているが、彼女の力では限りがある。

スティーブンは和傘を投げ捨て、とっさに駆け寄ってダービーと涼子を共に抱きかかえた。

「あんやと、スティーブン」

涼子はそう言ったきり、スティーブンの腕のなかから動こうとしなかった。艶やかな黒髪からうっとりするほど芳しい月下香が匂いたってきた。

寒月が白一色に包まれた東山界隈を皓々と照らし、夜の静寂が戻ってきた。

スティーブンは、何の後ろ楯もない孤絶した作戦に雪花を伴って、彼女の身に万一のことがあってはならないと、再び自分に言い聞かせた。

旅の汗を流すと、白いシャツとカーキ色のスラックスに着替え、生成り色のリネン・ジャケットを持って部屋を出た。ディナーの予約は七時半だった。その前にホテルのつくりを確かめておかなければ。わが標的もすでにこのホテルにチェックインしたはずだ。彼らの名前も、国籍も、そして容貌すらも分かっていない。だが、そんな彼らとて、目を凝らせば素顔は見えてくるはずだ。

メインロビーをはさんで、東西に全長一キロもの長い廊下が伸びている。廊下の突き当たりを目指して、来た方向とは逆に歩き出した。マホガニーの客室ドアを三つ数えたところに踊り場があった。そこにらせん形の階段があり、床にはピンクと黄色の蘭を浮かべた水鉢が置かれていた。階上がスパになっている。ハーブを使ったアーユルヴェーダの施術が受けられる。

踊り場の前を行き過ぎようとしたその時、奥にあるスイートルームの重厚なダブル・ドアが静かに開いて、小柄なボーイが出てきた。

「メルシー・マダム」

振り返って恭しく頭を下げる。たんとチップをはずんでもらったのだ。そこはホテルでもっともゴージャスな部屋だった。イースト・ウィングの先端に位置し、三方に眺望が開けたつくりになっている。

スティーブンはメインロビーへと引き返し、他のフロアをひとあたり確認すると、ダイニングルームへ向かった。

＊

国際テロ組織アルカイダの資金担当者は、世界各地のマーケットが荒れるたびに、膨大な売りの建玉を手仕舞って巨額の利益を得てきた。その影を窺わせる投資情報は各地の金融市場で飛び交っている。だが、資金を扱う者たちは、森で獲物を襲うピューマのように慎重そのものだった。二重、三重のカモフラージュを施して売買の手口を決して人目に曝さない。第三のグループを巧みに抱き込み、彼らにも有力な投資情報を流して売買に引き込む。監視当局の関心が自分たちに向かないよう周到に偽装しているのだ。

スリランカの「タミールの虎」、北アイルランドはジョン・ガーランド一味の「コネマラの狐」、シリアのイスラム原理主義組織「アレッポの鷹」、北朝鮮のトンネル掘削会社「白頭山の狼」。アルカイダが情報を流していたのは、この四者だった。

この四つのグループは、これまで数年に一度密かに会合を持ってきた。次の投資案件を話し合うためだった。

彼らは電話や電子メールといった通信手段を一切信用しない。集合地点と日時だけが伝令役のクーリエによって知らされる。この四者は回り番で会合の設定を受け持ち、参加者のセキュリティーに全責任を持つ。これが暗黙の申し合わせだった。

ＩＲＡ・アイルランド共和国軍の最強硬派に連なる「コネマラの狐」は、北アイルランドの国境を越えて、アイルランド領コネマラ半島のマナーハウスで秘密会合を主宰した。二〇〇一年の初夏のことだった。二〇〇四年の秋には、北朝鮮のトンネル掘削会社「白頭山の狼」がマカオのホテル・リスボアで会合を招集した。二〇〇七年にはシリアの「アレッポの鷹」が、コスタリカの熱帯雨林にひっそりと建つコテージを会合場所に指定した。

秘密会合の場所に適う条件は三つ。それぞれの組織の本拠地は避ける。だが、会合を主宰する組織は土地勘のあるエリアを選び、海外からの旅行者も訪れる風光明媚な場所に設営する。なにより参加者が人目を引かないよう配慮されている。

会合の準備は一年前から始まる。宿泊施設には従業員を装った組織の要員を潜入させる。三ヶ月前には偽名のクレジットカードを使って予約を入れる。そして二ヶ月前からは、捜査当局の監視がないかどうか警戒態勢をとる。そして潜入させた手下に、予約客の名簿を調べて怪しい泊まり客が紛れ込んでいないか徹底してチェックさせる。

今回の会合は「タミールの虎」が幹事役だった。少女を使った自爆テロで恐れられる獰猛な虎は、政府軍によって殲滅寸前に追い込まれつつあった。インドからの支援が断ち切られたいま、反転攻勢に打って出るには、巨額の資金がなんとしても必要だった。

タミール人たちが選んだのは、スリランカの仏教文化を象徴する高原の三角地帯だった。

かつてシンハラ族の王朝が都を置き、多くの仏教寺院や王宮が点在する聖地。その心臓部にあって、地元の人々が「ジェフリー・バワの宝石」と呼ぶカンダラマ・ホテルは三条件を見事に満たしていた。

「コネマラの狐」の一団は、ロンドンからの「エコ・ツアー」の客としてやってきた。三十代半ばの男女四人が、バードウォッチングの双眼鏡をぶら下げて、サファリスーツに身を包んでいる。彼らはカンダラマ湖を望む屋外プールに近い部屋を予約してあった。万一の事態に備えて、プールを避難路にしようというのだろう。

ついでシリアからの「アレッポの鷹」もその日の午後に投宿した。彼らもまた捜査当局に踏み込まれたときの逃走路を思い描きながらウェスト・ウィングの部屋に入り、常の旅行客を装って旅装を解いた。アブダビから来た貿易振興公社の視察ツアーという触れ込みだった。

泊まっている部屋の番号を互いのグループに通知するために、あらかじめ決めてあったスリランカの野鳥の名で暗証を組み込み、万全を期している。翌日の会合場所に指定されたのは、ウェスト・ウィングにあるプレジデンシャル・スイートだった。この部屋は九十平米を超すリビングルームが中央に設けられている。大きな窓がカンダラマ湖を望んで開いていた。天井を覆うのは、生成り地に赤や青でオリオンの星座物語を染めたバティック。世界でその名を知られるスリランカ人バティック作家イナ・デ・シルヴァの手になるものだ。

カンダラマ湖を望む部屋に四つの組織の代表が勢ぞろいしたことが確認されると、厳重に封緘(ふうかん)された一通の封書が開かれた。

これから三ヶ月の間に、ニューヨーク、ロンドン、シンガポールの取引所でユーロドル、株、金融先物の三つで存分に売りに打って出よ。出席者はそれぞれ手帳に様々な暗号を駆使して指令内容を書きとめた。

「よろしいですね。それでは破棄させていただきます」

マッチが擦られると、薄紫の封書は灰皿のなかで瞬(また)く間に灰になっていった。

＊

サザン・クロスはどこにいるのだろう。

スティーブンは、ディナーを終えて、広々としたテラスに出てみた。満天に星が散らばっている。ケンタウルス座の前脚にあたる二つの一等星を結び、その延長線上を眼で追っていった。そこに十字の形をしたサザン・クロスがいるはずだ。かつてズールーランドと呼ばれた南アフリカにいたというセント・ポールの科学教師の教えを思い出しながら、星空を見上げて歩いていた。

「Soyez prudent(お気をつけになって)」

柔らかで、凜(りん)としたフランス語が響いてきた。

「あなた、もう少しでプールに落ちているところだったわ」

間一髪であった。水際(みずぎわ)まであと三センチ。足元にはブルーの水面がすぐ迫っていた。

その先には、インフィニティー・プールが広がり、カンダラマ湖に流れ落ちているかのように見える。イグアスの滝に見立てているのかもしれない。

「危うく湖の底に沈んでいるところでした。命を助けていただき、何とお礼を申しあげていいか」

「あなた、夜空になにか忘れ物でもしたのかしら」

スティーブンは、プールサイドの長椅子(ながいす)にゆったりともたれている女性の姿をうっすらとした闇(やみ)のなかに認めた。細いパイプの先に紙たばこを差して、煙をくゆらせている。スタンダールの物語から抜け出てきたようなマダムだった。それなりに年輪を重ねている。おそらく金沢の志乃と同じ世代だろう。しなやかなドレープを描く黒のサマードレスに、シフォンの青いストールが魅惑的だった。

星空のもとでも、彼女の透き通るような白い肌はくっきりと見てとれた。

「サザン・クロスを追い求めて、つい魂を喪いかけるところでした」

フランス語で南十字星は何だったっけ。微かに間を置いて、英語混じりに応じてしまった。

マダムが英語に切り替えてくれた。しっとりとした低い声だった。

「ジョンブルがサザン・クロスを見失えば、命の保証はないわ」

彼女はパイプをテーブルの隅に置くと、遠くの闇に広がる湖面を指さした。

「サザン・クロスは気位がとっても高いのよ。夜が浅いと姿を見せないわ。いまはまだ水平線近くの、低いところに控えているはず。そう、十五度くらいかしら。すぐ近くにニセ十字星があるから騙されないで。昔、あなたの国の船乗りが欺かれて、命を落としたというわ」

スティーブンにとって、眼前の女性は南十字星よりも遥かに心惹かれる存在だった。洗練されていて、知的で、エスプリが利いている。

この世界に偶然の出会いなどないと心得よ。

かのブラックウィル教授の箴言である。老教授が振舞ってくれるシングル・モルト「グレンモーレンジ」入りの紅茶の味を想い浮かべた瞬間、全ての神経が情報士官のそれへと切り替わった。

「夜空の星に随分とお詳しいのですね」

スティーブンがそう話しかけると、その人は天空を見上げたまま小声で応じた。

「スリランカではすべてが占星術に支配されている――そう言われているのをご存じかしら。結婚も、引っ越しも、仕事選びも、すべては星占いで決めるのよ。結婚式の前日、花嫁が何時に髪を洗うかってことまで、お星さまのお告げに従うのだから」

「自らの運命を深く信じているのでしょうね。マダムもそうなのですか」

美しい口元から笑いが漏れた。それはため息にも似た微笑みだった。

「人それぞれにも、民族にも、国家にも、運命はあるわ。だとしたら、非力な私たちはどうやって限られた人生を送ればいいのかしら。私は運命論者ではないけれど、神から与えられた使命には従いたいと思います」

マダムは淡いブルーの瞳でじっとスティーブンを見つめた。

「あなたは神様からどんな使命を授かったのかしら」

スティーブンは腕を組んで、真剣に考えるふりをしてみせた。一瞬、間をおいて答えた。

「そうですね、僕の前に鎮座ましまして、運命に抗う方が、このカンダラマまでなぜやって来たのか、それを探り出す使命を授かったのかもしれません」

「なかなか、しゃれた使命だわ」

彼女は愉快そうに声をあげた。スティーブンはこの機を逃さなかった。

「マダム、僕の使命達成に力をお貸しいただけるのでしょうね」

「それは時と場合と条件に拠る、とでもお答えしておきましょう」

「あなたは、どうしてこのカンダラマの森にいらしたのですか」

間髪をいれずに答えが返ってきた。

「夜空の星のお告げかしら」

「差支えなければ、お告げの中味をお教えくださいますか」

マダムは美しく整えられた眉をひそめた。

「あなた、レディに接するマナーは完璧だけれど、なんて強引なのかしら。こちらの事情などとんと気にしていない。何があっても答えを引き出す、そんな気構えが伝わってくるわ」

あきれた、という顔をして言葉を継ぐ。

「会ってみたい人がいたの」

「もうお会いになれたのですか」

「ええ、会えたわ」

青いストールの人は、ロング・チェアからすっと身を起して言った。

「こんどはわたくしの番よ。あなたは、なぜここにいらしたの」

「僕にも会ってみたい人がいたものですから」

彼女もこの機を逃そうとしなかった。

「それで、もうお会いになったのかしら」

「さあ、会えたかもしれない。まだ、会えていないのかもしれません」

口の端で微笑んだマダムの頬にえくぼができた。

「あなたの使命が無事になし遂げられるように、ひとつだけ話してあげるわ。昔々、このスリランカの島を初めて見つけた人たちが、この島をなんと呼んだかご存じ」

スティーブンはごく控えめに答えてみた。

「セレンディップ、だったでしょうか」

「あなたなら、クイズ・ショウでも、かなりいけそうよ。『セレンディップの三人の王子』という童話を読んだことがあるかしら。ペルシャの古いお伽話（とぎばなし）で、スリランカの王子たちが国を出て旅を続けるお話よ」

スティーブンはロンドンの邸（やしき）で婆（ばあ）やにこの物語を読んでもらったことがあったのだ

が、あえて口を挟まなかった。

「セレンディピティという言葉の語源になった話よ。ある日、王子たちが道を進んでいった。そのうち自分たちの前方には、片方の眼が潰れ、歯も一本抜けたラクダが歩いているに違いないと、確信するの。何故かというと、道の片側に生えている草だけが食べ尽くされ、食べこぼした草のかたまりが歯の大きさと同じだったから。それで、ラクダは片方の眼が見えず、歯も一本欠け落ちていると推理したというわけ。こんな風に王子たちは、旅の先々でさまざまな出来事に遭遇しては、思ってもみなかった面白い発見をしていく。あなたの国の作家は、そんな能力をセレンディピティと呼んだのです。なんていう作家だったかしら」

ここは正直に答えたほうがいい——スティーブンの勘はそう告げていた。

「ええ、十八世紀半ばに活躍した、政治家でもあった作家のホレス・ウォルポールです。ふとした偶然から、意義のある発見をする能力、それをセレンディピティという秀逸な造語で呼んだのです。優れた作家は学んだ言語で物語を綴るだけでは満足できないのでしょう。結局、新しい言葉を創りだしてしまう。創作者の業なのですね」

「ここは、そのセレンディップの本場なのですもの、きっとあなたにもセレンディピティが舞い降りるわ」

マダムはきれいな脚を揃えて立ち上がろうとした。スティーブンがその手を取った。手の甲には、それなりの皺が刻まれており、年輪を感じさせた。

「お送りいたしましょうか」

「遠慮しておくわ。あなたには、ちょっとばかり危険な香りがするもの。おやすみなさい」

「それでは、マダム、安らかなひとときを」

そのとき、プールサイドに一陣の風が吹き抜けた。彼女の青いストールがふわりと風を孕んでふくらんだ。露わになった白い左肩に赤い花びらがひとひら落ちていた。それは眼にも鮮やかで妖艶な牡丹だった。

第八章　セレクトセールの夏――二〇〇九年七月

ノーザンホースパークの初夏は、北国特有の乾いた空気に包まれる。柔らかい陽光が萌黄色の芝生に降り注ぎ、「K's ガーデン」は色とりどりの草花で染めあげられている。スティーブンはここに立つと、「孔雀の庭園」の名で呼ばれるブラッドレー家の庭に帰って来たような気持ちになる。隅々まで英国風の意匠で造られているからだろう。野の草花が思い思いに咲き乱れている。訪れる人を原野のなかに抱きかかえてしまう野趣に満ちみちているのだが、どれほど人手をかけていることか。少年時代から庭師たちと遊んだスティーブンにはオーナーの苦心のほどがよく分かった。

わずか十日あまりの間にここを訪れるのは二度目になる。サラブレッドの競りに供される若駒の下見にやってきたのだが、祖父の邸の面影に惹かれて、というのは表向きの理由にすぎない。次は雪花が行を共にしてくれるかもしれない——そう夢想して下見を兼ねて来たのが本当のところだった。

季節外れの雪が積もっているのだろうか。前回、この庭園の一角を占めるメドウガーデンを遠くから眺めたときには、雪原と見紛うばかりの白一色の世界だった。くすんだ白の花をつけたエルムルス、純白のアリウム、真珠色のルピナス。様々な色調の白い花々が咲き誇っていた。

ほら、これがまさしく雪花の丘だよ。こう彼女に話しかけてはどうだろうか、などと胸ときめかせた。だが、この旅は金沢の芸妓としての遠出ではない。涼子さんと呼びかけたほうがいい——そんな思案をしながら彼女の楚々とした姿を思い描くのだった。

だが、彼女が風変わりなイギリス男などに連れ添ってくれるだろうか。次の瞬間には、そう考えると落ち込んでしまう。

それがどうだろう。涼子の返事は意外なものだった。

「北海道で開かれるサラブレッドの競りにご一緒していただけませんか。涼子さんに見立ててもらいたい仔馬がいるんですが」

彼女は涼やかな表情でこう応じた。

「スティーブン、あなたの羽織や袴なら見立ててあげてもいいわ。でも、お馬さんの見立てじゃ、私にはすこし荷が重いかな」

ああ、やっぱり体よく断られてしまった。

「でも、お供するだけなら構わないわ」

スティーブンの瞳(ひとみ)は、一挙に明度を増した。

やったぜ、マイケル。心のなかで快哉(かいさい)を叫んだ。

同時に、インテリジェンス・オフィサーとしての怜悧(れいり)な判断力が蘇(よみがえ)ってきた。

彼女はなぜ受けてくれたのだろう。

あの、心やさしき、だが頼もしいわが大家の影がちらついた。北の大地へ雪花を伴いたいと志乃に打ち明けた時には、黙って聞いてくれただけだったのだが、きっと志乃が手を差し伸べてくれたにちがいない。ひがしのお茶屋さんにもそれとなく手を回してくれたのだろう。

「大家といえば親も同然。店子(たなこ)といえば子も同然」

江戸落語のセリフを思い出して、志乃の厚意を心から有り難く思ったのだった。

「楽しみだなあ。狙(ねら)っている馬が手に入ったら、涼子さんに名前をつけてもらおうかな」

スティーブンは辰林涼子を伴って小松空港を発(た)ち、新千歳(しんちとせ)空港に降り立った。

イングリッシュ・ガーデンは、白から紫の野原に姿を変えていた。深紫が際だつデルフィニウム。古代ローマでは貴顕の者しか身に着けられなかったという帝王紫をまとったアリウム。浅紫色のルリタマアザミ。紫の植物群落が一斉に咲き誇っている。

そしていま、紫の世界に涼子が佇んでいる。光沢のあるクリーム色のワンピースがその舞台に映えて美しい。艶のあるまっすぐな黒髪を乾いた風になびかせている。

金沢の梅の橋ですれ違ってからもう一年近くになる。ひがしの茶屋街で篠笛の奏者として名高い存在なのだが、つきあってみると侠気がある、さっぱりとしたひとだった。知的好奇心の故なのだろう、イギリスから来た男を戸惑わせる不思議なユーモアのセンスも持ち合わせていた。

スティーブンは、今が盛りのローズガーデンを涼子と並んで散策しながら、イギリスの短かい夏を思い出していた。青紫色のクレマティスのトンネルを潜り抜けながら、マイケルと過ごしたコーパス・クリスティーでの破天荒な暮らしぶりを披露して涼子を笑わせた。

ふたりの行く手はどこまでも紫一色の世界だった。古代紫のネペタが大地を覆いつくしている。別名はキャットミント。ミントのような甘く強烈な匂いに猫が引き寄せられてくるという。この紫の花園を縁取るように、いずれも紫のヒソップとラベンダーが植えられている。

「とても洗練されたイングリッシュ・ガーデンだわ」

「オーナーの吉田勝己さんは天才肌のホースマンとして知られている。見かけは豪放磊落なのだけれど、この庭の佇まいを見れば、その細やかな心遣いのほどがわかるだろ。競りの客は、海千山千のひとたちばかりだが、彼らのもてなし方も絶妙なんだ」

ノーザンホースパークに設けられた競り会場から、さんざめきが洩れてきた。競りの前哨戦が始まっているのだ。

サラブレッドの次の時代を制覇する雄勁な若駒をなんとしても手に入れたい。そう願う馬主、調教師、牧場主たちが、アイルランド、ドバイ、オーストラリア、香港、そしてアメリカから続々とやってきた。彼らの狙いはただひとつ。新たに種牡馬としてデビューしたディープインパクトを父に持つ名血を焦がれるように求めているのだ。

なかでもディープインパクトが名牝マンデラに配合された当歳馬は、眼利きたちの関心を引き付けてやまなかった。マンデラは、ドイツ、フランス、アメリカの重賞レースで活躍し、ノーザンファームが一億五千万円の高値で手に入れた繁殖牝馬だった。父はヨーロッパが世に送った最高の種馬の一頭、アカテナンゴ。まさしく旬の血統であり、マンデラの半弟マンデュロは、二〇〇七年のワールド・サラブレッド・ランキングでも世界王者に輝いている。凱旋門賞の最有力候補だったが、レース直前に故障してやむなく種馬となった。

また、ディープインパクトの母、ウインドインハーヘアが、数々の重賞を制したダイワメジャーに交配された初年度産駒にも人気が集まっていた。さらに、世界の重賞競走を渡り歩いて「日本から来たサムライ」と畏れられたアドマイヤムーンが、ディープインパクトの半姉ヴェイルオブアヴァロンと交配された牡馬も上場されている。あすの優駿を追い求める伯楽ならため息を漏らしそうな逸材がずらりと競りに供されている。

この年のセレクトセールで売買される優駿たちのなかから、三年後のダービー馬が必ずや誕生する。競りに詰めかけた名うてのホースマンたちは誰もがそんな予感を抱いていた。果たして「天翔ける馬」をわが手にするのは誰か。

セレクトセール初日の早朝から、有力なオーナーたちは前哨戦に火花を散らしていた。競り会場の脇に設けられた厩舎に姿を見せ、力のある牧場が競りにかける馬を、一頭、一頭、品定めしている。お抱えの調教師が跪いて馬の脚もとに触れ、獣医が検査資料室でエックス線写真に見入って骨に異常がないかを確かめていた。競りに向けた最後の詰めがそこかしこで繰り広げられている。

前年の秋に全世界を襲ったリーマン・ショックは、北の大地を舞台に行われるセレクトセールにも影を落としていた。ここ数年、トップバイヤーの地位を競っていた有力オーナーのひとりは、事実上の破産に追い込まれて今年は姿を見せていない。FX・為替の売買で膨大な負債を負ったのだ。百年に一度と言われる相場の急落で、外資系の大手証券会社から追証を入れるように求められたのだが、百億円を超す額にメインバンクは恐れをなして融資に応じなかった。このため借金のかたに取られるようにして数十億円が一日にして潰えていった。さらにはリーマン・ブラザーズの口座に積んであった四十七億円の金融商品も、その倒産劇で大半が失われてしまった。彼の持ち馬も生産牧場に引き取られていった。

カウボーイ・ハットに派手な背広を着た、あのオーナーがいなくなったことで、今年の競りは荒れないはずだ。これはと狙いを定めた馬が、意外に手ごろな値段で手に入るかもしれない。競りに臨む有力馬主たちは、世界経済の息の根を止めかけた異変こそわがチャンスとばかり勝負に挑もうとしていた。

「ハイテク会社を二つも上場させた伝説の創業者が、マンデラの牡馬をじっくりと見ていた」

こうした情報はあっという間に関係者を駆け巡る。有力オーナーがその馬に関心を示せば、競り本番では高値に挑んでくると予告しているようなものだ。それゆえ、駆け引きにたけた馬主は、まったく競る気がない馬を丁寧に見て回ったりする。その一方で狙いをつけた本命馬の前を素知らぬ顔で通り過ぎることもある。この馬を何としても競り落とす。相手側にそう読まれてしまえば、存分に値を吊り上げられる。そして相手はするりと降りてしまい、気づいた時には大勝負を前に手持ちの資金が底をついてしまう。この世界もまた諜報界に劣らず手の内を秘匿しておくことが命なのである。

インターネットや携帯電話で競り値の話をするのも禁物だ。プロの手にかかれば、交信をタッピングすることなど、喫茶店の会話を盗み聞きするよりやさしいからだ。とりわけ、いくらまでなら勝負するという金額は決して口にしてはならない。そんな情報を有力オーナーに高値で売りつけようとする者までいる。

狙いをつけた上場馬をどこまで追いかけるか。競争相手に手の内を読まれてしまえば、敵は安んじて競ることができる。豊富な資金力を誇る馬主も、競りの前半戦で資金の大半が潰えてしまえば、勝負どころでこれはと狙った馬を落とせなくなってしまう。競りとは何とも奥が深く、魑魅魍魎の世界なのである。

有力オーナーたちは、この戦いに数億円を投じる。それゆえ、競りの半年も前から牧場に足繁く通う。眼をつけた馬がどのように成長しているか記憶に刻みつける。そして訪ねるごとに逞しくなっていく若駒を何としてもわが手にと決意を新たにする。

だが連れている調教師にも胸のうちを明かさない。

その馬の周りにはオーナーたちの姿はなかった。スティーブンと涼子だけが、選りすぐられた血を意味する、一頭のサラブレッドと対面していた。

「これほど人気がないと、主取り（ぬしど）りになってしまうんだろうな。僕が手をあげなければね」

涼子が帽子のつばを傾けて尋ねた。

「主取りってなんのこと」

お座敷を一歩出ると、涼子の言葉遣いは現代女性のそれに切り替わる。スティーブンにとっては、彼女との距離がぐんと近くなったように感じられて嬉（うれ）しい。

「主取りというのは、競りに出した馬を生産者が引き取ることをいうんだ。生産者は競りの主催者側にあらかじめこれ以上の値で売りたいと伝えておく。競りで思うように値が上がらないと仕方なく牧場側が引き取るんだ」

「あら、そうなら、あなたががんばって買いあがらなくちゃ、この馬がかわいそう」

涼子は競りにがぜん興味が湧（わ）いた様子だった。

スティーブンが惚（ほ）れこんでいる馬はそれほどに人気薄だった。

母系の血筋を遡（さかのぼ）る「ブルードメア・ライン」が、その時代を象徴するような人気の血統からかけ離れているからなのだろう。ホースマンたちの眼は、サンデーサイレンスの偉大な血を引き継ぐ馬たちに惹きつけられている。

ぽつんと草を食（は）んでいる若駒には、かつてイギリスで活躍した長距離馬ハイハットの血が流れていた。伝説のホースマン吉田善哉（よしだぜんや）が当時の社台（しゃだい）ファームに輸入した種馬だった。だが繁殖牝馬に恵まれず、これといった活躍馬は出さなかった。

「言語の孤島という言葉がある。言葉の離れ小島という意味なんだよ」

馬に視線を向けたまま、スティーブンが話し出した。

「ソビエトでペレストロイカが全盛だった頃に、ニューヨーク郊外のロングアイランド島を訪ねたことがある。驚いたことに、そこでは十九世紀の優美なロシア語を話す人たちが、ロシア正教会を拠（よ）り所（どころ）に暮らしていた。革命後のソビエト本国ではとうに廃（すた）れてしまった美しい話し言葉が日々の暮らしのなかに息づいていたんだ」

「古風なロシア語が遠く離れた新大陸でひっそりと生き残っていたというわけね」

「そのとおり。ボリシェビキの圧政を逃れて海を渡り、白系ロシアのコミュニティを作って住みついた人々の間で、かつてのたおやかなロシア語は奇跡的に生きながらえたというわけさ」

人々が交わす格調溢れる言葉のリズムを思い出しながら、スティーブンは牧場の彼方を見渡した。

「まるでクラシック音楽のようにきれいな言葉だったな。ロシア・ロマン派の――」

「あら、きれいだったのは、ロシア語だけだったの。きっと、音楽のように話す、見目麗しい女性信徒に見入っていたんじゃないかしら。あなたのことだもの」

思わぬ変化球に、さしものスティーブンも一瞬戸惑い、涼子の攻勢を自分への関心の現れと勝手に受け取ることにした。

「サラブレッドの世界にも『血統の孤島』は存在する。イギリスではとっくに廃れてしまった血脈が、はるか極東の島国で細々と命脈を保っている。僕たちの眼の前にいる馬がまさしくそうなんだ」

「ダーウィンの伝記を読んだ時、あの進化論者が同じようなことを言っていたわ」

眼の前にいる馬を涼子は不思議そうに見つめていた。

現役の競走馬だった時、ハイハットのオーナーはかのウィンストン・チャーチル卿だった。一国の宰相となるより、ダービー馬のオーナーになるほうがよほど難しい――そう嘆息したと伝えられるチャーチル卿だ。だが、このエピソードはどうやら和製らしい。

名宰相をオーナーに持つハイハットも、期待されながらダービー馬にはなれなかった。スティーブンの祖父は、社交界の人脈では、チャーチル卿の政敵チェンバレン卿に近かったのだが、サラブレッドの世界では、ハイハットの血統を共に分かち合っていたのである。

相場師松雷が今年のセレクトセールで大きな勝負に挑んでくる。こんな情報を耳にしたスティーブンは早速、競(せ)りの名簿を取り寄せてみた。そして松雷はどの馬を競るのだろうと考えながら、名簿のページをめくっているうち、忘れられたハイハットの血と巡りあったのだった。

ハイハットはやがて種牡馬となり、ハイラインなどの活躍馬を輩出して、名血は牝(ひん)系(けい)に脈々と受け継がれてきた。その血を引くビールオブサンダーが今年のセレクトセールに供されているではないか。父はアイルランド生まれの偉大な種牡馬シアトリカル。その疾走ぶりもその名のとおり「劇場」的だった。母はラインオブサンダー。ケンタッキー・ダービー馬サンダーガルチやバトルラインを産んだ名牝だ。急にこの馬が欲しくなってしまった。サキに電話をして尋ねてみた。

「ちょっとものの要りなのだけれど、銀行口座のほうは大丈夫だろうか」

「こんどは何をしようというのでしょう、まったく。いかほど用意すればいいのでしょうかね」

「それが分からないんだ。お相手次第だからね」

「やっと身をかためる気になったのでございますね。そんなに結納金が要るんですか。さぞかし旧家のお嬢様なのでしょうね」

「サキ、嫁とりといえば、言えなくもないが、じつは競走馬を競るための資金なんだ」

サキはあきれ果てて受話器の向こうでため息をついていたが、祖父の形見だという説得が功を奏して三千五百万円までならと手を打ったのだった。

かくしてスティーブンは、大好きだった祖父の思い出に、ハイハットの血を受け継ぐビールオブサンダーの当歳馬に挑むことにした。周囲の様子を察するに、もはやハイハットの血に関心を持つ者などいまい。この分では意外と安値で落とすことができそうだ。サキの顔を思い浮かべながら、少し気が楽になった。

「ええ馬やな。ちっこいが、全身にやわらかいバネがあるわ」

くせのある関西弁が肩越しに聞こえてきた。振りむくと、ポリスのサングラスをかけ、グレーのストライプのジャケットを着た男が立っていた。年のころは七十代半ばだろうか。

「あんた、あの馬、狙(ね)ろうとるんか。そやけど、よう考えてみいや。血統がいまいちやで。この牧場、愛想はごっつうええねん。そやから、良い馬や言うて、素人(しろうと)に薦めたんやろ。商売上手やからな。まるで堂島ロールやわ」

ご厚意は有り難いのですが、馬の好みは人それぞれですから——スティーブンは、そう言いたい気持ちを呑(の)み込んで微笑(ほほえ)んでみせた。

心のうちで快哉(かいさい)を叫んでいた。狙った獲物が向こうからやってきたのだ。口髭(くちひげ)をきれいに切りそろえたこの男こそ、北浜の相場師、松山雷児だった。

「サラブレッドは、血で走るというからな。わしは神戸のしょうもない家に生まれた者やから、それが一層身に沁(し)みるわ。あんたはええとこのボンかも知れんが」

「それなら、サンデーサイレンス産駒の爆走は、どう説明すればいいのでしょう。いま盛りの血はやがて濃くなって衰えるといいますから」

彼のような人物は、唯々諾々(いいだくだく)と調子を合わせるものなど相手にしない。このくらいの挑発がかえって間合いを詰めるのにはいい。とっさの判断は間違っていなかった。

「えらい日本語が上手(うま)いな、あんた」

「ありがとうございます。この馬の血統は、もう私の国では消えてしまったものですから。祖父が入れ込んでいた血統なんです」

「やっぱりな、昔からサラブレッドのオーナーやった家の出や」

雷児はサングラスをとって、スティーブンの顔を覗き込んだ。

「というと、英国人かいな。それにしても酔狂や。あんた、貴族か」

突拍子もない問いかけに、スティーブンは黙って微笑む。

「やっぱり貴族やろ。ブリティッシュ・エキセントリックいう奴やろ」

そう言いながら、数センチまで顔を近づけてくる。イギリス人が最も苦手な振る舞いだ。だがここは我慢のしどころだ。なにしろ、雷児によれば、自分は「英国流の畸人」なのだから。

雷児は豪快に笑い飛ばした。スティーブンもつられて笑う。すると、今度は急に真顔でささやく。

「おい、貴族のボン、ええこと教えたる。欲しい馬の前で長いこと立ち止まったらあかん。競りの前はポーカーフェイスや。ねえちゃんの取り合いも同じやろ。ライバルに知られたら、値段が跳ね上がるで」

さすがの畸人も傍らの美女に視線を投げ、怒ってはいまいかと気が気ではない。

涼子は愉快そうに微笑みながら、まっすぐに雷児に対していた。すこしも気圧された様子がない。

安堵したのも束の間、雷児は涼子のつま先から頭のてっぺんまでじっくりと品定めをした。そして、スティーブンのほうを振り向いて言った。

「あんた、たいしたもんやなあ。えらい別嬪さんや。大切にしいや。彼女の額には吉兆があらわれとるわ」

「ご親切にありがとうございます。つとめさせていただきます」

「あんたの古風な日本語、気に入ったわ。まあ、せいぜい気張ってや」

スティーブンが軽く頭を下げると、雷児は金屋孫兵衛の扇子をぱたぱたと煽ぎながら、眼をぎょろりと剝いて歩み去っていった。扇面には富岡鐵斎の筆に似た龍が描かれていた。贋作に決まっているが、あまりに見事な出来栄えに、スティーブンは感じ入ってしまった。

それに劣らず、松山雷児の話術も人の気をそらさない、なんとも秀逸なものだった。

＊

「ただいまより二〇〇九年のセレクトセールを開催いたします。話題の新種牡馬ディープインパクトの産駒をはじめ、いずれ劣らぬ当歳馬が、数多く上場されております。

ご来場の皆々様、よろしくご期待ください」

常と変わらぬ名調子だった。主任鑑定人をつとめる中尾義信が競りの開始を告げた。

「よろしゅうございますか。それでは競りに入らせていただきます」

居並ぶ馬主、調教師、牧場主たちをひとわたり見渡し、右手で木槌を握りしめる。眼で合図を送ると、この日に備えて磨き抜かれた当歳馬が、制服姿の引き手に伴われて母親と共に中央の舞台に現れた。緊迫した会場の空気は競りにかけられる仔馬にも伝わるのか、上場馬は嘶きをあげ前脚を蹴りあげた。

有力オーナーはそれぞれに独自の人生を歩んで重賞の勝ち馬を手にした豪の者たちだ。競りのスタイルもまた独特だった。会場の中央に陣取って左右に調教師を従えて大声で競りかける有力馬主。十分な資金力を持ちながらバックヤードと呼ばれる裏庭に控えて目立たないように競るオーナー。知り合いの馬主と正面からぶつかりたくないのだろう、目立たないダミーを立てて会場には姿を見せない上場会社の社長もいる。

舞台の中央に引き出された牡馬の尻の両側には「１１１」という札が貼られていた。

「上場番号は１１１番。マンデラの２００９年、牡の鹿毛、二月二十二日の生まれです。父はいわずと知れたディープインパクト。母の父はアカテナンゴでございます」

主任鑑定人の中尾は、赤いジャケット、淡い黄色地に紺のレジメンタルタイをきりりと締めて競り台の中央にすっくと立っている。会場をひとわたり眺め渡してかすかに間を置いた。

「それでは、最初の御代を三千万円とさせていただきます。さあ、三千万、いかがでしょうか」

意外にも低い声だ。「三千万」と低音から競り始めている。これほどの逸材を競ってくる馬主たちに敬意を払っているのだ。粛々と競りあがる中尾独自のスタイルである。それほどに主任鑑定人のひと声は、その年の競りの流れを左右する。

低音から高音に移っていき、やがてファルセットを思わせる音域に中尾の競り声が差しかかったとき、スティーブンはナチス党大会を記録したレニ・リーフェンシュタール監督のフィルムの一シーンを思い出した。

ざわめきがいつまでもやまないナチス党大会の広い会場。アドルフ・ヒトラーは、演壇を行き来しながら、容易に口火を切ろうとしない。総統の苛立ちを察したのか、聴衆は水を打ったように静まり返って、早く演説をと促すのだ。ヒトラーはおもむろに口を開くのだが、ぼそぼそと何事かを呟くだけだ。聴衆は一言も聞きもらすまいとじっと聞き耳を立てるのだった。やがて少しずつ声のトーンを上げていく。そして演説のクライマックスに達するや突然獅子吼し、アーリア人の血の純潔こそ至高のものだと絶叫する。こうして聴衆をたちまち虜（とりこ）にしてしまう。

主任鑑定人中尾も、それぞれの声域で伸びやかな競り声が出せるよう日頃から喉（のど）を鍛えている。それは四声で構成され、低音、中低音、中高音、高音を巧みに使い分ける。この競り声に誘いこまれ、競り値も四千万から五千万、さらには六千万と、するすると昇っていく。

「それでは、七千万円、さあ、ございませんか。七千万です」

雷児が競りに加わったのはこの瞬間からだった。

声はあげなかった。鑑定人にかすかに頷（うなず）いてみせただけだ。

「ありがとうございます。それでは、七千五百万、五百万、いかがですか」

鑑定人の声に応じて会場のあちこちから次々に手があがる。競り場の中央にしつらえられた電子パネルの数字は、瞬（また）く間に高値を追っていった。マンデラの牡馬は、あっという間に八千万、九千万円の大台を超え、一億円に近づいていった。

これほどの価格帯になれば、競りに加わるオーナーはほんの数人に限られる。

「さあ、よろしいですか。一億円。一億円です」

会場は一瞬奇妙な沈黙に包まれた。ここが競りの踊り場と言われる勝負どころだ。

マンデラの牡馬を落とそうとする馬主は、本当の敵が誰なのか、相手は何処（どこ）まで戦うつもりなのかを見極めようとする。

競りあがるべきかどうか、雷児も迷っているようだ。ほかの馬主とて同じ心境だろう。そのわずかの迷いを孕(はら)んで、競りのエネルギーが会場にマグマのように蓄積していく。鑑定人の中尾はその機微を知り尽くしている。

じっくりと場の空気を読み取って声を発した。

「ただいま、会場左手のお客様から一億円のお声をいただきました」

競り会場にはどよめきが波紋のように広がっていった。

「さあ、一億五十万円。ありがとうございます。一億百万。ございませんでしょうか、さあ、ございませんか」

一億円から競りあがっていったのは、ゲーム機器メーカーのオーナー経営者だった。アメリカの雑誌「フォーブス」の世界長者番付に名を連ね、個人資産数百億円といわれる富豪であった。受けて立つのは雷児だ。その後は、両雄の死闘となった。

ゲーム機メーカーのオーナーと北浜の相場師雷児。値段は百万ずつ小刻みに昇っていった。電子掲示板は一億二千万円を表示している。

そのときだった。雷児は地の底から鳴り響いてくるような声で一喝した。

「一億五千万円」

自分の前に立ちはだかる者は力で叩き潰してやる。どんな高値になってもこの牡馬だけは断じて他人に渡さない。一部上場会社のオーナー社長などに負けてたまるか。

「一億五千万円――さあ、ございませんか」

鉛のように重い空気が競り会場をすっぽりと包み込んだ。

俺は断じて降りない。そんな雷児の決意が、競争相手の喉を締めあげているかのようだ。われの道を塞ぐものは何人であれ、薙ぎ倒す。

不気味な沈黙が十秒、二十秒と続く。ゲーム機メーカーの経営者は沈黙したまま声を上げなかった。

雷児の右拳は小刻みに震えていた。

ゲーム機メーカーのオーナーは、胸のポケットから純白のチーフを取り出して、額の汗をぬぐい、席を立っていった。

「右手のお客様から御代をいただきました。それでは一億五千万円。よろしいでしょうか。さあ、ほかにございませんか」

鍛え抜かれた野太い声が会場の隅々を支配した。

主任鑑定人・中尾義信は右手に持ち替えた木槌を勢いよく振り下ろした。乾いた音が天井にこだまして跳ね返った。

会場は次の瞬間、魔法が解けたように人々の吐息で満ちた。雷児の手で落札された牡馬は、競り初日の最高値となった。

それぞれ異なる人生を歩んできた二人のオーナー。未来のダービー馬を獲得する戦いに勝負がついた瞬間だった。

かくしてマンデラの2009年は、名うての億万長者をくだして、雷児の手中に落ちた。やがてこの馬で天皇賞の盾とグランプリ・ホースの栄冠を手にしてみせる――雷児はしっかりと拳を握りしめたまま、競り会場の天井を睨みつけていた。

このとき雷児の斜め後ろの席に明るい栗毛色の髪をしたイギリス人が座っていることに気付いた者はいなかったろう。眼前で繰り広げられている勝負に会場の視線が釘付けになっていたからだ。ヘーゼル色の眼が、この勝負にじっと見入っている。当の雷児も気付いていない。剛胆を装いながらも、雷児の額にはうっすらと脂汗が浮かんでいた。スティーブンはそれを見逃さなかった。

それにしても松雷は、一部上場会社のオーナーの資力に競り勝つほどの資金をどうやって手当てしているのだろう。そこには何らかの仕掛けがあるはず――。スティーブンは、そう思いながらも、相場師松雷という存在に心惹かれていた。この男にはなにか抗しがたい魅力が秘められている。

シカゴの中心街を貫く「ザ・マグニフィシェント・マイル」。その名が物語るように、シカゴ美術館やジョン・ハンコック・センターが並ぶ、魅惑の一マイルだ。そこからほど近いファイナンス・ステーション郵便局。ここに設けられていた私書箱が突破口となった。

＊

マイケルは、ブラック・マンデーをめぐるアンドレイ・フリスクの調書をいま一度読み返していた。大量のS&P500の先物を売買していたはずと見た捜査当局が、彼の身辺を徹底して洗った際の調書だ。その捜査資料のなかに「60601－3218」の郵便番号が記載されていた。アンドレイ・フリスク名義の私書箱である。古手の郵便局員が、時折この私書箱にKOBEの消印のある手紙が届いていたことを記憶していた。

すぐさまマイケルは、スティーブンの携帯を鳴らした。涼子を伴って小松空港へ向かう途中だったというスティーブンは、一瞬、夢を破られたような浮かない声で応じた。

「何だマイケル、急な用事か」

「もちろん、そうだ。スティーブン、いまは神戸の消印だとしか分からないが、アンドレイと雷児が連絡を取り合っている形跡があるぞ」

報告を受けたスティーブンは、一旦電話を切って、すぐさま元刑事の堀部に連絡した。堀部は他の仕事を後回しにして、その足で神戸に飛んでくれた。そして、神戸の郵便局に松山雷児もまた私書箱をもっていることを突き止めたのだった。

シカゴと神戸を行き交った国際郵便を通じて、アンドレイは雷児に超一級の情報を流していたのかもしれない。雷児はアンドレイから情報を受け取ると、巨額の資金を用意し、それを証拠金に思いきった勝負に出る。アンドレイ情報は百発百中だったのだろう。スターリン暴落では株の空売り、オイルショックでは思い切った現物買い、ブラック・マンデーでは再び株の空売りで巨万の富を手にし、伝説の相場師となった――。これがスティーブンとマイケルの読み筋だった。

初日の競りが終わると、スティーブンと涼子は、ノーザンファームのゲストハウスに入った。ディナーに備えて涼子が身づくろいをしている間に、スティーブンはワシントンD.C.のマイケルに電話を入れてみた。

「マイケル、シカゴからのご託宣は、雷児にとっては神のそれにも等しいものだった。

相手はシカゴ・マーカンタイル取引所を率いる大物トレーダーだ。旧友からの確かな情報なら、安んじて勝負に打って出られる」

「神戸時代の友情に報いようと、アンドレイは相場師雷児を超一級の情報で支えていたというわけか。神戸の異端児とユダヤ難民の友情物語ならインサイダー取引にはあたらない」

「雷児の市場での取引記録は、確かにそれを裏付けている」

と言いながらも、どこか納得がいかない。ふたりは不透明感を拭いきれずにいた。

まず口を開いたのはマイケルだった。

「どうにも引っかかるんだ。第一に、アンドレイは自分で助言した大相場で儲けていた節が窺えない。スターリン暴落では却って一財産すっているらしい。雷児に空売りの勝負に出ろとけしかけながら、おかしいと思わないか」

「ブラック・マンデーでも雷児は儲けたが、アンドレイは直前に手仕舞いして儲けそこねた、という調査結果だったよな」

「第二に」とマイケルが続ける。

「9・11同時多発テロでのふたりの動きも腑に落ちない。雷児は迷わず株の空売りに打って出たろ。でもアンドレイが売りに出たとはどうしても思えない」

「どうしても思えないって、そりゃどういうことだ」

「アンドレイ・フリスクがポーランドからのユダヤ難民だったことは知ってるだろ。アンドレイにとって、アメリカという国は、自由に生きる天地を保障してくれた恩人だ。そのアメリカが攻撃され、テロの恐怖に脅かされている。そんな悲劇のさなかに、ひとり儲けようと空売りに手を染めるような男じゃない。あのとき、アメリカのドルや債券、S&P500の先物を売ることはアメリカを売るに等しかった。それ以上にアンドレイにとっては、自由な市場を国際テロリストに売り渡すことを意味したはずだ」

スティーブンはしばし沈黙したままだった。

「実は雷児とはもう言葉も交わしているんだ。今夜もたぶん接触できると思う。それとなく当たってみるよ」

戦いすんで日が暮れて。セレクトセールの第一日は、異例なほどの盛り上がりのなかでひとまず幕を閉じた。この戦いに加わった主だったオーナーたちを招いて夕食の宴が催された。招待主はノーザンファームの吉田勝己だ。

空港牧場の坂路を望むプライベート・ダイニングルームに招かれたのは、初日のリーディング・バイヤー松山雷児、IT長者夫妻、ドバイの王族会社の極東支配人、アイルランドの競馬企業のトップ、それにスティーブン・ブラッドレーとその同伴者涼子だった。

席の並びには吉田勝己オーナーもさぞかし苦慮したのだろう。相場師の松雷とIT長者は互いを毛嫌いしてか、ひとことも言葉を交わそうとしない。そのため苦肉の策として、スティーブンとそのパートナーをふたりの間に挟んで上席に据える形となった。常ならば「新参者ですので」と遠慮するのだが、スティーブンは松雷の隣に座る誘惑に抗しきれなかった。美しい女性と隣合わせになった僥倖にIT長者も口元を弛めている様子だ。

長身のギャルソンがにこやかに椅子を引き、スティーブンが席に着いた。

「松山さん、狙った馬を無事に競り落とされたようでおめでとうございます」

「ああ、あんたか。横メシはどうも苦手なんや。日本語が達者なあんたが隣で助かったわ」

雷児は身を乗り出して涼子を見た。

「ひとの国に乗り込んできて、あんな別嬪さんをさらわれてはかなわんな」

雷児は初日の成果に満足しているらしく上機嫌だ。

「金沢で借りている家の大家さんの知り合いなんです。一度北海道の牧場を見てみたいと言うものですから」

金沢と聞いて、雷児は心なしか表情を硬くしたように見えた。しかし一瞬のことだった。

「ハイハットの血筋を引く名馬を落とせて、おめでとうさん。言うた通りやったろ。あの馬の前にあれ以上立ち止まっていたら、誰かに競りこまれたはずや。感謝してもらわなあかんな」

その時、フルート形のシャンパングラスに「クリュッグ・グラン・キュヴエ」が注がれた。

吉田勝己がグラスを持って立ち上がる。

「本日は皆様には、競りを大いに盛り上げて頂いてありがとうございました。夏の北海道らしいディナーをご用意しました。食材はすべて北海道のものを使っています。どうぞお楽しみください。それでは乾杯」

最初に運ばれてきたのは、真狩(まっかり)産ハーブ豚のパテ・ド・カンパーニュだった。ブラウン・マッシュルームのスライス、パテ、トマト、マッシュルームと重ねて、ハンバーガー風に仕立ててある。ドバイからのアラブ人には豚肉の代わりに知床鶏(しれとこどり)が用意された。

「それにしても、松山さんの勝負っぷりには脱帽しました」

スティーブンがそう言うと、シャンパン一杯ですでに顔を赤くした雷児が振り向いた。

「遠慮せんで、松雷と呼びいや。もうあんたとは老朋友（ラオポンユウ）や」

「では松雷さん、相場も今日のように強気一点張りで勝負されるのでしょうか。あれじゃ、相手も恐れをなして尻込（しりご）みしてしまいます」

「相場は度胸と資金力や」

そう言うと、雷児は右手に持っていたナイフを面倒くさそうに置き、フォーク一本で食べ始めた。

「なるほど、度胸と資金力では、相場師松雷の右に出る者はいないはずです。でも、買いか、売りかを決断する情報力でも、並ぶものなき闘将だと伺っています」

「あんた、イギリス貴族にしては、ヨイショもいけるやないか」

一見非の打ち所のない英国紳士と必ずしも品がいいとは言い難い日本人男性。テーブルをはさんで斜め前に座っているアイルランド人は、意気投合している二人を訝（いぶか）しげに見つめていた。

スティーブンは好奇の視線に気づかぬふりをして雷児に話しかけた。

「経済雑誌のバックナンバーで拝見したのですが、相場師松雷が勝負に出ると、決まって国際情勢が大荒れとなると書いてありました」

「そんな記事があったかいな。あんたが言うとるだけやろ」

厚真産じゃがいもと伊達産トマトのニース風サラダが運ばれてきた。半年間氷室に入れて甘みを引き出したじゃがいもとトマトの酸味が絶妙だ。続いてカリフラワーと牡丹海老の冷たいスープが供された。ワインは栗沢で作られている「クリサワブラン2007」だ。

グラスをかざして緑がかった液体をみつめる涼子に、ワイン愛好家のIT長者が身を乗りだして解説を始めた。

「ドイツ系のブドウ品種を四種類ブレンドしているので、テイストは複雑で味わい深い。それでいて、キラキラした透明感がある。色も若々しいでしょ。ワインも女性もこんなタイプが僕は好きですね」

IT長者を一瞥し、雷児がつぶやく。

「やめんかい、あほらしい」

スティーブンはくすっと笑って、話題を相場に戻した。

「スターリン暴落。オイルショック。プラザ合意。松雷さんはいつも大舞台を選んで勝負してこられた。お見事というほかありません」

「よう調べてるやないか」

そろそろ核心に切り込む頃合いと見たスティーブンはこう持ちかけた。

「それにしても、勝負度胸だけでなく、質の高い情報が欠かせないのではありませんか。世の中に溢れる情報からどうやって確かなものを選び取られるのか、そこに僕は惹かれますね」

「あんた、英国放送協会のラジオ特派員やったそうやな」

「松雷さんこそ、よく調べておられる」

雷児はにやっと笑い、またもスティーブンに顔を寄せてきた。

「ジャーナリストやったら、情報源の秘匿は命より大切やいうことを知っとるわな。あんた、わしの情報源に探りを入れとるわけや」

「でも、超一級の情報源をもっておられることは間違いありません。私たちは、そんな人をインテリジェンス感覚が磨き抜かれていると表現するのですが、松雷さんはまさにそうです」

雷児の顔が数センチまで近づいた。もう限界だ、と感じた時、背後からギャルソンが腕を伸ばした。

「バタール・モンラッシェ1998ドメーヌ・ルフレーヴでございます」

大ぶりのワイングラスに黄金色の液体が注がれた。雷児がギャルソンを振り向いて言う。

「よう舌嚙まんとそんなん言えるな」

ギャルソンは穏やかに微笑むと、雷児の前にパスタの一皿を置いた。地元早来産の黒毛和牛「鈴木牛」テールのラグー、赤いパスタにはワインのバローロが練り込んであるという。

「ええ情報を得るには、命に代えてもええ友達を持つに限る。そういうこっちゃ」

ミートソースをネクタイに飛ばしながら、雷児が言った。

「松雷さんのご友人は、それだけの国際情報を提供してくれるのですから、日本の方じゃないとお見受けしました」

「やっぱり、情報源にずかずかと踏み込んで来よるわ。あんた、顔に似合わず、したたかな男やな。気に入ったわ」

ここが勝負どころとスティーブンは踏んだ。

「僕の勘で申し上げるのですが、松雷さんのよき友とは、ミシガン湖の辺りにいらっしゃる方ではありませんか」

雷児は表情を変えずに、脂ののった斜里産きんきのソテーを一口サイズに切り刻んでいる。

「それについては口にできるわけがないやろ」

「私たちの世界では、否定なさらないのはお認めになったことを意味するのですが」

この瞬間、雷児がむっとした表情を見せた。

「肯定も否定もでけへん。アンドレイをなんで知っとるんや」

「お二人は、戦争が始まる直前に神戸で出会われたのですよね」

雷児はぎょろりとスティーブンを睨んだ。そして以後、口を開こうとしなかった。

少し離れた席からIT長者の鼻にかかった声が聞こえてくる。

「カシス、コーヒー、森の腐葉土、スパイス、なめし革の香り」

男はボルドー用の大きなグラスを手に、うっとりと眼を閉じてつぶやいている。

「シャトー・ベイシュヴェル2000年。焼尻産サフォークとの相性が素晴らしい」

隣で雷児が小声で吐き捨てるように言った。

「やめとけ言うとるのに。あほらしい」

スティーブンが網焼きされたビーフを口に運ぶと、えもいわれぬスモークの香りが鼻腔に広がった。

セレクトセールでは例年、競りの初日に最高値がつくことが多い。競りの主催者側も内外から詰めかけるメディアを意識し、初日に有力馬を配して話題づくりをしようとする。そして前評判の通り、初日上場された「１１１番のマンデラ」を雷児が最高値の一億五千万円で落札した。「上場番号59のゴレラ」や「上場番号１５３のトロピカルブラッサム」も共に一億円を超える高値で落札された。

この初日の戦いに、ことさら静かに臨んでいた一団がいた。話題のディープインパクト産駒にもほとんど触手を動かさない。ほんの小手調べに、二、三の手ごろな馬を競り落としただけだ。

ところが、競りの二日目に入ると様相は一変する。巨象が小動物を蹴散らしてサバンナに踏み込んできたのだ。「ダーレー軍団」がついに本性を現したのである。

彼らこそ世界の競馬を席巻する沙漠の勇者だった。アラブ首長国連邦ドバイの王族シェイク・モハメド殿下がその中心にいる。「ゴドルフィン・レーシング」を設立して競馬立国を目指し、世界中の名血を求めて、繁殖牝馬、当歳馬、一歳馬、さらには現役で活躍中の競走馬まで次々に買い占めてゆく。これらの持ち馬を冬でも暖かいドバイの地に運んでみっちりと調教し、春になるとヨーロッパ各地のレースに出走させて、クラシックを席巻していったのだった。そのダーレー軍団がついに日本に上陸してきた。

この日三頭目の上場馬が舞台の中央に引き出された。上場番号193番、「シルバーチャリスの2009」。その瞬間、張り詰めた空気が会場を押し包んだ。

主任鑑定人の中尾義信は、あらためて会場をひと渡り眺め渡した。会場を埋めるオーナーたちの意思を超える大きな力が動き始めている。彼の皮膚感覚がそう感じとっていた。競りの潮目が変わった。中東の王族の意志が競りを支配し始めている。中尾は彼方に戦いを告げる鬨の声を聞きとっていた。

競り会場は不思議な静寂に包まれていた。それは壮絶な戦いが始まる前のひとときの静けさだった。

この当歳牡馬は、セレクトセールの直前に早世した種牡馬アグネスタキオンを父に持ち、際立った名血と眼利きの間で前評判が高かった。母の父は凱旋門賞馬、レインボウクエスト。数多くのGI馬を輩出している名種牡馬だ。二代母がフランスの重賞勝ち馬シルバーレーン。母の兄妹であるブラックホークとピンクカメオが日本でGIレースを制している。まさしく華麗なる一族なのだ。

ダーレー軍団の傘下にあるゴドルフィンはどうやらこの馬に触手をのばそうとして

いる——その気配を感じ取った会場のオーナーたちからは、しわぶきひとつ聞こえてこない。

中尾義信の声が低くなった。

「シルバーチャリスの2009の牡馬です。父は二〇〇八年度のリーディング・サイアー、アグネスタキオン。母の兄妹には、安田記念とスプリンターステークスを制したブラックホークやNHKマイルカップを牡馬相手に完勝したピンクカメオを輩出している名血(めいけつ)でございます」

中尾は会場全体をことさらゆっくりと眺め回してさらに声を低めた。

「さあ、それでは五千万円から参りましょう。五千万、さあ」

重苦しい沈黙を破ったのは、やはりゴドルフィン陣営だった。沙漠の王国からやってきた軍団は手頃な値で競り落とそうとしているのではない。そうなら、競りの冒頭から名乗りをあげたりしまい。

金に糸目はつけない。射程に入れた獲物は必ず仕留める。そんな決意を会場に知らしめる一声だった。

軍団の前に立ちはだかり、真っ向から勝負を挑もうという豪の者はいるのか。競り会場の関心はこの一点に注がれていた。競りを取り仕切る中尾義信も全神経を研ぎ澄まして、沙漠の王者に挑む者の影を追っていた。

「シルバーチャリスの２００９」の牡馬に七千万円の値がついたときだった。

バックヤードからアイルランド勢が戦いに加わってきた。「クールモア・スタッド」だ。種馬ビジネスには課税しないというアイルランド政府の優遇策を巧みに使って急成長を遂げたアイルランドのドラゴン企業だ。かつて競馬界の至宝と謳われたサドラーズウェルズや現在、種馬のトップスリーと誰もが認めるガリレオ、モンジュー、デインヒルダンサーを擁する名門ファームである。

「さあ、ただいま七千五百万円の御代をいただきました。さあ、七千五百万」

アイルランドのクールモア陣営が応戦してきた——。この情報は直ちに盗聴防止装置の付いた通信回線でドバイのダーレー軍団に伝えられた。

両雄の対決に割って入ったのが松山雷児だった。

「八千万円、八千万や」

松雷はこう一喝し、末広がりの数字にゲンを担いで勝負に加わった。

かくも大きな勝負に打って出ることができる、この相場師の資金力は、いったいどこから来るのだろう。斜め後ろの席にいるスティーブンは、その資金の出所に再び思いを巡らしていた。

だが、ダーレーのアドバイザー、ジョン・ファーガソンは表情をまったく変えなかった。ダーレー軍団の富がどれほどのものか、知らしめてやる――そんな決意をこめて中尾に向かってゆっくりと頷（うなず）いた。

「九千五百万円、よろしいですか、では、九千八百万円、どうぞ」

もはや両陣営ともに、一億円の大台に乗ることは覚悟のうえの戦いだった。そうした読みを映して、「シルバーチャリスの2009」の牡馬は、瞬（また）く間に一億から一億五千万円へと値を飛ばしていった。一億五千万という大台に応じたのも松雷であった。ジョン・ファーガソンは携帯電話を左耳にあてがったまま競りを続けている。ドバイとつながっているのだ。指示を仰いでいる相手がモハメド殿下その人であることを疑う者はいなかった。

対するクールモアの代理人、デミ・オバーンはバックヤードにいた。そこから会場内にいる代理人に指示が飛んでいる。競りの手の内をダーレー側に読ませまいと、こうした戦術を取っているのである。

「さあ、一億八千万円、ございませんか、一億八千二百万円、さあ」

競り値は二百万円ずつ小刻みに昇っていった。

電光掲示板は、ついに一億九千万円の値をつけた。

クールモアのデミ・オバーンもアイルランドにいる総帥、ジョン・マグナーと携帯で連絡を取り合い、そこで沈黙した。それを見届けるように雷児もここで手仕舞った。これだけ高値をつけさせれば、生産牧場のノーザンファームに存分に恩を売れると満足げだ。

そこがハンマー・プライスとなった。

ダーレー軍団が凱歌をあげたのである。

スティーブンは、僚友マイケルの助けを借り、この競りの決済を引き受ける銀行に手をまわし、松雷の資金の背景を探ってみた。その結果、松雷がセレクトセールのために用意した資金はしめて十億円。そのすべてを取引銀行からの借り入れで賄っていた。あわせて二十一頭もの当歳馬と一歳馬を競り落として、リーディング・バイヤーとなったのである。

競りの決済は規定によって三ヶ月後に行われる。にもかかわらず、雷児は十億を超える資金を早やばやとこの銀行から当座預金に全額振り込ませていた。

一年前のリーマン・ショックで松雷もまた打撃を受けているはずだ。今度ばかりは、遠方の友から貴重な情報が届かず、不意打ちを食らったのだ。香港のファンドに預けてある資金の一部を取り崩して追証を払わなければならなかった。

しかし、セレクトセールのために借り入れた十億円は、資金不足を補うためではなかった。

過去の取引を遡るうち、おぼろげながら松雷の手口が見えてきた。

二〇〇一年七月に行われたセレクトセール。そのときも松雷は、早手回しに借り入れた十億円を勝手に流用する形で、香港、シンガポール、ウェリントン、東京、ロンドンの各市場で、それぞれ二億円を積んでS&P500の先物を売っていた。レバレッジが効いているため、しめて百億円を売り切ったことになる。暴落を予想する確かな情報を入手した上での勝負とみていい。

原資を取引銀行から調達し、セレクトセールでサラブレッドの良血を派手に買いまくる。そして、金融先物市場でS&P500先物を売って勝負の日を待つ。

九月十一日、同時多発テロの勃発を受けて相場は急落した。雷児は建玉を買い戻して利益を確定し、少なくとも数十億円を手にしたはずだ。競りから三ヶ月、馬の代金の決済期日までに、すべての精算は済んでいた。

＊

雷児とアンドレイ。ふたりを繋ぐかぼそい縁は、港町神戸の北野町に潜んでいる。

「肯定も否定もでけへん。アンドレイをどうして知っとるんや」

ノーザンファームで松山雷児がぽつりと漏らしたひとこと。

スティーブンは、雷児のお膝元・港町神戸へ足を踏み入れた。アスファルトの照り返しで、五分も歩くと首筋に汗がしたたり落ちるほど残暑が厳しい。

かつてアンドレイが暮らしていた街は、いまも異人館が建ち並び、当時の面影を残している。神戸に住みついた外国の貿易商の邸宅は観光施設となっているが、ユダヤ教のシナゴーグが建つ北野町四丁目の界隈はひっそりとして当時の面影を残している。

シナゴーグの裏手には土地の人々が「モロゾフの小径」と呼ぶ私道が延びていた。かつて帝政ロシアの貴族だったモロゾフの一族がこの地に亡命し、その名を冠したチョコレートを売りだして財をなしたという。一家が構えていた邸宅の脇を通る小径を人々はそう呼んだ。

その一角に八十歳すぎの女性が住んでいると聞き、訪ねていった。庭の大きなクスノキでアブラゼミが一斉に鳴いていた。

「太平洋戦争が始まる少し前のお話を伺いたいのです」

老女はサーモンピンクのサマードレスを着た愛らしいひとだった。フィレンツェの街にでもいそうな都会的なお年寄りだ。

「何をお知りになりたいの」

そう言いながら、綺麗なカットグラスに入った冷たい麦茶をスティーブンに勧めてくれた。

「昭和十五年頃でしょうか、ヨーロッパから逃れてきたユダヤ人のひとたちが大勢この街に住んでいたと聞いています」

「そう、たくさん居てはった。でもほとんどの人はすぐに出ていかはりました」

「その頃、小学生だったユダヤ人の男の子と、地元の子が仲良くしていたのを見たことはありませんか」

そうやねえと言いながら、老女は老眼鏡をはずして、遠い昔へ心の旅をしている表情を見せた。

「男の子らはユダヤ人の子らとメンコをしたりして遊んでました。ユダヤ人はヨーロッパではひどい迫害を受けたらしいけど、うちらは別に分け隔てなく接していましたよ」

「そのなかに、松山雷児という子はいませんでしたか」

「松山雷児ねぇ――」

口のなかで、マツヤマライジ、マツヤマライジと何度もつぶやき、記憶の糸をたぐりよせているようだった。

次の瞬間、その表情が生き生きと輝いた。

「雷児、雷児って、あのゴンタの」

「ゴンタっていうのは――」

「あなたのように日本語が達者なひとでも知りませんの。いたずらもんのことや。雷児といえば、この辺りでは有名なゴンタでした。背は小さいくせに声はやたらと大きくて、あちこちでケンカばかりしていて。思い出しました」

「ご存じなんですね、松山雷児を」

スティーブンはついに糸口を見つけだした。

「で、そのゴンタがユダヤ人の少年と仲良くしていたことを覚えていませんか」

「さあ、私よりも三つ四つ歳(とし)が下やったから、そこまではねぇ。ちょっと待ってください。うちの弟なら知っているかもしれません」

サマードレスの老女は老眼鏡をかけなおし、携帯電話に手を伸ばした。堺に住んでいるという弟に尋ねてくれた。

「もしもし、かずちゃん、あんた松山雷児のこと覚えてへんか。あのゴンタ、昔、ユダヤ人の子とつきおうてたって知っとう」

数回のやりとりの後、携帯を片手にお婆さんはスティーブンを振り返って小さくウィンクした。この刑事ごっこによほど興を覚えたのか、潑剌として嬉しそうだった。

「弟の話では、ユダヤ人かどうかわからないけど、雷児がツレと呼んでいた外国人の小さな男の子がいたそうです。乱暴者の雷児がその子にだけは優しかったと言うてました。裸の付き合いだとか言って、お風呂屋さんにいつも一緒に行っていたらしいですよ」

「そのお風呂屋さん、今でもありますか」

「はい、ありますよ。私も震災のときにお世話になりましたから。その坂をずっと下っていったところに蛇骨湯というのれんがかかってます。ご隠居さんがいまもお達者で、ときどき散歩をされてますよ」

雷児がツレと呼んでいたその少年が果たしてアンドレイ・フリスクなのか。スティーブンは丁寧に頭をさげると、老女が教えてくれた銭湯を訪ねることにした。

青地に赤く蛇骨湯と染め抜いたのれんをくぐる。下駄箱に靴を入れて木の札をとると、男湯の扉をがらがらと開けた。番台に座る女性に尋ねてみた。

「ご隠居さんはどちらに」

午後の散歩に出かけているが小一時間で戻ってくるという。

スティーブンは「ほのぼの蛇骨湯」と印刷された白いタオル、牛乳石鹸、シャンプーのセットを百八十円で買い、湯に浸かって老人の帰りを待つことにした。神戸らしく、タイル絵は異人館とその彼方に見える神戸港の風景だった。

「あんた、そこの外人さん、うちのご隠居がもどってきましたよ」

番台の女性が湯気の向こうから呼びかけてくれた。慌てて飛び出して身体を拭く。ご隠居の老人は六甲の牛乳を飲みながら、脱衣所の長いすで待っていてくれた。

「昭和十五年頃の話を伺いたいのですが」

「わしは近頃、物忘れがひどうてのう。昨日のことはすっかり忘れてまうが、ま、存外、昔のことは覚えとりますよ」

スティーブンの問いに、老人はゆらゆらと団扇を動かしながら記憶をたどってくれた。

「ああ、あの二人組ね。ゴンタの雷児と痩せっぽちの外人の子。と言うても、昔はみんなガリガリやったけどな。妙な取り合わせや。言葉もろくすっぽ通じひんのに、いっつも笑い転げとった」

「相手の男の子の名前は覚えてますか」

「ええと、何やったかな。ちょっと待ってな」

そう言ってゆっくりと立ち上がると、老人は散らばった脱衣かごを片付け始めた。振り返ってスティーブンに声をかけた。

「いまに思い出すから、コーヒー牛乳でも飲んで待ってて」

スティーブンは自動販売機の前に立ち、好物のカルピスソーダを横目にコーヒー牛乳のボタンを押した。ご隠居さんは、脱衣かごを部屋の隅にある扇風機の横に積み上げていく。しばらくして、甲高い声で言った。

「あった、ここや、アンドレイと金釘流(かなくぎりゅう)のカタカナで書いてあるわ。見てみい、この落書き。うちも震災で随分とやられたんやが、壁板はそのまま使って直したんや。よう残っとったなあ。アンドレイか、そう、そんな名前やった。あの子らはほんに銭湯好きで毎日来とったわ」

やはり雷児はアンドレイと深い縁(えにし)で結ばれていたのだ。

だが、ふたりを結ぶ糸をいま少し解き明かしたい。アンドレイの一家が毎朝食べたにちがいないベーグルのパン屋を当たってみようと思い立った。その頃、神戸で仮住まいをしていたユダヤ難民たちは、口を揃えてこの街のパンの美味しさが忘れられないと書き残している。

「ユダヤ人たちがあれほどおいしかったと言っているパン屋さんは、どのあたりにあったのでしょうか。いまも残っていますか」

帰り際、番台で尋ねてみた。

「それなら多分、トア・ロードにあるパン屋やないかねえ。うちと一緒で戦前からあるし」

スティーブンは、教えてもらったベーカリーでクロワッサンを買い、小さなカウンターに腰かけて食べてみた。たしかにさくさくとして美味しい。パリのサンジェルマンの裏通りにあるパン屋にも引けをとらない味だった。ただ主人は代替わりしていて肝心な話は訊けなかった。

ふと見ると、大きな出窓の向こうに古風な写真館が建っていた。木造の洋館だ。横浜でも函館でも外国人が多く住む港町には、明治から続く老舗の写真館が残っている。

スティーブンの脳裏に閃くものがあった。戦時下のユダヤ難民を撮影した写真展が開かれたという記事を、先日検索した神戸新聞で目にした。ひょっとすると、と思いたって、もう一足のばしてみた。

両開きの木の扉には紫の花をデザインしたアールヌーボー調のステンドグラスが嵌め込まれていた。柔らかな光が満ちた店内に入ると、長髪を後ろで束ねた、五十半ばの店主が椅子に座ってカメラ雑誌を読んでいた。イギリスで一足早く手に入れたのだろうか、ライカのデジタルカメラ「M9」を手に、雑誌の記事と見比べている。

「近くの公民館で開かれたユダヤ難民の写真展のことでお聞きしたいのですが。神戸の写真館から貴重な写真が出展されたと地元の新聞の記事に載っていましたが、こちらからも出されたのでしょうか」

店主はおっとりと頷いた。

「ええ、うちは私で三代目なのですが、亡くなった祖父が戦前に撮影した写真を二枚出展させていただきました。ユダヤ人が外国に渡る前に記念にと祖父が撮ったようです。地元の篤志家の方が費用を出したとも聞いています」

「恐縮ですが見せていただいてもかまわないでしょうか」

神戸の人たちは流暢な日本語を話す外国人に慣れている。とりたてて面倒な説明は要らなかった。

「ええ、いいですよ。写真展には出さなかったのですが、その時、一緒に出てきた写真の原板もありますが、ご覧になりますか」

　スティーブンは「ぜひとも」と答えた。

　120ブローニー、6×6の原板。それぞれに几帳面な字で鉛筆書きのメモが添えられていた。撮影日時と場所、被写体の名前などが記されている。

　その一枚を手に取ったスティーブンのほっそりとした人差し指がわずかに震えた。いついかなる時も動じてはならない——そう叱責するブラックウィル教授の顔がちらついた。それほどに決定的な一枚だった。

「アンドレイ・フリスク君と友人たち」

　横に神戸の住所があり、赤鉛筆で「宛先不明」と書かれていた。

「祖父は少年の住所に出来上がった写真を送ったらしいのですが、何しろ戦争前の混乱のさなかでしたから、宛先不明で返ってきてしまったようです」

　三代目の主はそう言って、原板とともに、届かなかった写真を見せてくれた。

　ふたりの少年とひとりの少女が写っている。歯をみせて笑う巻き毛の男の子はアンドレイ、不機嫌な顔をした坊主刈りの子は雷児に違いない。ふたりにはさまれて、目を見張るほど美しい少女がはにかんだ表情で立っている。

「差支えなければ、この写真をもう二枚現像していただけませんか。もしかしたら、この日本人の少年に届けることができるかもしれません。むろん、お代は払わせていただきます」

スティーブンはとっさに頼み込んだ。

「ええ、祖父の作品ですから、いいですよ。原板から現像するのではなく、この写真をデジタルコピーするのでも構いませんか」

「もちろんそちらで結構です」

それは雷児とアンドレイの確かなつながりを裏付ける写真だった。収穫はそれだけにとどまらなかった。スティーブンの記憶装置は、美しい少女に照準を定めて全速で稼動しはじめた。

写真を封筒に収めると、その足で神戸の目抜き通りにある雷児の会社を訪ねた。

受付でこう申し出ると雷児は快く迎え入れてくれた。

「セレクトセールでご一緒させていただいた者ですが」

「スティーブンさんよ、あの別嬪さんは、ひがしの雪花はんやったんやな。あんたも隅におけんなあ。芸妓をつれて馬の競りとは、やっぱり貴族のボンは粋や」

いきなり、先制攻撃を食らってしまった。

「松雷さんの調査能力にはＢＢＣもたじたじです。先日はあんな席でしたのでご説明を控えましたが、父の爵位を継いだのは兄で、僕は一介の英国市民に過ぎません」

「何を言うとるんや。それが貴族いうことやないか。そんなことより、『麤皮』でステーキでも食べよか」

「ご厚意をありがとうございます。せっかくですが、新神戸から新幹線で東京に帰らなくてはなりませんので、また次の機会に」

　スティーブンは、内ポケットからそっと封筒を取り出してテーブルに置いた。

「何やろか」

　雷児は右手で取り上げ、封を開いてふっと息を吹きかけた。人差し指と中指を入れて写真を引き抜いて目を落とすと、その姿勢のまま言葉を発しようとしなかった。込みあげてくる感情を懸命に抑えているのだろう。その切れ長の眼は微かに潤んでいるようにも見えた。秘書が紅茶をもってきたのだが、ボスの思いがけない姿にうろたえて、そのまま背を向けて出て行ってしまった。

「あん時の写真や」

　写真を見つめたまま、雷児がつぶやいた。

「地元の写真館に残っていたのを偶然見つけました。一緒にいるのはアンドレイ・フリスク氏ですね」

「俺もあいつもガキやったな。ソフィーは綺麗や。ほんまに綺麗や」

いとおしそうに指で写真をなぞっている。

「ソフィーさんとおっしゃるのですか」

「そうや。ソフィーや。俺らのお姫さんや。この写真、もろてもええか」

雷児は写真を押し戴いたまま動こうとしなかった。

「もちろん、そのつもりでお持ちしました。そのかわり、写真に写っているお友達の話をきかせていただけませんか」

「なんでそんなことに興味があるんや」

そう言いながらも、雷児はひとり語りに幼い友たちの想い出を話し始めた。アンドレイとソフィーはともにユダヤ人で、ポーランドからシベリアを旅して神戸に逃げのび、アンドレイはアメリカへ、ソフィーは上海に渡ったという。そして、アンドレイとの約束を果たそうと自分は上海に渡り、フランス租界でようやくソフィーを探し当てたことを明かしてくれた。

「俺は貧乏のどん底で育った。父親の顔も知らん。そやけどな、貧乏やから、てて無し児やからっちゅうて誰も俺を殺そうとはせんかった。せいぜい悪さをしたときに袋だたきにあったくらいや。ところがアンドレイとソフィーは違う。あいつらはユダヤ人に生まれたというだけで殺されかかった。この世の中は不条理や」

雷児は胸のつかえをはき出すようにことばを継いだ。

「ソフィーの家族は上海から船でアイルランドに逃げようとしていた。そやけど、金がない。そこへ中国人のヒヒ爺が現れて、札びらでソフィーの父親の頬をひっ叩いたんや。ソフィーは処女を売って家族のために金を工面したんやぁ」

雷児の声が震えていた。スティーブンは眼を伏せ、黙ったまま耳を傾けた。

「その爺はあろうことか、自分がものにした処女の左肩に赤い牡丹の入れ墨を入れさせる、えげつない奴やと後で聞いた。ソフィーはアイルランドに渡ったはずやねんけど、俺には確かめる術もなかった。結局、いまも行方知れずや」

肩を落とした雷児は十歳も年をとったように見えた。

「俺に金さえあればソフィーを救えたはずや。アンドレイには申し訳のうて、話すことができんかった。それやのにあいつは――」

そう言ったきり、雷児はことばをつまらせ、唇をかみしめた。

スティーブンはそっと立ち上がると雷児に頭を下げ、静かに部屋をあとにした。

第九章　ブナの森のモーゼ――一九四五年四月

「JEDEM DAS SEINE」

人は誰もがその出自にふさわしい報酬を約束されている――強制収容所の正門に据えられた菱形格子(ひしがたごうし)の扉には哲人キケロの言葉が嵌(は)めこまれている。

これにナチス流の解釈を施して囚(とら)われ人たちへの戒めとしたのだった。

ユダヤ人たちよ、お前たちのように呪(のろ)われた血を持った者たちには、いまの境遇こそふさわしいと心得よ。

なんと忌(い)まわしい物言いなのだろう。

収容所の脇に一本のレールが引き込まれ、鉄路はここで途絶えている。家畜を輸送する貨車に詰め込まれて、ユダヤ人、政治犯、ロマ、知的障害者、それに同性愛者たちが、ブナの森の牢獄に送り込まれてくる。鉄製の扉の言葉は、絶望の終着駅に辿りついた人々へ「贈る言葉」だった。

この格言が予告した通り、彼らには酷薄な運命が襲いかかった。

一切れのパンのために親友を売り渡す者もいた。ユダヤ人の収容者から選ばれた監視役「カポー」は、ゲシュタポより身内に残忍だった。髪の毛をむしりとるように、囚われ人の尊厳は奪い取られていく。そんな日々に耐えかねた人々は、高圧電流が流れる有刺鉄線に身を投じて命を絶った。自由は死後の世界にしか存在しなかったのである。

ワイマールの街からの寒風が烈しく吹き荒れていた。春とは名ばかりの凍てつく朝だった。夜明け前、鋼鉄製の扉が密かに開けられ、ゲシュタポたちが音もなく姿をくらました。朝の点呼の時刻がきても声はかからない。収容所内のレジスタンス組織が異変を察知し、居残っていた看守を次々に殺して監視塔を制圧した。

一九四五年、四月十一日、午後三時十五分のことだった。

この瞬間を永遠に歴史の記憶に刻んでおきたい。

ブーヘンヴァルト強制収容所の監視棟に掛けられていた大時計は、以後、時を刻むのをやめてしまった。

それから数時間の後、高圧電流が流れる有刺鉄線の柵に開けられた穴から、ふたりのアメリカ兵が入ってきた。こうして囚われ人たちを解き放ったのは、アメリカ陸軍の第六機甲師団麾下の部隊だった。

ブーヘンヴァルト強制収容所の解放に立ち会おうと、従軍議員団がほどなくこの地を訪れた。その一団にワシントン州選出の下院議員スクープ・ジャクソンの姿があった。スノホミッシュ郡の検事として、密造酒と違法なギャンブルを次々に摘発して名をあげ、二十代の若さで連邦議会に議席を得たばかりだった。真珠湾攻撃を機に陸軍に投じ、ヨーロッパの最前線を転戦してナチス・ドイツの敗戦を目撃した。

中央広場に一本の枯木がすっくと立っていた。

ジャクソン議員が正門から望み見たこの枯木こそが、彼の人生を変え、後に世界の針路をも捻じ曲げることとなる。

近づいていくと、老人の背骨を思わせる枝に何かどす黒い塊が架けられていた。収容者の生首だった。ゲシュタポが収容者への最後の見せしめにと吊るして去ったのだった。ブナの森から吹きつける烈風に揺れる人間の首。ジャクソン議員は雷に打たれたような衝撃を受けた。

それは神の啓示でもあった。虜囚の地エジプトを脱出して以来、あれほどの苦難の歴史を辿り、その知恵と経験を聖書の言葉として刻んできたユダヤの民。彼らはなぜかくも易々とヤギのように引かれていったのか。どうして敢然と武器を取り組織的な抵抗を試みなかったのか。なぜこれほどの仕打ちを蒙ってしまったのか。自らを守る主権国家という盾をなにゆえ持てなかったのか。

森のなかの強制収容所を訪れるまで、ごくありふれた議員でしかなかったスクープ・ジャクソンは、ここブーヘンヴァルトで収容者の解放に立ち会ったことで、生涯を貫く「力の信奉者」となったのである。

強大な力を背景に全体主義の圧政にたち向かい、自由の理念を世界に押し広げてゆく――。ジャクソン自身は北欧移民の流れを汲む身だったが、その思想はユダヤ系のネオコン思想家たちに引き継がれていった。それはやがて超大国アメリカをイラク戦争へと駆り立てていく思想の源流となった。

スクープ・ジャクソンは一九五二年には連邦の上院議員となり、一貫して軍事委員会に身を置いた。そして、西側同盟の盟主アメリカの安全保障政策の舵取りに絶大な影響力を揮う有力議員となっていった。

最新鋭の長距離核ミサイルの配備は、アメリカの安全保障政策にいかなる影響を与えるのか。そんな難解なテーマにとり憑かれていたスクープ・ジャクソンのもとに、ふたりの大学院生がアシスタントとしてやってきた。ポール・ウォルフォウィッツとリチャード・パールだった。

ふたりは後にネオコンを代表する戦略家となる。ポールとリチャードは、ともにユダヤ系の血を引く天才肌の青年だった。両親はナチスの圧政を逃れて、自由の国アメリカにからくも逃れたのだが、叔父や叔母、そして従兄弟たちはみな、アウシュビッツをはじめとする強制収容所で命を落としている。

崇高な民主主義の理念を圧政で虐げられている人々に押し広げてゆく――ポールとリチャードは、アメリカ民主主義が内に秘める圧倒的な力によって明白なる使命を成し遂げるというジャクソン流の理念に強く惹かれていった。

ポール・ウォルフォウィッツは、シカゴ大学で核戦略論を専攻する学究の道を選んだが、一方のリチャード・パールは請われてジャクソン上院議員の補佐官となった。やがてパールはジャクソン上院議員を支えて、対ソ強硬路線の演出者となる。

超大国が持つあらゆる力を存分に駆使して、全体主義体制に風穴をこじ開けていく。そんな思想が法案として結晶したのが「ジャクソン・ヴァニック修正条項」だった。

ブレジネフのソ連は、農業政策の失敗から、小麦の不足に苦しんでいた。その一方でアメリカの穀倉地帯は供給過剰に陥っていた。

ジャクソンとパールは、こうした米ソのギャップに目をつけ、アメリカがソ連への穀物の輸出に道を拓く法案を考えだした。その見返りとして、ソ連国内に閉じ込められているユダヤ人の国外移住を認めさせる付帯条項をさりげなく法案に押し込んだのだった。

アメリカの法案審議史上で永く「真に天才的な」と称賛された立法だった。条文の筆を執ったのは、ジャクソンの補佐官、リチャード・パールだ。後にレーガン政権の国防次官補として米ソ軍縮交渉に臨み、対ソ強硬派として「闇のプリンス」と呼ばれた逸材だ。

だがジャクソン・ヴァニック修正条項が成立しても、現実にソ連国内に幽閉されているユダヤ人が出国するには巨額のドルが必要だった。ユダヤ系の人々の出国には多大な費用をソ連側に支払うことが暗黙の取り決めとなっていたからだ。それゆえ、ユダヤ人の出国を促す救援組織は、膨大な額のドルを調達しなければならなかった。アメリカと欧州に張り巡らされたユダヤ・コネクションは、ユーロドルや金融先物商品の売買でその資金を調達していった。

そのオペレーションの背後にあって、司令塔の役割を果たす陰の存在があった。

＊

遺体のヤマに埋もれてわずかな息を保っていた老婆がいた。だが当のジャクソン議員は、その存在に気付かなかった。

おびただしい処刑が行われた収容棟に足を踏み入れたアメリカ兵たちは、死臭を漂わせて重なり合う人間の山に立ちすくみ、すぐには近づこうとしなかった。

「おい、あそこを見てみろ。眼を見開いたままの婆さんがいる。まぶたが微かに動いているんじゃないか。ああ、いま、確かに動いたぞ」

看護兵たちが呼ばれ、百歳にも見紛う白髪の老婆を、死体の山のなかから引き出した。

「わずかだが、息がある。すぐに軍医を呼んでくれ」

駆けつけた白衣の外科医は皺くちゃな腕を摑んで脈をとった。微かな鼓動が聴診器を通じて聞こえてくる。

「まず無理だろうが、一応、応急処置は施してみよう。こんな状態でも生きていたんだ。あるいは助かるかもしれない」

この老婆こそ「ブナの森の女モーゼ」と人々から畏れられた収容所の北極星だった。彼女の名はエステル・シェニラー。囚われ人の尊敬を一身に集めたクラコフ出身のユダヤ人だった。

エステルは幾多の同胞の命を救っただけではない。時には若い収容者を説き伏せて裏切り者のカポーに仕立て、ゲシュタポの手下として送り込んだ。バイオリン、チェロ、ピアノ、フルートのプロの演奏家だった者たちを見つけ出しては「ブーヘンヴァルト楽団」を編成し、強制収容所長の妻の誕生日にはモーツァルトのコンチェルトで祝い彼らを手玉にとった。

エステルの収容棟の軒下には夜毎に鳩がやってきた。エステルは、大豆を鷲摑みにしては惜しげもなく投げ与えた。この幾粒の豆さえあれば、薄いスープで何人かの囚われ人が数日は命を繋ぐことができるものを——。収容者たちは恨めしそうに、その光景を見ていたのだが、彼女に抗う者などいなかった。エステルの風貌には近寄りがたい威厳が漲っていたからだ。

ブーヘンヴァルトのエステルと地下のポーランド秘密情報部。鳩は両者を行き交う伝書使だった。

「西部戦線にあっては、間もなく連合軍がノルマンディに上陸する」

上陸作戦の強襲部隊にいたポーランド将校からの報告で極秘情報を知っていたひと握りのユダヤ人、そのひとりがエステルだった。

「東部戦線にあっては、スターリングラード攻防戦でナチス・ドイツ軍が敗北した」

「同胞のワルシャワ蜂起は惨めな失敗に帰してしまった」

エステルは刻々と変化する全ヨーロッパの情勢を適確に摑んで誤らなかった。

二十世紀のバビロンの囚われ人をひとりでも多く生き永らえさせる――エステルが自らに課した使命だった。

アメリカ陸軍が臨時に設けた野戦病院で、エステル婆さんは点滴を受けながら昏々と眠り続けた。そして七日目の朝、漆黒の瞳がようやく瞠かれた。

「なんだい、私はまだ生きていたのかい。もうくたびれちまったよ」

詩のように、雄勁なリズムのイディッシュ語だった。だが、看護のアメリカ兵には、それが何処の言葉かさえも分からなかった。

「あんた、何しろ私は、もう三百年も生きてきたんだからね。もう、いい加減、あの子に代わってもらうことにしようかね」

エステル婆さんは、そうひとりごち、さらに三日の間、眠り続けたのだった。

そして十日目に突如野戦病院から姿をくらましてしまった。

クラコフのユダヤ人街「オクラングラックの家」の仲間たちによると、エステルはイスラエルが建国された一九四八年まで生きていたという。彼女の働きで強制収容所から辛くも助かった一団が乗り込んだ貨物船が、アントワープ港からアカバ湾に向けて出港するのを見届けて、パリの裏町に帰りつき、屋根裏部屋で息絶えたと伝えられている。

「わがバビロンの虜囚は、ロシアの白い大地にいまなお幽閉されている。あの連中を救いだしてやらねば。いいね、ソフィーにそう伝えておくれ」

ブーヘンヴァルト強制収容所で、神のような働きをみせ、ユダヤ同胞の伝説となったエステル・シェニラーは、枕(まくら)もとで看取(みと)った仲間のひとりにこう言い遺(のこ)して逝(い)ったという。

＊

宿の坪庭に置かれた手水鉢(ちょうずばち)に竹筒から滴(しずく)がぽとりぽとりと落ちている。二階の客間にもこの水音は届き、泊まり客の心を和ませてくれる。

陽が差さない小さな庭には、陰樹といわれる馬酔木、柊、南天が植えられている。満天星はうっすらと紅く色づきはじめ、北国の秋の深まりを告げていた。

ひがしの茶屋街の石畳は通り雨に濡れ、両側には往時の面影を残したまま、紅殻格子の茶屋が軒を連ねている。浅野川の東岸に広がるこの茶屋街の一角に旅荘「陽月」はある。一階には金具を打ちつけた古風な大戸と出格子を構え、二階は高く設えられている。坪庭を見下ろす二階の座敷で客をもてなす、江戸時代以来の茶屋造りなのである。

志乃の紹介でマイケル・コリンズを陽月に逗留させて、はや三日になる。このオクラホマ男は、ひがしの茶屋街こそ第二の故郷というほど気に入ってしまったらしい。宿の夫婦も、喫茶店「ゴーシュ」の主人も、茶屋の女将たちも、格式を誇る街にしては意外なほど気さくで心やさしかった。

昼間は観光客の姿があるが、夜も八時を過ぎるとひっそりと静まり返る。縁台から見下ろす坪庭の手水鉢には十六夜の月が映っている。竹筒から滴が落ちて、青白い月影が水面に揺れた。

古風な佇まいをそのままに、水廻りを最新の設備に整えたこの旅荘。素泊まりがなんと一泊四千五百円。これにレンタルの浴衣が二百円。タオルは百円。マイケルにはこの驚くべき値段を明かしていない。

「わが生涯で泊まった宿のなかでは、シシリー島の宝石と称えられるB&B『カーサ・ミリアーカ』に匹敵する」

マイケルはこう言って喜んでいる。確かにデイズ・インより格安で、居心地は百倍いいはずだ。オクラホマ男が逗留している部屋は二階奥の四畳半だが、廊下を挟んで隣の座敷も占有しているらしい。この広間の壁は紅色に塗られて眼に鮮やかだ。床の間に向かい合うように「牡丹楼」と揮毫された扁額が掛けられている。この家の屋号だったという。

陽月が建てられたのは江戸期も終わりに近づいた一八二〇年。大英帝国にアメリカが再び叛乱の狼煙をあげ、宣戦を布告して八年後のことだ。マイケルは「英軍、ここに敗れたり」などと吹聴しているが、わが英国の部隊は首都ワシントンD.C.に攻め込んで勇戦している。だが双方譲らず、二年後に休戦協定を結んだのだった。

マイケルは二階の物干し場がことのほか気に入っているらしい。廊下を隔てて窓ガラスを開けるとベランダ風のスペースがある。折りたたみの木の机と腰かけが置かれている。ここに座って綴った滞在記の一節にはこう書かれていた。

「ひがしの茶屋街の黒い瓦屋根が遥かに連なっている。この物干し場から見はるかす光景は、水の都ヴェネツィアの赤瓦が続くさまに匹敵して美しい」

ジャック・ロンドンを思わせる雄勁(ゆうけい)な文体を旨(むね)とするマイケルにしては抒情(じょじょう)に流れた文章だが、かつてマイケルと共に滞在したことがあるイタリア人の女友達、アデーレ・アイロルデ邸の五階屋上から眺めたヴェネツィアの瓦屋根はたしかに美しかった。

その夜、スティーブンは陽月にマイケルを訪ねてみたが留守だった。

石畳の通りに出て、ひがしの茶屋街の二番町を進んで、菅原(すがわら)神社の方角に折れると、小体な茶屋「八(は)の福(ふく)」が建っている。

二階からお座敷太鼓の音が響いてきた。これまで耳にしたことがない特異なリズムを刻んでいる。地元の人たちも不審げな顔で見上げて通り過ぎていく。

あんな太鼓を叩(たた)く奴(やつ)は、わが僚友マイケルをおいて他にいまい。

スティーブンがワシントンD.C.に送ったビクターのCD「金沢　ひがし　お座敷太鼓」を聴きながら、自己流で稽古(けいこ)に励んだらしい。昔からかなりの凝り性なのだ。曲は「虫送り太鼓」だが、ヒップ・ホップのリズムが混じっている。

マイケルは、金沢での再会までに五・五キロの減量を目標に、オフィスから一ブロック先にあるハイアット・リージェンシー・ホテルのスポーツクラブに入会したという。インストラクターは、プラチナ・ブロンドのヴァレリー。彼女についてビリーズ・ブート・キャンプに取り組んできた。ボディにぴったりしたスウェットスーツも特注する熱心さだった。

思いきり左足を蹴(け)り上げ、腰を痛めそうになったその時、閃(ひらめ)きを得た。お座敷太鼓のリズムに合わせてブート・キャンプをやってはどうかと――マイケルは、お座敷太鼓のCDに合わせて練習を重ねてきたらしい。

マイケルはこの技を手土産にひがしの茶屋街に乗り込んできた。芸は身を助く。まさしくそれを地でいく男なのだ。

ひがしにやってきた翌日には、はやくも同好の士を見つけ出した。八の福の芸妓(げいこ)、小梅である。これまでに、りんご、バナナ、納豆、キャベツ、豆腐、よもぎ、こんにゃくと「七草ダイエット」に挑んだ歴戦の強者(つわもの)だが、今はビリーズ・ブート・キャンプにはまっている。お座敷太鼓によるコラボを持ちかけたところ、ぴたりと息があってしまった。マイケルはすでにこの街では「ブート流お座敷太鼓の師匠」と呼ばれて人気者となっている。

スティーブンは八の福の前から、二階に呼びかけてみた。

「こぞくら――」

すると、お座敷太鼓の音がやんだ。

障子越しに返事が返ってきた。

「フクラギ」

マイケルの艶(つや)やかなバリトンだった。

「がんど」

スティーブンがこう返してやると、短い沈黙の後、出世魚の名前が返ってきた。

「ブリ」

障子の影から小梅の姿がすっと消えた。

まだ午後九時すぎだというのに、ひがし茶屋街は静寂に包まれ、卯辰山(うたつやま)の木々が秋風に吹かれて揺れている。

八畳の座敷に酒と肴(さかな)が供されたが、気配を察してふたりだけにしてくれた。八の福の女将(おかみ)、福太郎に志乃と雪花がそれとなく事情を話してくれているのだ。

「マイケル、ラノッホ湖のほとり、ガーデンズで交わした約束手形はこれで落としたぞ。今夜はゆっくりとくつろいでくれ。馬子(まご)にも衣装という諺(ことわざ)は、日英双方にあるんだが、君の着物姿はなかなかサマになっているじゃないか」

マイケルは、焦(こ)げ茶色の牛首紬(うしくびつむぎ)を着て、あぐらをかいて座っていた。袖口(そでぐち)から毛深い手首が三寸ほどのぞいている。

「昼間、小梅さんにみつくろってもらったんだ。ちょっと小さめだが、素材が上等なのか着心地はなかなかいい。ところで、スティーブン、こっちも手土産はちゃんと持ってきたぜ」

スティーブンは、艶のある濃紺の大島紬をすっきりと着こなしていた。落ち着いた細縞柄は涼子が見立て、志乃が仕立てに出してくれた。

懐から記録を取り出したのはマイケルだった。

「神戸からの送金を跡づける松雷の記録を入手した」

その一枚を手に取ったスティーブンは、もはや、この東山会合の成功を疑わなかった。

「金融インテリジェンスのネットワークか。主要国の政府と金融機関が情報網をここまで築きあげたのは最近のことと言っていい。でかしたぞ、マイケル」

「君が言うところの、金融情報網へ松山雷児の件をあててみた。報告書にある通り、これまで数回、ドル建てで巨額の資金が香港のファンドに送られていた。ブラック・マンデーの記録は通常の形では残っていなかった。何しろ二十年以上も前のことだからな。最近では、二〇〇一年の末にかなりの額の送金が確認されている」

「税金対策なのだろうか」

「いや、香港は日本の税務当局のマークが一段と厳しくなっている。脱税目的ならカリブ海かマン島のオフショア・バンクを使うはずだ。送金したファンドは、パリをベースにしたユダヤ系の投資銀行が運用している。わざわざ香港に送金しているのは、それなりの理由があるはずだ。訳ありとみていいだろう」

今度はスティーブンが左の袂から封筒を取り出し、一枚の写真を座卓の上に置いた。

「決定的な写真をついに見つけたぞ」

セピア色に変色した写真の複写に、日本人とユダヤ人の少年、そしてその間にはっとするほど可憐な少女が写っている。

マイケルは思わず言葉を喪って美少女にじっと見入った。

「その少女の名はソフィーという。向かって右の巻き毛の男の子はアンドレイ、左の坊主刈りのガキ大将風が雷児だ」

三人は運命の糸に操られて港町神戸で出遭い、わずかの間に幼い者同士が深い友情を育んだのだった。

「人間同士の絆の固さは歳月の永さじゃないと言われるが――」

戦時の試練が三人の友情を揺るぎないものとしたのだろう、とスティーブンは呟いた。

「先日、神戸の相場師マツライにこの写真を見せてみた。ふだんは饒舌なあの男が眼を潤ませて、しばらく言葉もなかった。ソフィーはほんまに綺麗や、俺らのお姫さんや、と繰り返すばかりだった」

ソフィーは、家族が上海からアイルランドに逃れる旅費を工面するため、中国人の富豪に処女を売ったという。

「マッライは絞り出すような声で言った。その爺は、あろうことか、少女をものにした後、左肩に赤い牡丹の入れ墨まで彫らせたって。唇をわなわなと震わせていた。半世紀以上も前の出来事だというのにな」

その瞬間、スティーブンは低いうめき声をあげた。

「ああ、僕の記憶装置は錆びついちゃいなかった、やはり——」

「スティーブン、いったい何だ。何に気づいたんだ」

「君にそそのかされて出かけたカンダラマ・ホテルのプールサイドで、フランス語を話すマダムに出遭ったことは話しただろう」

プールサイドに爽やかな夜の風が吹き抜け、マダムの青いストールが風にふわりと膨らむ光景をマイケルは自分が見たかのように鮮やかに記憶していた。

「その風に吹かれて、ストールが舞い上がり、真っ白な左肩に赤い花びらが舞い降りたと見えた——。そう、眼にも艶やかな赤い花は、刺青の牡丹だった。雷児が明かしてくれた処女の彫り物だったんだ」

そう言って沈黙したスティーブンにマイケルが畳みかけた。

「つまり、写真の美少女ソフィーこそ牡丹の女であり、カンダラマのプールサイドのマダムだった。だが、そうだとしたら、妖艶なマダムがなぜカンダラマ・ホテルに居合わせて君と遭遇したんだ」

スティーブンは、額にかかる明るい栗色の髪をかきあげて、マイケルに向き合った。

「可能性はただ二つ。ひとつはシリアと北朝鮮を結ぶ国際テロ組織の女か――」

マイケルが身を乗り出すようにして首を振った。

「マダムの出自を考えるとその可能性はない。彼女たちにとってアラブ過激派のシリアは永遠の敵と言っていい」

スティーブンはぽつりと言った。

「ならばイスラエル・コネクションに連なる女ということになる」

「それなら合理的に説明できる。極秘会合の情報を俺にくれたのは、イスラエル・コネクションだからな。彼らは何故か、君がカンダラマに行ったことを知っていた。すると、マダムはその筋の黒幕ということになる」

「プールサイドで僕は尋ねた。なぜこのホテルにいらしたのですか――と。彼女は、会ってみたい人がいたから、と謎めいた微笑みを浮かべたんだが、まさか、僕自身のことだったのか」

思考のサイクルを高速で回転させているらしいマイケルに、スティーブンはおもむろに切り出した。

「マイケル、僕はひとつの仮説を思いついた。雷児は『良い情報を得るには、結局、命に代えてもいい友達を持つに限る』と言い切った。それを僕らはアンドレイだと読んでいた。雷児自身がそう考えていたのだからね。だが、実は情報の発信源がソフィーだとしたら」

マイケルはもう一度写真を手にとって考え込んだ。

「うーん、大胆な仮説だが、考えてみる価値はある。だが雷児とアンドレイが手紙のやりとりをしていたことは事実だぜ」

「シカゴから手紙が届いた直後には、必ず大相場がやってきた。だが、アンドレイが9・11事件でアメリカを裏切って空売りして儲けるとは思えない。相場を動かす重要情報をソフィーがアンドレイになりすまして雷児に送っていたと考えれば、ことごとく辻褄が合う」

「でも、なぜ、そんな偽装工作をしてまで雷児を使う必要があるんだ」

「ひとつには、神戸と上海で受けた友情へのお返しだったのだろう。おまけに雷児ならイスラエル・コネクションの資金作りの役にも立つし、カモフラージュにも絶好だ」

マイケルが畳みかける。

「そうだとして、一体、何のための資金作りなんだ」

「それはまだつかめていない」

マイケルはせっかちに先を促した。

「スティーブン、君のことだ。カンダラマ・ホテルでマダムから何かヒントを引き出したんだろう」

スティーブンは南十字星をめぐるマダムとの会話をゆっくりと反芻してみた。彼女の気高い横顔を脳裏に思い描いて記憶を辿る。

「運命を信じますかと彼女に尋ねてみた。自分は運命論者ではないが、神から与えられた使命には従うつもりだ――そんな答えが返ってきた」

「神から与えられた使命か」

そう言うと、マイケルはしばらく考え込んだ。

「もしもソフィーが雷児に重要情報を流していたとすれば、それらの投資案件を丁寧に洗っていけば、彼女の正体をあぶり出せるんじゃないか」

スティーブンは、松山雷児の勝利伝説をひとつひとつ挙げていった。

「最初は、一九五三年のスターリン暴落を機に空売りで財をなしている。次はたしか一九七三年のオイルショックだ。このときは小麦相場は未曾有(みぞう)の暴騰(ぼうとう)を続けたが、この大荒れの相場で雷児は巨額の利益を手にした。そして、三番目が――」

「ちょっと待ってくれ」

マイケルが友のことばを遮った。

「スターリンの死、一九七三年の変、小麦の暴騰」

マイケルの頭のなかで、三つのキーワードが炸裂(さくれつ)した。

「俺も三つの出来事を貫く仮説を思いついたぞ」

スティーブンは、何だ、早く言ってくれとばかりに身を乗り出した。

「ジャクソン・ヴァニック修正条項だ」

そのとき、スティーブンの脳裏に、かつてコーパス・クリスティー・カレッジの寮でマイケルが話してくれた、一つのエピソードが鮮やかに蘇(よみがえ)ってきた。

「おいマイケル、君の親父(おやじ)さんが、ワシントンD.C.でロビー活動をした折り、オクラホマに持ち帰った土産の話を覚えているか」

「ああ、僕の記憶装置をカポーティ級だと言ったのは君だろう。ファースト・レディがデザインしたクリスマス・オーナメントの話なら、完璧(かんぺき)に憶(おぼ)えているぜ。いまも僕の部屋の壁にぶら下がっている。なぜそんな些細なことをいつまでも覚えてるんだ。まったく奇妙な奴だな」

「君のような男に奇妙な奴などと言われたくないね。僕は、ここ、ひがしの茶屋街じゃ、まともが袴を穿いて歩いていると言われているんだ」

「僕も小梅さんから聞いているよ。君ひとりがそう主張しているってね」

スティーブンは「鄙には稀な美形」の話を持ち出した。

「親父さんが議会でジャクソン・ヴァニック修正条項をめぐるロビー工作をしていた時、議会近くのホテルで鄙には稀な美形に出遭った。その土産話は君のお袋さんの不興を買ったんだったな」

「ああ、僕は憶えているが、君までどうして記憶しているんだ。まともな人間なら記憶装置が破裂してしまうぞ」

「鄙には稀な美形、という表現が印象的だったからさ。超大国の首府を鄙だと怜悧に言い放った君の親父はやっぱり優れ者だ」

「その女性は、オクラホマ・シティじゃいうに及ばず、ニューヨークでだって滅多に見かけることがないほど洗練されていて美しかった。映画『ティファニーで朝食を』の主人公より、よほどきれいだった。フランス女に違いない――たしか、そう言ったと思う」

　ジャクソン・ヴァニック修正条項。それは寒い国の収容所列島に幽閉されていた夥しいユダヤ人を救い出す、またとない武器となった。この法案の成立の背後に、ホリー・ゴライトリーを凌ぐ美女の翳がちらついていた。連邦議会の周辺に一瞬姿を見せて消えてしまった謎の女。

「マイケル、この鄙には稀な美女こそ、この写真に写っている美少女ソフィー、そしてカンダラマのマダムだとは考えられないか」

　マイケルの黒い瞳が輝きを増した。

「いまは亡き親父さんのおかげで、かつて上海にいた美少女ソフィー、そしてユダヤ人同胞を救う崇高な使命を担う組織の黒幕、この両者が実線で繋がり始めたってわけだ」

　深く頷きながら、スティーブンが言った。

「ユダヤ系将校が中心となっていたポーランドの情報組織は、戦前から戦中にかけて日本と深い縁で結ばれていたと聞いている。ポーランドが独ソ両軍に占領された後も、秘密情報部のネットワークは、ポーランド国内だけでなく、ドイツからウクライナ、さらにはロシア地域にも密かに張り巡らされていった。そこから集められた貴重な情報は、中立国スウェーデンの首府ストックホルムへ一旦集められ、枢軸側に属する日本の駐在武官オノデラを介してロンドンのポーランド亡命政府に送られていた。このストックホルム発のオノデラ機密電に何かヒントが隠されているように思うんだ。すまないが、ワシントン郊外の国立公文書館で機密史料にあたってみてくれないか。ソフィーが関係していた組織をあぶり出せるかもしれない」

マイケルは古くから付き合いがある伝説的な史料検索のプロフェッショナルにこの材料をあててみると約束した。

「雷児の海外送金記録にある香港のユダヤ系ファンドも、戦時中の様子がわかれば、矛盾なく説明できるかもしれない」

そのとき、座敷のふすまが開いて、篠笛（しのぶえ）を手にした雪花が入ってきた。

欠け始めた月が瓦（かわら）屋根を皓々（こうこう）と照らし、ひがしの秋はしんしんと深まっていった。

＊

それはまさしく運命の電話だった。

ラファイエット・センターにある商品先物取引委員会の居室で電話が鳴ったのは、午後五時をきっかり一分過ぎたときだった。

「マイケル、お前さんに頼まれていた、例の電報のことだが——」

受話器の向こうからは、風に鳴る、さんざめきにも似た老人の呼吸音が聞こえてきた。途切れたままの会話。実際は数秒の間だったのだが、マイケルにはどれほど長い時間に思えたことだろう。

「史料の山からついに極秘電を掘り当てたぞ。第二次世界大戦の中立国スウェーデンのストックホルムにいた日本陸軍の駐在武官オノデラが参謀本部に打った公電だ。そのなかに『エステル』という不思議な名前が登場する。心当たりはあるか」

メリーランド州にある国立公文書館のジョン・ヘラーからだった。

もう二十年も前に退職し、いまは嘱託となっているのに、執務時間を一分過ぎるのを待って電話をかけてくる。私的な立場で連絡しているというメッセージなのだ。まことに律儀な人物なのである。

「ストックホルム発の小野寺信電の一部も、わがマジックの解読チームに傍受されていた。ここは大きな盲点だったのだが、君にせっつかれて、書庫の段ボールをもう一度漁ってみた」

「それでブツが見つかったんですね」

「ま、聞きたまえ。近頃の若者は苛ちでいかん」

これは吉兆だぞ、大物を発掘してくれたにちがいない。

「これからすぐにそちらに伺います。五十分ほどで、いや四十八分で到着できるはずです。すぐに出ますから待っていてくれますね」

マイケル・コリンズは、八七年型の茶色のオールズモービルを駆って、ワシントンの市街地を東に抜け、メリーランド州スートランドへと向かった。この夏、雨が多かったのに加えて、十月に入ってからは朝夕の冷え込みが厳しい。そのせいか、今年の紅葉は例年になく色が鮮やかだ。車をすべり込ませると、国立公文書館の前庭も錦繍に彩られていた。

丸い眼鏡をかけ、擦り切れたグレーのカーディガンを肩にかけたジョンは、公文書の谷間に埋もれて何やらメモを取っていた。

「それでジョン、その公電には何と」

「最近はどうもせっかちな若者が多くて困る。まあ、落ち着きたまえ」

ことしで七十八歳になる国立公文書館のフクロウは、こう切り出した。その素ぶりからして、まちがいなくグッドニュースだ。

「ベルリン発の大島浩駐独大使の公電が、当時のアメリカの情報当局に傍受され、解読されていたことはマイケルも知っているね」

この奇妙な老人が「知っているね」と持ちかけた時には、たんに「はい」と答えてはならない。頷きながらもこちらの知見を披瀝しなければ、たちまちご機嫌を損なってしまう。自分もジョンと同じ「史料ワールドの住人」だと示してみせなければならない。

「当時のベルリン発大島電は、アメリカの戦時統帥部にとって、ヒトラーの胸の内を精緻に摑む戦略情報の宝庫でした。参謀総長のジョージ・マーシャルは、ヒトラーに心酔するこの駐在武官を『合衆国がベルリンに派遣せし我らが特派大使』と称えたほどです。フランクリン・ルーズベルト大統領がこの大島電を通してヒトラーの次の一手を読んでいたほど重要なものでした」

ジョンは満足げにマイケルを見つめた。

「だが、ここに至る道のりは、わが情報当局にとって、茨の道だった」

マイケルは宝の山を前に辛抱強くジョンとのやり取りを続けていった。

「日本の外交電報の解読は、主として陸軍省の暗号部が担っていました。ドイツの暗号システムがエニグマと呼ばれたのに対して、日本の外交電報はマジックと呼ばれ、その解読成功は、ベルリン発の大島電という果実を合衆国にもたらしました」

ジョンは、小さく頷きながらも、教師のように訂正してみせた。

「だが、傍受されていたのは、ベルリン発の大島電だけではなかったのだよ」

　マイケルはジョンの灰色の瞳の奥を凝視した。

「ミハイル・リビコフスキーという人物が、ワルシャワに置かれていた武装闘争同盟、そう、亡命ポーランド政権の秘密情報部の一組織だが、その有力幹部だったことは知っているね」

　ジョンは一切の前置きなしにこう切り出した。

「ポーランド秘密情報部の有力メンバーの大半は、ポーランド国籍をもつユダヤ系の軍人だったと承知しています」

「そう、亡命ポーランド政府が、大戦中にヨーロッパ大陸に配していた最高の情報士官といっていい。このリビコフスキー情報は、ベルリンの大島情報の対極に位置していた。大島は『ヒトラーの弁護人』と呼ばれたように、終始、ナチス・ドイツ側の情報に操られていた。イギリス上陸か、対ソ侵攻か、を巡る情報戦がその典型だった」

「ドイツ国防軍（ヴェーアマハト）は、ドーバー海峡を渡って、イギリスに上陸作戦を敢行する。ベルリンの大島電は、一貫してそう大本営に打電し続けていましたからね」

「マイケル、その通り。一方のストックホルム発の小野寺信武官の公電は、ナチス・ドイツは、ロンドンではなく、モスクワを目指すと大本営に報告していた。ドイツの対ソ侵攻を見通して誤らなかった」

「ジョン、その小野寺電報の情報源が、ミハイル・リビコフスキーだったというわけですか」

「そうだ、ポーランド、バルト三国、ドイツ、そしてウクライナに張り巡らしていたポーランドの情報網から入ってくるナチス・ドイツの情報を精緻に分析し、ヒトラーは対ソ戦、そうバルバロッサ作戦の準備に入ったと看破した。その見事な分析は、ストックホルム発の小野寺電にそのまま投影されている」

果たしてリビコフスキー情報の通りにヒトラーはソ連攻略に踏み切った。さすがにナチス・ドイツ側も対ソ侵攻の直前には大島駐在武官に開戦を内報している。その後も、リビコフスキーは、ナチス・ドイツ軍のモスクワ攻略の失敗を冷静に見通している。リビコフスキーがロンドンに去った一九四四年以降も、ポーランド秘密情報部は、律儀に極秘情報を小野寺信駐在武官のもとに届け続けた。ストックホルムにあったポーランド亡命政府のブジェスクフィンスキー駐在武官が、リビコフスキーに代わって小野寺信に第一級の情報を手渡していたのだ。その質の高さはアメリカ側の傍受記録から明らかだった。

小野寺が武官室兼住居にしていたアパートの郵便受けに極秘の書簡がそっと届けら

れた。英米の情報機関がこのアパートを監視して、ワシントンとロンドンに報告している。このため、ブジェスクフィンスキーは息子をクーリエに仕立てていたのである。

そうした極秘情報のなかにきらめくようなダイヤモンドが含まれていた。一九四五年二月に黒海沿岸の保養地ヤルタで開かれたルーズベルト、チャーチル、スターリンの首脳会談で合意されたヤルタ協定。その公式発表文には含まれていなかった密約部分が、小野寺信駐在武官にもたらされたのだった。ジョンは一枚の傍受記録を示した。

ソ連邦はドイツが降伏して後三ヶ月を準備期間として対日参戦する。

「マイケル、いまも歴史の謎なのだが、この小野寺電を受け取ったはずの日本の統帥部が、適確に対応した節は窺えない」

日本の運命を決定づけた「ヤルタ密約」。それはストックホルムから極秘限定配付で東京に確かに打電されている。だが、東京の統帥部でこの小野寺電が真剣に検討に付された形跡がまったくない。陸軍の参謀本部に確かに届いたという記録さえ見当たらないのだ。

「ジョン、これは僕の推測なのですが、当時の日本の統帥部は、自分たちに都合の悪い情報は、受け取らなかったことにして、廃棄したのではないでしょうか」

「極秘電が果たして東京に届いていたかどうかもわからない。これは永遠の謎といっていい。敗戦時に全ての機密書類を焼却してしまったんだからな」

ヤルタの密約という連合軍の最高機密を入手したポーランド秘密情報部。彼らこそ「革命と戦争の世紀」の証人だった。ヒトラーのナチス・ドイツとスターリンのソ連が大義を裏切って野合するさまを目の当たりにし、祖国ポーランドを真っ二つに切り裂くさまを目撃した。そして国土と国民を喪ったあとも、ワルシャワの地下都市に生き延び、ふたつの全体主義と戦い続けた。

亡命ポーランド政府の秘密情報部と枢軸側の日本政府。その接点にあってインテリジェンスのか細い糸を紡いだのが、リトアニアの首都カウナスに赴任した領事代理、杉原千畝だった。

「チウネ・スギハラこそわが組織のダイヤモンドと心得よ」

ポーランド秘密情報部の幹部だったユダヤ人が、戦後アメリカに移住し、歴史編纂官のインタビューに応じている。開戦時にクラコフに在って、ポーランド陸軍の首脳陣に大きな発言力を持っていた老齢の女性がスギハラの価値をこう示唆したと証言している。その聴聞記録は後に国立公文書館に保存され、ジョンの眼に触れることになった。

「人材の出し惜しみはわが組織の致命傷となる。最良にして、最高の情報士官を投入せよ」

これがクラコフの老婆のご託宣だったという。

彼女は満洲国の対ソ戦略都市ハルビンのユダヤ人コミュニティに太い人脈を持っていた。ロシアの赤色革命を逃れてハルビンに住む白系のロシア貴族と誼を通じていた。そのなかにユダヤ系の人々が含まれていたのだった。杉原千畝の最初の妻、クラウディアもそんなひとりだった。彼女の夫がどれほど優れた情報士官であるのか、老婆は知り抜いていたという。

かくして杉原千畝のもとに送り込まれたのが、ポーランド陸軍のレシェク・ダシュキュヴィッチ中尉だった。その指揮にあたったのが、アルフォンス・ヤクビェツタ大尉である。いずれもポーランド秘密情報部の至宝と謳われた情報士官だ。彼らは日本の領事代理、杉原千畝をして、東ヨーロッパに独自の杉原情報網を縫いあげさせた。このオペレーションの背後にはクラコフの老婆の影があった。

やがてダシュキュヴィッチ中尉は、杉原のアシスタントに収まった。肩書きは領事館の臨時雇員だ。表向きは領事館の雑用係であったが、ダシュキュヴィッチ中尉は、情報の十字路に位置するリエゾン・オフィサーに他ならなかった。

杉原千畝は、ポーランド秘密情報部から独ソ両軍の情報を提供してもらう見返りに、彼らから託された機密連絡便を日本の外交行嚢（こうのう）に潜ませて、ベルリン経由で中立国ストックホルムに送り、そこからロンドンの亡命ポーランド政府に送り届けていたのである。

杉原千畝がカウナスからベルリンに去り、プラハを経てケーニヒスベルクに転出した後も、ポーランド秘密情報部は、彼が残したネットワークと連携を絶やさなかった。かつてラトビアに在勤した経験をもつ小野寺信がストックホルムの駐在武官に赴任すると、その情報網は小野寺信に引き継がれていった。

中立国スウェーデンの首府ストックホルムでは、白系ロシア人、ペーター・イワノフと名乗るミハイル・リビコフスキーがリエゾン役を担ったのだった。ポーランド秘密情報部に属するイワノフことミハイル・リビコフスキーには、「平延平太」なる満洲国のパスポートが与えられ、小野寺の右腕となった。日本のバルト・北欧諜報網（ちょうほうもう）の中央山脈に位置する新たなキーパーソンの誕生だった。

イワノフの存在は、まもなくドイツの防諜組織の注目するところとなり、ドイツ側は再三にわたって身柄の引き渡しを求めてきた。小野寺信はイワノフを身をもって守り続けたが、その努力もやがて限界に達する。ドイツ側の執拗な要請で、スウェーデン外務省はイワノフの国外追放を通告してきた。小野寺はやむなくリビコフスキーに日本政府のパスポートを与えて、ロンドンに送り出したのだった。スウェーデン政府が満洲国を承認していなかったための措置だった。

ミハイル・リビコフスキーがロンドンに去った後も、ポーランド秘密情報部は、貴重な情報を刻々と小野寺信に送り続けた。その最後の精華がヤルタの密約だったのである。そして、背後に控えて差配していた人物こそ、ポーランド秘密情報部のインテリジェンス・マスターと畏怖されたエステル・シェニラーであった。

＊

その朝もクラコフのノヴィー広場は活気に満ちていた。広場の中央に建つオクラングラックの家の店番号十二。白髪交じりの髪に黒い頭巾をかぶった老婆「漆黒のエステル」がベーグルを商っていた。店の前に、ほっそりと美しい、小柄な女が立った。その洗練された物腰からしてカジミエーシュの界隈に住むかみさん連中の一人ではない。マタニティ・ドレスを着ているが、フランス女を思わせて艶やかだった。帽子もパンプスも流行のデザインをまとっている。

「おはよう。ベーグルを四ついただけるかしら」

きれいなポーランド語だった。肩までかかる淡い色の金髪が緩やかにカールしている。歳は三十を過ぎたあたりだろう。

「マリア、いまが一番大事な時だよ。身体を大切におし。食がすすまなくても、頑張ってたくさん栄養を摂らなきゃいけないよ。おなかの赤ちゃんのためにね。生まれてくる子は、女の子だよ」

「エステルがそういうなら女の子なのでしょう。あなたの見立ては一度も外れたことがないんですもの」

「おまえさんの赤ちゃんは、きっと、きれいな女の子だよ。『白貂を抱く貴婦人』みたいに、息を呑むようにきれいになるだろう。暇を見つけてチャルトリスキ美術館に行って、おなかの子にダ・ヴィンチの絵をたっぷりと見せておやりよ」

マリアは、そっと温めていた思いを打ち明けた。

「生まれてくる子供の名付け親になっていただきたいの。お願いできるかしら」

エステル婆さんは、黙って小さな紙切れをカウンターに差し出した。

「Sophie」

マリアは紙切れを大切に財布にしまいこみ、明るく微笑んだ。

「ゾフィーって、濁らせてはいけないよ。フランス風にソフィーとお読み。おなかの子は、なにしろポーランドのチェチリアなんだからね」

マリアは素敵な名前を授かった喜びを胸にクラコフの中心街へと帰っていった。

その日からマリアはチャルトリスキ美術館に足繁く通いはじめた。おなかのソフィーを「白貂を抱く貴婦人」に対面させるためだった。わが子は、チェチリア・ガッレラーニの優美さを存分にもらい受け、日ごとに美しくなっていく――マリアはそう信じて、満ち足りた気持ちになるのだった。

マリアは美術館に入るとまずイザベラ・チャルトリスカ公爵夫人に軽く会釈する。褐色の瞳に豊かな情感を湛える肖像画の人こそ、ポーランド最古の美術館を創設し、ここを「記憶の神殿」と呼んだ。美術館をより実りあるものにと、長男アダム・イエジィは、レオナルド・ダ・ヴィンチの傑作をイタリアで買い求め、母イザベラを喜ばせた。一七九八年のことである。ダ・ヴィンチがひとりの女性を描いた肖像画は、世界に四点しか現存していない。「白貂を抱く貴婦人」は、ルーブル美術館の「モナ・リザ」、「ミラノの婦人の肖像」、ワシントン・ナショナルギャラリーの「ジネーヴラ・デ・ベンチ」と並ぶ類稀な名品なのである。

細く美しい手で白貂を抱いたチェチリア。ルネッサンス期の天才は、彼女がふと左を振り向いた一瞬の表情を巧みに捉えている。十代の半ばでミラノ公イル・モーロに見初められたチェチリアは、ラテン語を流暢に操り、見事な詩をものし、哲学をも堂々と論じる才女だった。

マリアは、チェチリアの知的な瞳をじっと見つめる。そして、おなかのソフィーも、彼女のように気高く聡明な女性になってほしいと願うのだった。

この部屋には、ラファエロ・サンティの「若い男の肖像」も掛けられていた。栗色の髪を肩まで垂らし、白いブラウスに毛皮のケープをまとった美しい青年が、マリアを見つめている。

なんという贅沢な空間なのだろう。チャルトリスキ美術館で過ごしていると、時間よ、止まれ、とつぶやきたくなってしまう。マリアにとって至福のひとときだった。このときばかりは、祖国ポーランドに忍び寄る不吉な影も遠のくように思えるのだった。

美術館にチェチリアを訪ねるようになって半年、生まれてきたのは、誰もが息を呑むほど愛らしい女の子だった。マリアは、生後七日目のソフィーを抱いてオクラングラックの家にエステルを訪ねている。

「生まれたばかりで、こんなにも凛とした赤ちゃんは見たことがない。十四、五歳になったら、この子はきっと、イル・モーロの思い人のように目を瞠るばかりの美しい女になることだろうよ」

エステルはそう言いながら淡いブルーの瞳を覗き込んだ。そしてマリアに何ごとかを言いかけて、言葉を呑み込んだ。

「エステル、遠慮なく、おっしゃって。あなたはソフィーの名付け親なのですから」

エステルは皺だらけの顔に穏やかな笑みをうかべて、マリアのふっくらとした手をとって言った。

「これほどの器量を授かって生まれてきた女の子の一生が平坦なものであるはずがない。それは、あんたにもわかるだろう。ソフィーの行く手には波瀾万丈の人生が待ち受けている。だが、われらの祖先がエジプトを雄々しく脱出し、バビロンの虜囚から逃れたように、降りかかる困難を必ずや乗り越えていくことだろうよ。そして、わが民の救い主になる。この子に現世の平凡な幸せなど望んではいけない、いいね」

それは不吉な預言だった。マリアの眼は哀しみを湛えて、人の運命とは星の軌道のように定められているのかと、エステル婆さんをじっと見つめ返すのだった。

ソフィーをいずれわが後継者に——エステルは心にそう決めていたのだろう。

第十章　ソフィー・リング――二〇〇九年晩秋

ポーランドの秋は駿馬(しゅんめ)のように走り去っていく。

クラコフの旧市街を取り囲んでいた城壁の跡地はいま、「プランティ」と呼ばれる緑地帯になっている。樫(かし)の木々はすっかり葉を落とし、並木道を行く人々の息も白かった。

ストラシェヴスキエゴ通りを挟んでプランティに臨む小さなホテル「マルタンスキ」。スティーブンは涼子を伴って到着すると、スーツケースをベルボーイに預けたまま、フロリアンスカ門を抜けてチャルトリスキ美術館にまっすぐ向かったのだった。

涼子はジル・サンダーの黒いレザーコートにロングブーツをはき、スティーブンはカシミヤのダッフルコートを羽織って、晩秋のクラコフの寒さに備えている。すでに陽はとっぷりと暮れて冷気が辺りを覆(おお)い、閉館時間まであと四十分と迫っていた。

美術館の玄関を抜けてしばらく行くと、涼子のハイヒールの音がぴたりとやんだ。

イザベラ・チャルトリスカ公爵夫人が温かくふたりを迎えてくれた。肖像画のひとはバラ色の頬をして笑みを湛えている。

「凜として美しく、気品が匂いたってくるようだわ」

そう言って見上げる涼子のすぐ後ろに控えたスティーブンは、公爵夫人の手をとるように右手を差し出し、わずかに膝を屈してみせた。

「このイザベラという女性の磁力が、数々の名画を全ヨーロッパから引き寄せたんだ。彼女はこの邸を『記憶の神殿』と呼んだ。そして絵画だけでなく、ポーランド王家に伝わる宝飾品や貴族たちが日々の暮らしに使った美術工芸品も一堂に集めた。祖国への想いをこれらの品々に託したのだろうね。イザベラは子供たちのためにポーランド史の本も書いているんだよ。列強の手で何度も引き裂かれた祖国の真の姿を、幼い者たちの心に大切に刻みつけてほしいと願ったのだろう」

ふたりは肩を寄せ合って、ほの暗い大理石の階段を昇っていった。

そこは、深いワインレッドの壁紙に覆われた部屋だった。その奥に典雅な美しさを湛えた麗人がふたりを待ち受けていた。

真っ白い貂を抱いたチェチリア・ガッレラーニであった。

「花のように美しい——ルネッサンス華やかなりしミラノの宮廷でそう称えられたチェチリアだよ。十四歳でミラノ公イル・モーロに見初められ、スフォルツァ城に迎えられている」

「ダ・ヴィンチのキャンバスの前に立ったとき、彼女はいくつになっていたのかしら」

「十七歳だったかな。可憐な面差しは残しているけれど、すでにしっとりとした女性の落ち着きを備えている」

涼子は謎めいたチェチリアの魅力に惹きつけられ、彼女の前にじっと立ち尽くしていた。

どれほどの時が流れたのだろうか。

「せっかくご覧いただいているところを、誠に申し訳ないのですが、閉館の時間となってしまいました」

すっと近づいてきた女性係員が、きれいな英語でこう告げた。ふたりはチェチリアに心を残したまま、出口へと歩き出した。

若い男がこちらをじっと見つめている。だがその眼差しに精気がない。なんとも陰鬱な空気が伝わってきた。

ふたりが近づいてみると、油彩絵を写したモノクロの写真だった。

「ウルビーノのラファエロ。『若い男の肖像』一五一四年」

キャプションにそう書かれていた。

「スティーブン、これはどういうことなの。どこかの美術展に貸し出されているのかしら」

涼子はいぶかしげに尋ねた。

「いや、違うんだ。一九三九年のことだった。ナチス・ドイツ軍が古都クラコフに間もなく攻め込んでくる——。急がなければと考えたポーランド政府は、至宝と謳われた三つの名画を避難させたんだ。クラコフの東二百キロにあるシエネヴァの別荘の地下貯蔵庫に絵画は移され、煉瓦でしっかりと封印された。だが、たちまちゲシュタポに見つかってしまい、独裁者を喜ばせるためベルリンに送り出された」

「ヒトラーって、画家のなりそこないだったんでしょう」

「だからこそ、美術品を見る眼にかけては誰にも負けないと誇りたかったんだろう。各地から略奪してきた名画を集めて、生まれ故郷に近いオーストリアのリンツに総統美術館を造ろうとしていた。ダ・ヴィンチの『白貂を抱く貴婦人』、レンブラントの『善きサマリア人のいる風景』、それに、このラファエロの『若い男の肖像』は、ヒトラーのコレクションの三つの高い頂をなすはずだった」

涼子は顔を曇らせながら、うなずいた。

「三つの名画が辿った運命はじつに数奇なものだった。ヒトラー、ゲーリング、それにポーランド総督ハンス・フランクは、これらの傑作をわがものにしようと醜い争いを繰り広げた。一九四一年の秋に空襲が激しくなると、総督のフランクは、それを口実にベルリンから再びクラコフへ名画を持ち帰り、彼の執務室を名画で飾ったという」

「それからどうなったの」

「一九四五年一月、ポーランド総督は、ソ連軍がクラコフまであと百キロに迫るやババリアに逃げ出した。美術品の鑑定、保存を任せていたウィルヘルム・エルンスト・ド・パリジューなる男にこれはという名画だけを選ばせ、ノイハウスという別荘に隠れたんだ。やがてフランクは連合軍に逮捕され、絵画が入った木箱は保護された。開封してみると、ダ・ヴィンチの『白貂を抱く貴婦人』とレンブラントの『善きサマリア人』は無事に見つかったが、ラファエロの『若い男の肖像』は姿を消していた。そして、いまだに行方が杳として知れない」

涼子は深いため息をついた。

「『若い男の肖像』だけが、なぜ消えてしまったのかしら。戦争末期の混乱のなかで灰になってしまったの。それとも、どこかの邸の一室にいまも眠っているのかしら。

アメリカ兵がこっそり故郷に持ち帰ったということも考えられるわ」

そう言うと、スティーブンの右腕をぐいと引いた。

「ねえ、スティーブン、あなた、ひょっとして、その若い男の行方を突きとめてやろうなんて、途方もないことを考えているんじゃない」

「涼子、どうして分かるんだい」

「この頃、あなたの考えていることは、なんだか手に取るように分かってしまうの」

「前からそんなに勘が鋭かったの」

「両親からはよくそう言われたわ。でも、ひがしのお座敷に出てしばらく経った頃から、このお客さんは仕事に行き詰る――そう感じると、そのあと会社が倒産したりして、気味が悪かったわ」

大家の志乃はさりげない素振りから、この雪花に後事を託している節が窺える。それを裏書きするようにかつて思いを寄せた人から贈られた鼈甲の簪を彼女に譲っている。雪ちゃんを大事にしてたいね、特別な人やさけ――そう、漏らしたことがある。

「涼子だって、ただあてずっぽうで、この人の会社は危ないと思ったわけじゃないはずだよ。それとない表情や立ち居振る舞い、慢心に潜む脆さ、金遣いといった様々なことから、やがて忍び寄る危機の足音を聞いていたんだよ、きっと」

涼子が鋭い視線を投げてよこした。

「スティーブン、あなたは、『若い男の肖像』の行方を追う道筋をもう思い描いているのでしょう——ねえ、正直に白状なさい」

好奇心に満ちた眼差しを前に、スティーブンは手の内をほんの少しだけ明かしたのだった。

「コーパス・クリスティー・カレッジで一緒だった友人が、十年前、オックスフォード大学のなかにできた欧州略奪美術品委員会の設立メンバーに就任したんだ。戦時中、ナチスに持ち去られた美術品の行方を捜索し、もとの持ち主と主張する人々に返却すべきかどうか、公正な立場から判断するという仕事に携わっている。この十年足らずのうちに三千点もの美術品をもとの所有者に返還した実績を誇っている」

「そのお友達が、あの絵の在りかを摑んだの」

「いや、あれほどの大物じゃ、ことはそんなに簡単に運ばない。総督フランクの補佐役でナチスの学芸員だったパリジューが、スイスの美術商を通じて、プライベート・バンクの地下金庫に預けたらしい。だが、パリジュー自身は投獄された後も決して口を割らなかったという」

「ということは、灰になったり、アメリカ兵がオクラホマの田舎に持ち帰ったりしたのではない、とにもかくにも無事だったと見ていいのね」

「そう、欲に駆られて持ち去ったのなら、大切に保管しておくはずだからね。ところが、ここから先は、スイス銀行の厚い守秘義務に守られて、ふっつりと足取りが途絶えている。あくまで僕の推測なのだが、パリジューはこの名画をカネに換えたかったはずだ。とはいえ、これほどの名画を略奪品と知りながら堂々と買い取る蒐集家などいるはずがない。表に出れば、チャルトリスキ家が所有権を主張してくるはずだ。そうなると、スイス銀行の地下金庫に眠らせたまま、密かに取引しようとした可能性が大きいと思う」

「でもスティーブン、お金のやり取りがあれば、税務署を含めてそれを捕捉することはできるはずよ。私たちの花代だって税務申告の対象になるんだから」

「日本ならそうだろうね。ただ、スイス銀行という闇にひとたび入ってしまえば、もう誰の手も及ばない」

涼子の瞳はスティーブンをじっと見つめている。

「永遠に落ちない城などない――涼子はそう言いたいんだろう。確かに、さしものスイス銀行も、それを堅牢たらしめてきたスイスの銀行法がついに改正せざるを得なくなり、開城の時を迎えているからね」

「だとすれば、ラファエロの『若い男』も数十年ぶりに地下牢を出るチャンスが訪れるというわけね」

「君には近未来の出来事がくっきりと見えるようだね。白い装束を身につけて教祖様にでもなれば、熱狂的な信者を集められるかもしれないな。それに神々しいくらいにきれいだからね。その時には僕を教団の事務総長に雇ってもらいたいな」

チャルトリスキ美術館を出ると、ふたりは聖マリア教会が聳え立つ中央市場広場を目指して歩いていった。旧市街の舗道はハイヒールを履いた女性には歩きづらい。何世紀も前に敷かれた石畳のままなのだ。そうと知っていながら、スティーブンは出発前の涼子に注意を促さなかった。果たして涼子はぴたりと寄り添い、右腕をしっかりと摑まえて放さなかった。

「ねえ、スティーブン、思いついたことがあるんだけど――。ひがしのお座敷に以前、羽織袴を着て狩野派の絵師と名乗る男が出入りしていたことがあったの。暗い眼つきをした、いやなお客さんだったわ。女将さんの話では、もっぱら各地の旅館を泊まり歩いて、襖に贋作を描いて暮らしを立てていたらしいの」

時差にもかかわらず、クラコフでも涼子の勘は冴え渡っている。

「その絵師が冷酒をぐいと呷って言うには、俺より腕のいい絵描きは滅多にいるものじゃない、あのパリの画家を除けばって――。あいつには敵わないかもしれんとも呟いていたわ」

この絵師は「炎斎」と名乗って、もっぱら伊藤若冲の偽物をものしながら、全国を漂流していたという。

「あの人、酔うと眼が据わってきて、それは薄気味悪かったわ」

あるとき、パリの東洋美術を扱う店に若冲の偽物が現れたことがあった。若冲の大胆にして細密な技巧が忠実に再現されており、それは見事な出来栄えだったという。炎斎なる日本画家が腕を揮ったのだろう。炎斎はそんな縁もあってパリに出かけ、いわくつきの画商の仲介で贋作世界の同志と出遭った。やがてふたりは互いの腕前を認めあって肝胆相照らす仲になったのだろう。

「涼子、パリに棲む贋作家なら、闇の世界に通じているはずだ。その獣道を辿っていけば、アート・テロリストが棲む世界につながり、さらにその先に略奪美術品が潜んでいるのではないだろうか」

創造力を一切封印してしまった絵描き同士の鬱屈と共感。この糸を手繰っていけば、地下美術館への扉が開くかもしれない。姿を消した若い男の行方を追う道筋がうっすらと見えてきた。

スティーブンと涼子は「若い男」に誘われるようにパリに旅立っていった。

＊

「スティーブン坊ちゃんは、お変わりになりませんな。いや、先の戦争で亡くなられた、あのエキセントリックの化身のような、大叔父様にますます似てこられた。パリきっての贋作家に会いたいですと、なんと酔狂な！　お母さまがお聞きになったら、さぞかしお嘆きになることでしょう。いまだに身も固めておられんようですし」

祖父の代からブラッドレー家に出入りしていたパリの美術商は、なかばあきれながらもユダヤ人街のマレ地区に画廊を構えるある画商と渡りをつけてくれた。

小悪党と噂されるル・マレの画商に祝儀袋を差し出すと、フランス語訛りの軽妙な英語で「いかがなものですかな」と呟きながらも、さっそくサンジェルマン・デ・プレ地区の簡単な地図を添えて、紹介状を用意してくれた。さすが商売人らしい周到な気配りだった。

スティーブンと涼子がメトロに乗ってサンジェルマン・デ・プレ駅で降りると、教会のとんがり屋根が見えた。サンジェルマン・デ・プレ教会だ。

冬枯れの街に香ばしい匂いが漂っている。紅い頰をした老女が薪をくべて、ドラム缶の上に大きな鉄の平鍋をのせて栗を焼いていた。涼子が財布から二ユーロのコインを取り出すと、ル・フィガロ紙に焼き栗を十個包んでくれた。ふたりは甘い栗をほくほくと頰ばりながら、サン・ブノワ通りのアパルトマンを目指したのだった。

贋作画家は羽振りがいいらしい。瀟洒な建物の二階と三階をアトリエ兼住居にしてウクライナ出身の若い愛人と暮らしていた。

「一流の贋作を見立てさせれば随一、と噂されているマダムをご紹介いただきたいのですが。変った趣味だと友人にひやかされるのですが、実は僕も、ホンモノと見紛うような贋作の蒐集が好きなものですから」

「日頃から世話になっているお方の紹介だ。渡りがつけられないでもないが、そのマダムはかなり気難しい方ですから、そう易々とお会いくださるかどうか」

その画家は薄笑いを浮かべながらこう切り出した。

「で、旦那、どんな絵をご所望なのでしょう」

貴重な情報にはそれなりの対価が要ると言いたいのだ。

灰色の壁には名だたる絵画が無造作に立てかけられていた。名作のコピーではない。あの巨匠ならこんなタッチでこのような構図の絵を描くだろうという作品なのだ。

好きな絵があれば持ち帰っていいよ――スティーブンは、傍らの涼子に眼で語りかけた。涼子はすっくと立ち上がると、一つ一つ、品定めをしていった。

「これがいいわ」

レオナール・フジタの作と見紛う十号の油絵だった。

「ほう、日本のご婦人は、実に確かな眼をもっておられる。これはフジタが最も脂の乗り切った時期の秀作です。モデルの頬をごらんなさい。マドモアゼルに劣らぬ乳白色の肌をしていて何とも美しい」

「いかほどでしょうか。すぐに振り込ませていただきます」

贋作家は机の引き出しから小さなメモ用紙を取り出して、鉛筆でマン島にあるオフショア・バンクの口座を書き込んだ。名義は偽名だった。小切手で支払うと言わなかったことにご満悦の様子だ。

「日本のお坊さんは、お志で結構です、と言うそうですな。ほかならぬ友人の紹介だ。私もお志で結構ですよ」

贋作家のほうからマダムの話題を持ち出してきた。用件は紹介者からすでに聞いているのだろう。

「旦那、あの方はめったに表に出ようとなさらない。この頃はお客も受けつけられません。本当に、あのマダムにお会いになりたいのですか――」

贋作家によれば、マダムは広壮なアパルトマンで豪華な作品に囲まれて、ひとりで暮らしているという。個人美術館を持てるほどの富豪らしい。そうでありながら、超一級の贋作にだけ執着する名うてのコレクターなのだ。真作は全(すべ)て銀行の防火金庫に預け、自宅には偽物を飾って鑑賞するといったケチな金持ちとは訳がちがう。

ダ・ヴィンチ、ミケランジェロ、ラファエロ、ジョルジョーネ、ティツィアーノ、コレッジオ。彼女の邸宅には全盛期ルネッサンスの名品がずらりと並んでいる。贋作を扱う美術商にとってはふたりといない顧客なのだという。

いかなる機密も決して漏らしたことがない。

すべてを即金で支払う。

その上、最高の鑑賞眼を備えている――。

二日後、スティーブンは贋作家の紹介状を携え、訪問着姿の涼子を伴って、マダムの高級アパルトマンを訪ねることにした。

セーヌ川には、パリ発祥の地となったふたつの中州がある。シテ島とサン・ルイ島だ。ノートルダム大聖堂を擁し、観光客で賑(にぎ)わうシテ島。そこから歩いてサン・ルイ橋を渡ると、落ち着いた佇まいのサン・ルイ島に出る。十七世紀半ば、ルーブルやヴェルサイユの宮殿を造った建築家ルイ・ル・ヴォーが手がけた壮麗な屋敷群が連なっている。パリでも指折りの高級住宅街だ。

「実はこの界隈はポーランドに縁が深いところなんだよ」

サン・ルイ・アン・リル通りを歩きながら、スティーブンは涼子に語ってきかせた。

「『若い男の肖像』を買ったアダム・イエジィ・チャルトリスキを覚えているだろう」

「ええ、イザベラ・チャルトリスカ公爵夫人の長男ね」

「彼は、祖国ポーランドのロシアからの独立を策して十一月蜂起を試みた。だが彼の企ては惨めな失敗に終わり、死刑判決を受けてパリに亡命する。一八三〇年代のパリには、こうしたポーランド貴族を中心に実に一万人ものポーランド人が暮らしていた。チャルトリスキ公爵は、サン・ルイ島のランベール邸を買って、ここを祖国再興の拠点としたんだ」

そう言うと、スティーブンはサン・ルイ・アン・リル通り二番地に建つバロック様式の豪壮な邸を指さした。

「ここに、彼が住んでいたの」

「そう、この屋敷こそ、亡命ポーランド政府の所在地といっていい。同時に文化サロンでもあった。ショパンと恋人のジョルジュ・サンドもここに出入りしていたんだ。ショパンの『英雄ポロネーズ』はこの邸宅の大舞踏会のために作曲されたんだよ」

「ねえ、スティーブン、わたしたちがここに来たのは偶然なのかしら」

涼子は見えない糸に導かれているような、不思議な興奮を覚えていた。

スティーブンが微笑(ほほえ)んで優しく応じた。

「いや、偶然は必然が生むというからね」


贋作家が書いてくれた地図を頼りに探し当てたアパルトマンは、サン・ルイ島の北岸に沿ったケ・ド・ブルボン通りにあった。

玄関のベルを押すと、鼻眼鏡をかけた執事があらわれた。紹介状を鄭重(ていちょう)に受け取り、奥の間に消えてゆく。数分して玄関に再び姿をみせると、どうぞこちらへと慇懃(いんぎん)な態度で居間に案内してくれた。

「マダムはまもなく参ります。しばしここでお待ちください」

スティーブンは、見事な木彫が施されたマホガニーの暖炉に歩み寄り、その真上に掛けられた油絵を見あげた。

鮮やかな暖色で描かれた神話画だった。

「ヴェネツィア派の巨匠、ティツィアーノの『エウロペの略奪』だよ」

　涼子が声をひそめて尋ねる。

「ねぇ、これほどの出来でも、贋作なのかしら」

「そうだね、本物はボストンのイザベラ・スチュワート・ガードナー美術館に展示されているからね。怪盗ルパンでもなければ盗み出せない。見てごらん、この裸体の女性がエウロペだよ。フェニキアの王妃だったのだが、ゼウスに一目惚れされてしまう。そしてゼウスは白い牡牛に姿を変え、エウロペを背に乗せてさらっていく。エウロペはヨーロッパという言葉の起源になったとも言われているんだ」

　涼子は、この絵を客間に掛けた女主人の意図に思いを巡らしていた。

「略奪されたヨーロッパ――この絵はそれを表現しようとしたのかしら」

「いかにも、この館の主らしい。彼女なりの歴史への糾弾かもしれない」

　そのとき、大きなドアが静かに開かれ、マダムが姿を現した。

「ようこそ。よくいらして下さったわ。お久しぶりね、ブラッドレーさん」

「その節は命を助けていただき、改めてお礼を申し上げます。マダムがいらっしゃらなければ、今ごろは湖底深くに沈んでいたところです」

　スティーブンは傍らの涼子をマダムに紹介した。

「まあ、なんてお美しいのかしら。カンダラマには、お連れにならなかったわね。お召し物についてお尋ねする失礼を許してくださる。私も青の色あいが好きなものですから」

マダムは、涼子が身にまとっている訪問着の柄を、日本画でも見るようにうっとりと眺めた。

浅縹色の鬼しぼ縮緬に見事な秋草が描かれている。藍、臙脂、黄土、草、古代紫——。加賀五彩が随所に用いられ、金彩は一切使われていない。この落ち着いた色調が秋のしっとりとした風情をそこはかとなく伝えている。

「これは、加賀友禅という染めの着物でございます。わたしの郷里の金沢でつくられたものなのですが、絹の反物に友禅作家が手描きで自然の風物を描いてまいります。加賀友禅の柄は写実的な描写で知られています。そのため木の葉にあえて虫食いのあとを描き入れたりするんです」

無駄のない、明晰な英語の説明だった。マダムは涼子に近づいて、その裾模様を心ゆくまで堪能した。

「とても繊細な筆遣いだわ。草花が秋風にそよいで、人を優しく包み込んでいる。日本の人々は自然に寄り添って暮らしていると聞きますが、そんな穏やかさが伝わってくるようだわ」

マダムは夢のなかを彷徨うように呟いた。

相手が日本に触れたのを機に、スティーブンはこう切り出した。

「独ソ開戦の前に、マダムは故郷のクラコフからシベリア鉄道を経て、日本に逃れられたと伺っています。そのゆえでしょうか、日本をご覧になる眼はじつに確かだとお見受けしました。浅薄なジャポニズムとはどこか違っています」

マダムの眼差しに険が走った。

「ブラッドレーさん、あなたの英語の発音は素晴らしい、スーツのシルエットが美しいなどと言われても、おもはゆいばかりで居心地が悪いでしょう」

お追従は嫌いらしい。

「涼子さん、お気をつけなさい。かなり悪い人とお見受けしたわ。ひとを怒らせて、本音を引き出す——それが、ＢＢＣ流なの、それとも、ヴォクソール流かしら」

スティーブンは、人生最高の微笑みを作って応じた。

「あなたはご家族と共にクラコフから隣国リトアニアの首都カウナスに身を寄せた。そこで『スギハラ・ビザ』の発給を受けた。そうですね」

いったい何を聞き出したいのか——マダムはそんな表情でスティーブンに正対し、

すらりと伸びた両脚を斜めに揃（そろ）えてみせた。

「だが、あなたのご家族が受け取った通過査証の日付は、チウネ・スギハラがカウナスをすでに去った後、そう、一九四〇年九月三十日の日付でした。東京・飯倉（いいくら）の外交史料館で調べた杉原千畝の公式報告には、ご家族の名は見当たりません。やはりゴム印で偽造された通過査証だったのではありませんか」

マダムは暖炉の上に視線を投げ、ティツィアーノの「エウロペの略奪」を見上げた。

「あなたなら、もうエステルのことはご存じなのでしょう。クラコフのユダヤ人にとっては生前から伝説となっていた女性です。その頃、彼女はクラコフの郊外に新たに設けられたユダヤ人ゲットーに移されていたのだけれど、わが家を助けるためにポーランド秘密情報部を動かしてくれた。後で分かったことですが、彼女のお蔭（かげ）で情報部の人たちが手を回し、通過査証を手配してくれたのです」

ヒトラーのナチス・ドイツとスターリンのソ連。二つの全体主義を相手に、ポーランド国家のインテリジェンス・ネットワークは、したたかに渡りあっていた――ソフィー・ビアリックは、いまその事実を認めたのだった。

情勢が酷烈であればあるほど、その組織は試練に耐え抜き逞（たくま）しくなっていく。それは強力な抗生物質に抗（あらが）って、より強い耐性を備えている、或（あ）る種のウイルスを思わせた。

「スギハラ・ビザのおかげで、あなたは極東の港町神戸でふたりの少年と生涯に亘る絆を育むことになったのですね」

マダムは銀のケースから極細のシガレットを取り出した。

「失礼して吸わせていただくわ。なにしろ、半世紀以上も前のことですもの、もう忘れてしまったわ」

青白い炎でシガレットに火が灯され、紫の煙がゆらゆらと高い天井に立ち昇っていった。

スティーブンは和紙の封筒を紫檀のテーブルに黙って差し出した。

「さぞお懐かしかろうと思い持参しました」

マダムはホースヘアの青いハンドバッグから小さな眼鏡を取り出した。封筒から一枚の写真を引き抜き、眼を落とした。

マダムの整った顔は一切の感情を表に出そうとしなかった。

眼鏡を静かにはずし、写真を封筒に再び戻して言った。

「この写真はついに見ることが出来なかったのよ。現像が出来上がる前に、私たちは神戸から上海に向けて船出しなければならなかったものですから」

彼女はふたりの少年と不思議な縁で結ばれていた事実を否定しなかった。大切な写真を受け取れなかった話にこと寄せ、少年たちとの関係を暗に認めたのだった。

「マダム・ビアリック、ソフィーとお呼びしてよろしいでしょうか」

「ええ、どうぞ」

「ソフィー、あなたこそ、ポーランド秘密情報部、戦後は国際的なユダヤ・ネットワークとなった情報組織をエステル・シェニラーから託された方ではありませんか。ポーランド系ユダヤ人のインテリジェンス・マスター、それがあなたの素顔なのでは」

ソフィーはシガレットを手に謎めいた微笑を浮かべた。

「私もスティーブンとお呼びするわ。スティーブン、それは買いかぶりというものよ。たしかに、エステル・シェニラーは、わがユダヤ民族にとって、預言者の名に値する、真に偉大な女性でした。でも、私は彼女に名前を付けてもらった小さき者にすぎません」

スティーブンは、かすかに首を振ってみせた。

「それはご謙遜が過ぎるというものです。あなたが小さき者なら、スターリンの病状を摑んで株式市場の暴落に先手を打ち、スターリン批判の秘密報告を密かに入手して西側にリークし、第四次中東戦争に先駆けて小麦を買い占め、ブラック・マンデーの足音をいち早く聞きとることなど、果たしてできるでしょうか」

「まあ、スティーブン、あなたが言う通りなら、このわたくしが、まるで現代史の行方を差配する魔女のようじゃありませんこと」

スティーブンは、ポーランドのマルキスト、ステファン・スタシェフスキの名を挙げた。大戦中のポーランド秘密情報部の系譜を引く逸材のひとりだ。スタシェフスキは戦後もスターリン支配下のワルシャワに留まって、密かに活動していた。

「戦後、マルキストたちにとって、スターリンは絶対的な忠誠の対象だった。そのスターリンが死去して三年、モスクワから届いた文書を読んで、スタシェフスキもまた烈しい衝撃を受けたのでしょう」

スターリンの後継者のひとり、ニキータ・フルシチョフは、第二十回ソ連共産党大会で、昨日まで神のように崇めていたスターリンを、各国代表を締め出した上で徹底して批判した。スタシェフスキは、モスクワに燃えるような憤りを抱き、祖国ポーランドを彼らの手で支配させてなるものかと叛逆を密かに決意する。そしてポーランド生まれのユダヤ人ジャーナリスト、フリップ・ベンに「フルシチョフ秘密報告」をひそかに流したのだった。やがてそれはイスラエルのカウンター・インテリジェンス機関「シン・ベト」の手に渡っていった。

「モサド」が対外諜報機関であるのに対して、シン・ベトはイスラエル国内へ敵対者が侵入するのを防ぐ防諜機関だった。第二次世界大戦が終了すると、新しく建国されつつあった新生イスラエルに東側陣営から大量のユダヤ人が流れ込んできた。イスラエル政府首脳は、共産主義の浸透を防ぐ狙いもあって、シン・ベトに、東ヨーロッパに根を張るポーランド情報網との連携を強めさせた。そこに超弩級のインテリジェンスが引っかかってきたのだった。

この秘密報告はやがてアメリカのCIAに渡り、ニューヨーク・タイムズにリークされた。このスクープは世界の共産主義運動を激しく揺さぶらずにはおかなかった。スターリン批判は、冷たい戦争の帰趨にも、中ソ関係の行方にも、甚大なインパクトを与えたのだった。

「モスクワからワルシャワを経てエルサレムへ。鉄のカーテンを貫いた情報の流れは、あなたがたポーランド系ユダヤ人の情報ネットワークを抜きには語れません。あなたがたはナイーブなマルキストなどではなかった。全てをお見通しだったのでしょう」

スティーブンはそう言うと、ソフィーのひとことを待ち続けた。

「スティーブン、わがユダヤ民族の情報ネットワークの存在は認めてもいいわ。でも、私は生きていくために、手持ちのささやかな資産の運用をしてきたにすぎません」

ソフィーは言葉少なにこう応じたのだった。

「Pour survivre――」

スティーブンは、フランス語で反復してみせた。

「デュマの『三銃士』は何語でお読みになったのかしら、スティーブン。流浪の日々を送った私にとって『三銃士』こそ、わが黙示録でした」

永遠の名作とは、読む者それぞれによってまったく別の物語を紡ぎ出すという。

「ミレディーがダルタニアンの策謀にかかって孤城に幽閉され、凄まじいばかりの呻き声をあげる場面を憶えておいでかしら。復讐のためにわが身を自由に解き放たねばと思いつつ、女の細腕では何ともならぬと呪う場面を」

「ええ、僕もあのくだりは大好きです」

スティーブンは流麗なフランス語で文豪が綴った文章の一節を諳んじた。

「男勝りのわが魂をすっぽりと包み込むにはあまりに嫋々たる肉体を与え賜うた天の誤算」

「そこからの変貌が、ミレディーの真骨頂。かくも興奮して騒ぎ立てた自分を深く恥じ入るところがいいわ。いたずらに騒ぎ立てるのは、わが弱みを見せることに他ならない——と。そんな柔な自分を他人に見せなかったことこそ、わが成功の秘訣と自らを説得する。いかにもミレディーらしいわ」

ソフィーは「エウロペの略奪」を見上げて、ミレディーの言葉を朗誦した。

「いまこうして戦っている相手は男ばかりだ。あの連中にとって私はか弱い女でしかない。ならば、女として戦おう。わが力の源はおのが弱さのなかに在る」

ソフィーは艶然と微笑むと、立ち上がってセーヌ川を見下ろす大きな窓へと歩み寄った。しばしの間、川面を行き交う船を眺めながらシガレットをかざす横顔が端整で気品に満ちていた。

「スティーブン、そして、涼子さん。わが生涯で絶えて一度も人に漏らしたことのない秘密を聞いていただくことにするわ」

こう前置きして、ソフィーは、上海の一夜を問わず語りに語りだしたのだった。

「富豪の家に引かれていくその日、わたしは自分の小さな部屋に籠って、ポーランド語の『三銃士』を繙いていました。そして、いつのまにか、このフレーズを繰り返し、繰り返し、朗読していたのです。

『わが力の源はおのが弱さのなかに在り』と。

迎えの車に乗せられて、プラタナスの並木が続く衡山路に建つ豪壮な邸の門に差しかかったときには、もう覚悟は決まっていたのでしょう。いくつもの部屋を通って、寝室に通される頃には、ごく穏やかな心境になっていました。

青磁の器が紫檀の盆に載せられて運ばれてきました。鼻をつく強烈な匂(にお)いでした。

そう、オピウム、阿片(あへん)だったのです。

やがて深い眠りに落ちていきました。

その後に彫り物師が呼びこまれたのでしょう。目覚めてみると、左肩に小さな牡丹(ぼたん)の刺青(いれずみ)が彫り込まれていました。さして感慨はありませんでしたし、なぜか痛みも感じませんでした。そして、ふたたび気だるい眠りに誘われていきました。

どれほどの時が経(た)ったのでしょうか。心地よい絹のシーツが敷き詰められた広いベッドで目を覚ますと、オピウムのせいでしょうか、ひどく喉(のど)の渇きを覚えました。侍女が水差しを持ってあらわれ、富豪を迎える支度が始まりました。

やがてあらわれたのは、少女の眼には、随分と年寄りに見えた中国人でした。十分に通じる英語で、心配することはない、気を楽にしていなさい、あなたから精気を貰(もら)うだけなのだと耳元で囁(ささや)きました。

中国の老人の肌は、黄色く、かさかさに乾いていました。

老人に抱かれているさなかも、あのミレディーの言葉を口のなかで呟(つぶや)いていました。ポーランド語でしたから、老人に聞こえたとしても、何を言っているのか、分からなかったでしょう。

わが力の源はおのが弱さのなかに在り――この言葉を心のなかで朗誦していれば、いかなる苦難にも立ち向かえそうな気がしていたのです。

翌朝、目覚めると、老人が枕もとに再び姿を見せました。そして、意外なことを口にしたのです。

助けてほしい――。

老人はそう哀願したのです。

上海のフランス租界にしばし留まって、自分を救ってほしい。

自分の命はさして永くあるまい。

わずかの間だけでいい、と。

あなたの家族は中立国アイルランド経由でかならず欧州大陸に送り届ける。その後も何不自由なく暮らせるようあらゆる手立てを尽くす。ユダヤ人が契約を守るように、中国人は友人との約束はいかなることがあっても守り抜く。こう真剣な表情で訴えたのです。

ソフィー、あなたは劉一族にとって百年に一度の彗星だ。この地にしばし留まって力を貸してほしい、と。

母から毎日のように聞かされていた名付け親、エステルならどうしろと言うだろうか。そればかりを考えていました。

そして、次の瞬間、その申し入れに頷(うなず)く自分がいたのでした。

エステルは、私を身ごもった母に、この子は白貂(しろてん)を抱く貴婦人、チェチリアのようになるだろうと預言したといいます。そのことばの通り、私は上海のイル・モーロとでもいうべき富豪の眼にとまったのでした。

その日から老人は持てるすべてを私に授けてくれました。いま上海が置かれている情勢を詳しく語り、延安にあった中国共産党の動向を知らせてくれました。

蔣介石(しょうかいせき)の国民党とアメリカのルーズベルト政権の間に持ちあがった暗闘についても明かしてくれたのです。それは大国アメリカを手玉にとる老獪(ろうかい)な弱者の恫喝(どうかつ)でした。さらに延安の毛沢東と周恩来がアメリカと結ぶ可能性についても解説してくれました。

老人がなぜそうしたのか。その理由はのちになって明らかになりました。

財を成した劉一族がやがて上海の地を離れる日に備えて、この私を密使に仕立てる含みで、一種の英才教育を施したのです。一級の教師に、北京(ペキン)語、広東(カントン)語、英語、フランス語を徹底して仕込まれ、フランス人の家庭教師からマナーも基礎からたたきこまれたのでした。

なかでも、その後のわが人生にいちばん役立ったのは華僑(かきょう)流の財務処理術でした。

資産の運用、株式投資、為替の売買。もし私が欧米で経済学や会計学を学んでいれば、いまの自分はなかったことでしょう。常の学校では考えられないほど独創的な実学を教わりました。今日の私のすべてはその教育に負っていると言っていいでしょう。

　それは日本の敗戦と英仏植民地勢力の凋落、さらには国民党政権の腐敗と中国共産党の上海制圧を見事に予見して打たれた布石でした。私は老人の密使として、日本軍の特務機関、英仏の当局者、国民党の特務、中国共産党の上海駐在幹部と密かな接触を続けたのでした。

　どんなに崇高な理想や政治スローガンを掲げる組織も、それぞれが複雑なお家の事情を抱えています。そんな状況を精緻に読み解き、互いの利害の一致点を見出していく。心を虚しくして相手の意図を読んで妥協点を探る。老人はその一つ一つの報告を適確に聞き取って、絶妙なカードを繰り出すのでした。

　全ての処理が終わったのは一九四九年の夏でした。膨大な資産を分散してスイスの個人銀行デュフォーに移し、劉一族はそれぞれが居を定める世界各地の都市へと旅立っていきました。年齢にそぐわない膨大な資産が与えられた私は、香港島に向けて脱出したのでした。

　心残りがなかったわけではありません。ふたりの人物との絆が切れてしまうことはたとえようもなく哀しかったのです。宋慶齢。あれほどに凜とした女性にわが生涯では以後巡り遭うことはありませんでした。そしていまひとり、絹のような礼節を謳われた周恩来。この人物は全てを変革してやまない革命家の冷酷な情熱と清朝高官が備えているような秩序への揺るぎない意思を、仕立てのいいグレーの人民服にふたつながら包み隠したひとでした。乱世に宰相となるために生まれてきたような人物でした。しかし、すでにふたりとも世を去っていますので、あの国に心を遺すことはもはやありません」

ソフィーは若き日の上海時代を語り終えると、再びセーヌの流れに目を移した。シガレットに火をつけて、紫煙をゆっくりと味わっている。過ぎ去っていった時を慈しんでいるようにも、もう思い出すまいと自らに言い聞かせているようにも見えた。

スティーブンと涼子が聞いたソフィーの上海物語は、デュマの『三銃士』を凌ぐほどのロマンに満ちていた。戦後のソフィーがパリに本拠を設けて、相場に介入し、巨利を得たとしても、もはや驚くには当たらなかった。

スティーブンは最後に確かめておかなければならない話題に触れた。

「あなたの優れた情報網は、アルカイダが、超大国アメリカを襲おうとしていた重大なインテリジェンスまで捕捉していたようですね」

振り向いたソフィーの眼差しがふいに鋭さを増した。

「ええ、知っていたと率直に申しあげておきましょう。でも、アメリカ政府の十五、いやあなたの親友の捜査組織も数えれば、十六あるといわれる情報機関には、もっと詳しい情報が入っていたはずよ。心眼を以て見る。そんな言葉が東洋にはあると聞きます。虚心に情報の断片をつなぎ合わせてみれば、やがて何が起きようとしていたのか、それは心ある者の眼には明らかだったはずです。情報当局が、政治の決断を委ねられた国家のリーダーに危機の到来を警告するのは、さして難しいことではなかったに違いありません」

「ソフィー、超大国アメリカは、情報当局の官僚主義のゆえに、あの悲劇を予測することが叶わなかった。そしてあなたたちは、やがて忍び寄る悲劇を知っていた。にもかかわらず、同盟の契りを結んでいるアメリカには一切知らせようとはしなかった、そうですね」

ソフィーはテーブルに置いてあったガラスの呼び鈴を鳴らし、執事に灰皿を下げさせた。

「事実関係だけを申しあげるなら、あなたのおっしゃる通りだわ。でも、私たちが緊急の警告を発したとしても、果たしてブッシュのアメリカは行動を起こしたかしら。心眼がどんよりと曇っていたのですから」

「あなた方は、悲劇がアメリカに迫りくることを知りながら、あえて知らせようとしなかった。ひとたびアメリカの心臓部が攻撃されれば、奇襲を受けた超大国は怒り狂って、敵に鉄槌を振り下ろすにちがいないと読んでいた。真珠湾攻撃の時のように。まずタリバンのアフガンを、ついでサダムのイラクを攻撃するはずと——。かねてから取り除きたいと願っていたイスラエルの宿敵イラクを、アメリカをして排除させる。なんと秀逸な戦略なのでしょう」

「世界をどのように解釈なさろうと、それは、スティーブン、あなたのもう一つのお仕事であるジャーナリズムにお任せするわ。私たちは、自らの力で自らを守らなければなりませんもの」

「もうひとつお答えいただきたいのですが——。かの9・11事件が起きることをあなたは知っていた。だとすれば、事前に世界の市場で金融先物商品を売って、巨額の利益を懐にすることができた。そしてあなたは事実、それを実行した。確かな証拠はすでにつかんでいます」

「スティーブン、あなたのお友達マイケル・コリンズは、アメリカ人にしては、随分と細やかでシャープな感覚をもった捜査官だわ。でも、わたくしたちは金もうけや悪事のために、S&P500の先物を売ったりはしない。バビロンの虜囚を救いだし、この地上に正義を実現するために、私たちはユーロドルを何としても必要としていたのよ」

このとき、スティーブンの胸中に、ひとつの疑念が芽生え始めていた。なぜ、ソフィーは、かくもすらすらとこちらの質問に応じてくれるのだろうか――。

「アンドレイ、雷児、ソフィー。戦乱のさなかに生まれた、世にも美しい、少年少女の友情。あなたは、それをもあなたの大義のために利用したのでしょうか。アンドレイからの連絡なら、雷児は何の疑いもなく信用する――あなたは、それを知って、神戸の私書箱宛てにアンドレイの名を騙って雷児へ書簡を出し、大きな投機を勧めた。そして、その儲けはすかさず香港のファンドに還元させた」

「スティーブンとマイケル。おふたりは、あなた方が属している組織のお偉方より、よほど読み筋がいいわ。そうとだけ、申し上げておきましょう。でも、インテリジェンス・コミュニティでは、あまりの優れ者は排除される。これは、この世界の公理といっていい。スティーブン、マイケルを誘ってこのパリにいらっしゃい。わたくしのもとで働いてみてはいかがかしら」

ソフィーは淡いブルーの瞳で微笑んだ。涼子がスティーブンの横顔を見つめている。

「ご親切なご提案ですが、いまはお断りしておきましょう。金沢にはこの涼子もいることですし——。ところで、あなたの獅子奮迅の働きで、現代のバビロンの虜囚の、いったい幾人が白い凍土から解き放たれたのでしょう」

「さあ、数百万人とお答えしておきましょうか。でも、私の力など無きに等しいものでした。私はあの偉大な預言者エステルに導かれるままに行動したにすぎません。でも、そろそろ、すべてを手仕舞いにする時がきたようね。あなたにこれほど手札を曝してしまったのですから」

そう言うと、ソフィーは再び優雅なしぐさで立ち上がった。彼女のうなじには老いの影が落ちていた。

「ご案内するわ。どうぞいらして」

ふたりを誘って、大理石の階段を三階に昇って行く。ソフィーはハンドバッグから小さな鍵を取り出して扉を開けた。

そこは、もうひとつの「記憶の神殿」だった。チャルトリスキ美術館とそっくり同じ内装に設えてある。壁もワインレッドの絹地で覆われていた。

ダ・ヴィンチの「白貂を抱く貴婦人」。レンブラントの「善きサマリア人のいる風景」。そして、ラファエロの「若い男の肖像」が架けられていた。

並みの鑑定家ならすべてを真作と見紛うだろう。

「スティーブン、あなたなら、もうお分かりでしょう」

ソフィーはそう言って、「若い男の肖像」に視線を投げた。

「そう、ついに取り戻したわ、わが『記憶の神殿』に。あなたたちが、金沢にお戻りになる頃には、この絵を密かにチャルトリスキ美術館に運び込んで、あの写真と差し替えておくつもりよ。エステルの命日にね。チャルトリスカ公爵夫人もきっと喜んでくださるはずだわ」

五百年前にラファエロが描いた若い男の肖像。その生き生きとした眼は安堵したような表情を浮かべてソフィーを、そしてスティーブンと涼子を見下ろしていた。

涼子がソフィーに尋ねた。

「これこそが本物なのですね。すると、他のすべての作品はこの絵のために——」

「そう、ずっと探し求めていたの。ナチに奪われて行方不明になってしまった『若い男の肖像』を。気づいたら半世紀の歳月が飛び去っていたわ」

涼子は穏やかに頷いて、ソフィーに話しかけた。

「私からも、ひとつだけ、伺ってよろしいでしょうか。いま、あなたはスイスの個人銀行『デュフォー』に劉一族が莫大な個人資産や美術品を預けたと言われました。おなじ地下室の、でも別の金庫にあなたが探し求めていたこの絵が収蔵されているらしいと気づいたのはいつごろなのでしょうか」

「スティーブン、あなたの恋人は、随分と鼻が利くわ。もういちど、言っておきます。大切になさい。きれいで、聡明で、心根がやさしくて――。うかうかしていると捨てられてしまうわよ。涼子さん、スイスの個人銀行の口は、それは固いのよ。それと察してはいましたが、裏が取れたのは最近のことだわ。アメリカとEUの圧力に抗しきれなくなって、城を明け渡す。それを潮時と見たのでしょう。私のところについに先方からディーラーの申し出がありました。もちろん、そう仕向けるために、持てるすべてのカードを切ってきたと申し上げておきましょう」

スティーブンがソフィーの言葉を引き取って続けた。

「ソフィー、あなたは、売却の申し出を引き出すために、巨額の資金をつぎ込んで周到な布石を打ってきたのですね。そして名画のブラックマーケットの世界で圧倒的な信用を築きあげた。贋作のコレクターとして、長い年月、すべてをこの一枚の絵を取り戻すために――」

ソフィーは口の端だけで微笑んだ。そして、静かに宣言した。

「『記憶の神殿』はようやく使命を終えたわ。そして私も」

終章　梅の橋――二〇一〇年春

鶯がちいさくさえずった。

一瞬、そう思ったのだが、鶯張りの床が微かに軋んだ音だった。

スティーブンの部屋に通じる隠し階段を志乃が静かに昇ってくる。襖の外から澄んだ声が響いた。

「たったいま、速達が届いたがやけど」

わずかに開けられた襖の間から、漆塗りの文箱が差しだされた。

一通の封書が収められていた。

上質な和紙の表に、墨痕鮮やかに金沢・東山の住所と宛名が記されてあった。

禅味に溢れた筆遣いだ。封書を裏返してみたが、差出人の名はない。

神戸市内の郵便局の私書箱からだった。

　スティーブン・ブラッドレー殿

　古都金澤の街も桃の香が漂う、麗らかな春を迎えていることと存じます。蒔絵の師匠のもとで修業に益々精励されていることと拝察いたします。

　さて、近く相場師、松雷の葬儀を執り行うこととなりました。北浜の風雲児などとおだてられた松雷も、神のお告げがシカゴやなくてパリからやったとは。今のいままで不覚にも気づかなんだ。この稼業を手じまいにする潮時と悟りました。

　御多用とは存じますが、万障繰り合わせてご臨席を賜りたく、お知らせ申し上げます。供花、香料の類は固くご辞退申し上げます。

　思えばノーザンファームのセレクトセールでお目にかかる機会を得たものの、この世での貴方との交わりは、誠に僅かな年月でありました。にもかかわらず言葉では言い尽くせぬご厚誼を賜りました。それゆえ、ブラッドレー殿には何卒小生の葬儀にご参列賜りたく切にお願い申し上げます。

　葬儀の席にて今生の別れを申し述べることができますれば、これに優ぐる幸せはございません。

葬儀の日時、場所については、追ってご連絡を差し上げる無礼をお恕しください。

神戸・北野町　松山雷児

葬られる者自らが出した奇妙な案内状が届いてから二ヶ月が経った。松雷からはその後一切の音沙汰がなく、スティーブンの日常は何事もなく過ぎていった。毎朝七時には決まって東山の家を出て、天神橋に近い蒔絵の師匠宅に通い、金箔を張る修業にひたすら打ち込む日々であった。

その日も、軍配を象った漆塗りの弁当箱を風呂敷に包んでもらい、東山の家を出ようとした、その時だった。

スティーブンの視界に収まる光景に微かな異変が兆していた。

「天から授かった」とイギリス秘密情報部の長老、ブラックウィル教授が看破したその探知能力にスイッチが入った。

革靴がいつになく磨き抜かれている――。

玄関の三和土に決まって置かれている男物の靴が、常とは異なる光沢を放っていたのである。

「気ぃつけて行ってきまっし」

引き戸をあけると、玄関前のクチナシの蕾が開きかけていた。

外まで見送りに出てくれた家主の顔がこころなしか華やいでいる。

「志乃さん、今日はたしか、失恋の四十周年目じゃありませんか」

「ほんな、ちょこっとした話を、スティーブンはよう憶えとるね」

若き日、芸妓に出たての志乃は、東京から客としてきた財界の御曹司と恋に落ちた。志乃は、冬の夜話に悲恋の顚末を打ち明けてくれた。ふたりの間に老舗の道具屋が入って、縁談をとりまとめようと骨を折ってくれたのだが、ひがしの芸妓と名門の血を引く若者とでは、住む世界があまりに隔たっていた。或る日、夜行列車に乗って、断りの使者が東京からやって来た。この恋は実らなかったのである。

哀しい使者を送る玄関脇の花器に、大山蓮華が一輪挿されていた。その蕾は白山の頂きの雪を思わせて真っ白だったことを志乃は昨日のように憶えているという。北国の遅い春が去り、初夏を迎えようとしていた五月二十七日のことだった。

「ちょうど一年が経って、失恋の傷も癒えかけた頃ながやけど、『お前さんの失恋記念をしてやる』という、けったいなお客様がおいでた、それが白洲のおじさまやったがや。その頃はもう東北電力の会長さんを退いておいでたがやけど。あんな背骨のない奴のどこがいいとぷりぷり怒っとったわ。きっとわたしを慰めてくださったがやね。見かけのべらんめえとはちごうて、やさしいおひとやった」

　白洲次郎は、ブラッドレー家の東アジア・コネクションの結節点のひとつだった。白洲青年がケンブリッジ大学に遊学中、ポーツマス郊外にあるブラッドレー家のカントリーハウスに長逗留(ながとうりゅう)していた間柄であった。そのブラッドレー家の御曹司を預かる大家の志乃が、白洲次郎の知遇を得ていたとは奇縁という他なかった。

　英国で教育を受けた白洲次郎は金沢・ひがしの落ち着いた佇(たたず)まいを愛し、どこか間延びした芸妓たちの立ち居振る舞いを気に入っていた。そんな白洲が、志乃のために失恋記念の宴を催してくれたという。

「志乃さん、白洲さんの代わりじゃ、いかにも役不足なのですが、失恋四十周年は、この僕にお手元をつとめさせていただけますか」

　志乃はにこりと微笑(ほほえ)んで訂正してみせた。

「日本語はほんとにむずかしいね。スティーブンでもまちごうこと、あるがやね。役不足は、歌舞伎(かぶき)役者が自分の配役の小ささに不満を持つことを言うやがや。言葉づかいが反対ながや。白洲さんはスティーブンの国の学校をでた方やし、日本語がたまにおかしかったわ。ほやし生きておいでても、わかるまはんかったやろね」

「英語にも、"worthy of a better role"という表現があるんです。先日、ラジオで若いタレントさんが、謙遜の意味で『役不足ですが』と言っていたのは誤用だったんですね。ところで、今夜、藤としさんは大丈夫でしょうか。松の間が空いていればいいのですが――。余興は雪花さんの笛と福太郎さんの踊りでよろしいですね」

　志乃は意外な申し出に戸惑いつつも、嬉しそうだった。

「ふたりとも売れっ妓やさけぇ、きょう言うてきょうは無理かもしれんけど――。なんとか都合して、まわってもらえるよう、『藤とし』の女将さんに頼んどくわ。ほんでも、こんなおもしいお座敷聞いたことないわ、やっぱしスティーブンはへいろく者やねぇ」

　その夜、藤としに、志乃は紗合わせの無双を着て現れた。その茄子紺の着物は、五月末から六月初めにかけて、衣替えのわずか一週間しか着ることを許されない、譬えようもなく贅を尽くした品だった。紗から露芝の紋様が透けて見え、涼しげな風情を醸し出している。白洲次郎が自ら誂えてくれたのだという。今夜の宴のために簞笥の奥から引き出してきたのだ。志乃は今夜の宴を最後にこの想い出の品を雪花に譲ろうとしていたのである。

　かくして失恋記念日は、ひがしの茶屋藤としの松の間で賑々しく始まった。まず雪花が「逢瀬の月」を篠笛で披露し、続いて小千代姐さんの弾き語りで、福太郎が「山中しぐれ」を踊った。舞の名手として知られた志乃のために、皆が心を尽くして奏で、舞ったのだった。

スティーブンが雪花の笛の音に聞き入ってうっとりとしていたその時、胡蝶が小さな封書を携えて遣いにきた。

「『八の福』の座敷においでとるだんつぁんから、このお手紙を預かってきたがや」

今夜、この座敷に自分がいることは誰にも知らせていないのだが――。しつけの行き届いた芸妓や仲居は決して他の座敷のことを口にしない。スティーブンは訝りながら封を切った。

破天荒な禅坊主が綴ったような面白みが随所に溢れた、それでいてえも言われぬ風格を湛えた文字であった。

イギリス貴族殿

しがない北浜の相場師より急な書状を差し上げる御無礼をお恕しください。

小生の葬儀を今夜当地で急遽執り行うことになりました。いつぞやお目にかかった別嬪さんと別席で賑やかな宴を張っておられるやに仄聞しております。宴たけなわとは存じますが、皆さまお揃いでご参列いただければ、松雷、これに優ぐる喜びはございません。

葬式は賑々しいほどええというやないか、英国のボン。悪名高き松雷の葬式らしく、ぱあっと派手にいこうと思うとるんや。

故人は苛ちにつき、早速のご来駕を切望いたしております。別嬪さんも必ずご一緒願います。冥途に旅立つにあたって、あの麗人にはひとことお知らせしたい儀があります。また貴殿にもこれまたあの世への土産に伺っておきたき儀がございますれば、おふたりお揃いでのお越しを心待ちにしておりますす。本葬儀の主賓としてぜひとも御臨席を賜りますよう重ねてお願い申し上げる次第です。

松雷

手紙を読み終わったスティーブンの表情から、志乃は何事かを察したのだろう。

「あたしに気遣わんと行くまっし。たんとお祝いしてもろたさけ、失恋の傷はもう癒えたわ。スティーブン、あんやと」

志乃自ら立ちあがって、宴をお開きとした。

街燈（がいとう）が石畳の表を照らす通りに皆で出て、突きあたりを左に折れていった。目指す八の福の二階から、威勢のいいお座敷太鼓の音が響いてきた。喪主の松雷が桴（ばち）を握っているのだろう。調子外れなのだが、たいそう景気がいい。

スティーブンは、志乃、雪花、福太郎、佐く、胡蝶、それに三味線の小千代姐さんを引き連れて、二階の座敷に賑やかにあがっていった。

「よう、貴族のボン。よく来てくれた。あんたはほんに義理堅い。俺が見込んだ通りのイギリス男児や。今夜の葬式の段取りを説明するからよう聞いてくれ」

雷児は末席に陣取り、葬儀に馳（は）せ参じてくれた客たちを上座に座らせて、相場師の野辺の送りについてひとわたり語ってきかせた。

シカゴの先物市場が間もなく始まる。雷児は神戸の銀行にあった当座預金をそっくりシカゴに移して、有り金すべてを相場につぎ込む準備を滞りなく整えているという。

「元手の証拠金はわずかに二百億円や。レバレッジを利（き）かせても、市場で売るのは総額一千億円。ケチな勝負や。と言うても、それがいまの松雷の実力や。その全（すべ）てをわが親友が世に送り出した株価指数の先物Ｓ＆Ｐ５００に注ぎ込もうと思うんや。これを最後に、この稼業（かぎょう）を手仕舞いにする。相場師、松雷もついに年貢（ねんぐ）の納め時や」

紋付羽織袴の正装で松山雷児はそう言うと、両手をついて、頭を下げた。

「皆々さま、こないな、しがない相場師の野辺の送りに、立ち会ってもらって相すまんなぁ。さあ、今夜はひとつ賑々しくやってください」

清々しい、きれいな身のこなしだった。

「涼子はん、いや、今夜は雪花さんというべきやな。ようこの席に来てくれた。この松雷、ほんまに嬉しいわ、涙がでるほど嬉しい」

松雷はお銚子を持って座をまわり、スティーブン、志乃、雪花、福太郎、小千代、小梅、佐く、胡蝶と参列者に酌をして回った。そして居住まいを正すと、意外なことを口にした。

「涼子さん、あんたのことを調べさせてもろたんや。そのことを葬式に当たって、正直に話しておこうと思うてなあ。辰林いう名は珍しい名字やろ。ひょっとしてと思うたんや。松雷の勘は鈍ってはおらんかった。あんたのお祖父さんには、戦前、戦中に、上海の租界で随分と世話になった。命の恩人と言うてもええ」

松雷は、涼子の父方の祖父にあたる辰林海悟との交流を一同に語って聞かせた。

辰林海悟は臨済宗の修行僧として、共同租界にあった禅琳寺に住み込んでいた。上海の裏社会の事情通によれば、海軍の特務機関に連なる隠れ情報要員だったともいう。

僧籍にあるとはいえ、壮年の男子が軍の徴用を免れていたのは、軍首脳の威光が働いていたためらしい。

辰林海悟は、松雷を可愛がってくれたフィクサー水田光義とも行き来があった。上海租界にひろがる闇の世界にあまねく通じていたのである。

「当時の上海では、金だけが生きる術やった。権力も、名声も、女も、すべてを金で手に入れることができた。そんな上海の租界にあって、涼子さん、あんたのお祖父さんは、金に恬淡としたひとやった。じつに金にきれいなお人やった。禅宗の坊さんやからやない。ユダヤ人は、偶像崇拝を禁じられているから、却ってモノの蒐集に異常なまでに執着する。禅の坊主も同様、俗界の金に塗れてしまうことが珍しゅうない。おおかたの世捨て人には心せよ、衣は着ても狐なりけり。大綱さんが言うたように、この世の皮肉というもんや。しかしや、海悟和尚はわれわれ凡人とは違うとった」

雷児少年はそんな和尚の人柄に親しみを覚えて、暇を見つけては禅琳寺を訪れたという。雷児に書の手ほどきをしてくれたのも和尚だった。その教授法は風変わりなものであった。自由自在に筆を揮わせて、手習いのような真似は一切させなかった。

その一方で辰林海悟は、魔都上海を取り巻く政治情勢を詳しく聞かせ、重慶にあった蔣介石政権の動向を分析し、延安の赤色根拠地に蟠踞する八路軍の消息まで語ってくれた。

「和尚は上海の権力構造に通じていただけやない。この街の下世話な世界にもあまねく諜報網を張り巡らしてたんや。その情報たるや想像を絶するものやった。じつは、上海の処女屋の存在を俺に教えてくれ、紹介の労までとってくれたのも、海悟和尚やった。そやから、ソフィーの恩人や。涼子さん、それがあんたのお祖父さんや」

軍部の戦略物資の調達をめぐる内部抗争が抜き差しならないものとなった時、「水田光義から距離を置け」と助言してくれたのも海悟和尚だった。和尚の長い耳と畏れられたその触角は、フランス租界にあった中国共産党の地下組織にも及んでいた。そして雷児がいよいよ上海から神戸に引きあげるときには、貨客船の便を確保する世話まで焼いてくれた。

「そやけどなあ、海悟和尚がこの松雷にたったひとつ教えてくれたことがあった。ソフィーの消息や。ソフィーが上海の富豪のもとに赴き、一家のために旅費を手に入れてアイルランドに去った——俺はそう信じ込んでたんやが、ソフィーは上海の街に居残ってたんやな。和尚はその情報を摑んでいながら、俺には遂にひとことも話してくれなんだ。ソフィーはすでに別の世界に旅立っていった——そやから、このガキには知らせんほうがええと思うたんやろなぁ」

松雷は塗りの扇子を前に置いて、両手を揃えて涼子に一礼した。

海悟和尚はその後、青海省をへて、戦乱のチベットに向かったまま消息を絶った。涼子が祖父の最期をどこまで知っているのか、松雷はあえて尋ねなかった。

涼子はまじろぎもせず松雷の一言一句に聞き入っていた。クラコフからカウナスを経てスギハラ・サバイバルとなった人々が、神戸から上海に辿りつくことで、遂に涼子の祖父と交錯した――。その不思議さに身を浸し、松雷が語った物語を黙って受け入れているように見えた。

「スティーブン、人生の始末をつけようとしている老いぼれに免じて、たった一つだけ、教えてもらいたいことがある。あんたが埋めていったジグソー・パズルは、すこしの隙間もない、じつに見事なものやった。さぞかし、お師匠さんの仕込みが良かったんやろなぁ。先年亡くなったブルーウィル教授のご恩を忘れたらあかん」

スティーブンは少年のような微笑みを浮かべてやさしく訂正した。

「松雷さん、かなりの至近弾なのですが――残念ながら、教授の名はブラックウィルです」

「ハハハッ、そのブラックウィル先生も、さぞかし喜んでいることやろ。出藍の誉れっちゅうやっちゃ」

松雷はそう言いながらも、どうしても知りたいことがあるという顔をしてみせた。

「クラコフから『若い男の肖像』が姿を消した。けど、その頃、ソフィーは上海に身を潜めていた。二つの事柄の間には気の遠くなるような隔たりがあったはずや。にもかかわらず、あんたは、『若い男』とソフィーをいともあっさりと結びつけてみせ、パズルのピースをぴたりと嵌め込んでしもうた。おかしいやないか。一体、どんな情報を繋ぎあわせたんや」

松雷は情報の手の内を明かせとにじり寄った。スティーブンは松雷の剛速球におもわず苦笑いを浮かべた。

「あなたは、どうやら僕をインテリジェンスに携わる者と断じておられるらしい。それでいて、そんな人間に、じつに直截に手札をさらせと迫っておられる。そんな方に僕は生まれてこのかた、会ったことがありません。守秘義務を犯せというのは、僕らには命を差し出せというのに等しい。でも、あなたは彼岸に旅立とうという人です。いいでしょう、僕も英国男子です。情報源のことは除いて、ぎりぎりまでお話ししましょう」

スティーブンは、松雷の傍らに腰をおろしておもむろに語りだした。

「『若い男』とソフィーさんをつなぐ接点は、レマン湖畔のプライベート・バンク、デュフォー銀行でした。以前、北朝鮮のマネー・ロンダリングを追って、この銀行に情報要員を潜り込ませたことがあるのですが、その報告に気になるくだりがあったのです。オーナーの応接間に案内された折、ルネッサンス期の絵画が壁に架かっていたそうです。この男は以前ワシントンD.C.のフリーア美術館で日本画の修復を手がけていた変わり種です。壁の絵にじっと見入っていたところ、オーナーが『いや、これは精巧な模写なのです』と言わずもがなの釈明をしたというのです」

壁に架かっていた絵は、ナチス・ドイツの略奪絵画であり、行方が分からない逸品の見事な模写だった。オックスフォード大学の欧州略奪美術品委員会の絵画リストにも掲載されている名品だと報告書は記していた。

松雷は首をわずかにひしゃげたまま、身じろぎもせずに、スティーブンの眼を覗き込んだ。その瞳は日本刀の切っ先を思わせて鋭かった。いまは亡きブラックウィル教授が、この奇才を上海のフランス租界で見出したなら、いかなる対価を払ってもSIS・イギリス秘密情報部にリクルートしたに違いない。

「ここから先は私の推測だとお断りしておきます。おそらくデュフォー銀行の地下金庫には、ナチの残党が持ち込んだ本物が収められていたのでしょう」

松雷は短く刈り込んだ灰色の髪に右手をやって掻き毟った。ちょっと待たんかい、と言わんばかりの仕草だ。スティーブンは言葉を呑みこんだ。

「おいイギリス貴族、私の推測やて——よう言うわ。収められていたのでしょう——やて。やわな連中ならまんまと騙されよるかもしれんな。この松雷にはもう分かったわ。あんたがそういう言い方をするのは、確認済みやが差しさわりがあるっちゅう符牒、そうなんやろ」

　スティーブンは一切の表情を読ませなかった。一瞬でも気を許せば、松雷の見立てを認めることになるからだ。

「その昔、鎌倉の日本語学校で、画家になり損なった先生から、この国の言葉を習ったのですが、松雷さんのような人を、煮ても焼いても食えない人と言うのでしょう」

　松雷はかぶりを振った。

「いや、俺は上海の赤犬や。煮ても焼いても、滋味に富んでいて、それは旨いもんや。ああ、冥途の土産に犬鍋、もういちどだけ食いたいなぁ」

　傍らにいた涼子は、松雷が周囲の者をたちまち魅了してしまう磁力を内に秘めていることを認めないわけにはいかなかった。この世の約束事から解き放たれていながら、義理人情に厚く、独特のウィットでひとを退屈させない。

「松雷さん、さしものスイスのプライベート・バンクも、追い詰められていたのです。

守秘義務に守られたタックス・ヘイブンに対する国際社会の風当たりは、年ごとに厳しくなっています。だとすれば、地下の金庫に眠る略奪美術品も安泰ではない。捜査当局の手で開かずの扉が開かれた時には、オーナーの壁に架けてあった模写の絵と差し替えて、言い逃れる——そう考えていたのでしょう。オーナーの後ろめたさが、つい、言わなくてもいい釈明をさせてしまった。ナチス・ドイツの残党がデュフォー銀行に秘密口座と金庫を持っているという情報は、欧州略奪美術品委員会も捕捉しています。スイスの連邦銀行法は、かつては鉄壁でした。それゆえ地下金庫の奥深くで略奪絵画は生き延びてきたのですが、さしもの堅城もついに時代の波に洗われていて、陥ちかけている」

　聴聞官松雷は、それでソフィーとの関連はどうなんやと、無言のうちに先を促した。

「このデュフォー銀行の最大の顧客のひとりがソフィーさんだったのです。ただ、両者を結び付ける直接の証拠があったわけではない。こうした事態を打開するたったひとつの武器、それはおのが想像力にあり。恩師、ブラックウィル教授はそう教えてくださった」

　想像力を楯にインテリジェンスの核心を明かすまいと迂回作戦に出たスティーブンの機先を制して、松雷は鋭い二の矢を放ってきた。

「直接の証拠はない――その隙間を埋めるのは想像力や。あんたらイギリス人の韜晦いうもんや。スティーブンならこの漢字は分かるやろ」

　涼子が懐紙を取り出して、開明の筆ペンを手渡した。

「はい、スティーブン。漢字検定試験」

　かつて鎌倉山の日本語学校で「麒麟児」と謳われた男は、流れるような筆跡で「韜晦」と認めた。涼子は惚れなおしたようにヘーゼル色の瞳をじっと見つめている。

「じつは僕も漢字検定の一級を受けてみたことがあるんです。任国の言葉に磨きをかけることは立派な公務ですから、検定料は我が政府が出してくれました。しかしながら、貴重なイギリスの納税者のお金が、京都に住む検定協会のオーナー一族の懐に不当に入っていたとは誠に遺憾です」

　松雷はかぶりを振って見せた。

「あんた、しょもない話に誘導して、ソフィーを庇おうとしているんやないか。涼子さん、スティーブンこそ、老いさらばえて食えへん赤犬や、気いつけや。スイスのプライベート・バンク群を守って来たスイス連邦銀行法が崩れれば、堅城は間もなく陥ちるやろ。とすれば、地下の金庫に眠る名画がお天道さんを拝める千載一遇のチャンスが訪れるはずやなぁ。信頼ができて、巨額の支払い能力を持っている売り先はざらにはおらん。そんな条件に適(かな)うのは、ソフィーただひとりというわけか。ああ、俺の葬式に相応(ふさわ)しいインテリジェンスの贈り物や。ひがしの芸妓(げいこ)が言う、あんやと、や」

　ここで松雷は傍らに控えていた胡蝶に目配せした。

「じつはきょうの葬式にもうひとり特別な客を招いとるんや。みんな、びっくりしたら、あかんで。胡蝶、襖(ふすま)をあけてみい」

　そこには大型のモニターが据えられていた。

　松雷は懐からリモコンをとりだすと電源を入れた。

　画面にひとりの男の顔が大写しになった。

　アンドレイ・フリスクだった。

「スティーブン、あんたが通訳官や。幕末に日本にやって来て、西郷や大久保(おおくぼ)とも親交があった英国外交官、アーネスト・サトウに負けんよう、気張って務めてや」

　松雷はそう言うと、三十二インチの画面に正対した。小さなテレビカメラが松雷を捉(とら)えている。スカイプの回線を通して、シカゴのオフィスにいるアンドレイ・フリスクのコンピュータ画面にも松雷の姿が映し出されているのだろう。

「アンドレイ、かれこれ六十数年ぶりやろうか。懐(なつ)かしいなぁ。北野町の銭湯で出遭った頃の、あの面構(つらがま)えと少しも変わらんなぁ。さぞかし、やんちゃをしてきたんやろう」

アンドレイの鷲鼻が画面に大きく映し出されている。

「そういう雷児もゴンタのままの面構えだな。相場が荒れると、いつも君の影がそこにある。いつだって雷児がすぐ傍らにいるような気がしていた」

松山雷児はゆっくりと頷いて切り出した。

「アンドレイ、君の個人会社の顧客口座にはすでに登録済みや。名義は『ライジ・マツヤマ』。指定の口座には日本円に換算して昨日のレートで二百億円相当を耳を揃えて振り込んである。君のことやから、もう確認済みやろ」

シカゴ金融界の大立者は、その意志的な貌をこちらに向けて、小さく頷いてみせた。

「アンドレイ、きょうは俺の葬式や。ユダヤ教にそないな習慣があるんかどうか知らんが、生前葬いうやつや。親友の君にもこうして参列してもろうて、ごっつう嬉しいわ」

自由の国アメリカに在って、金融市場に常に新たな地平を開拓し続けてきた男、アンドレイ・フリスク。その眼差しは不敵なほど鋭い光を放っていた。

「雷児、僕も個人会社のオーナーにして、同時に一介のトレーダーでもある。それでは、お客様から注文を承ろう。当方の用意は整っている。売りか、買いか、さあ——」

松雷は地鳴りを思わせるような声で注文をだした。

「さあ、通訳官、用意はええな。商いはすべてスギハラ・サバイバルたる君が天下に広めたＳ＆Ｐ５００の先物や。アンドレイ、君がアメリカの大地で創りだした畢生の商品や、生前葬に相応しい商いになるわ。まず、一千万ドル、Ｓ＆Ｐ５００の三限月の先物を売りや、売りや」

画面の向こうでは、アンドレイが数字をメモして秘書に手渡した。

この奇妙な商いの様子を志乃、雪花、福太郎、小梅が何事だろうと見つめている。

佐くと胡蝶が、松雷が好む「竹葉」の温燗を運んで酌をする。

こうして商いは粛々と進んでいった。わずか四十分余りの間に、三ヶ月後に決済を迎えるＳ＆Ｐ５００の三限月の先物、日本円にして総額二百五十億円が売られていった。

シカゴのマーカンタイル取引所は世界に冠たる金融先物市場だ。

そのシカゴ市場でもわずか一時間足らずで売り浴びせられる二百五十億円はかなりの額なのだが、相場全体を左右できるほどの資金量ではない。

異変は松雷の空売りから二十分後に持ち上がった。

Ｓ＆Ｐ５００への売りが大地から湧きあがるように集中し、暴落の気配となったのである。

アンドレイのもとにブロンドの秘書がメモを差し入れ、何事かを囁いた。

「雷児、カンダラマ・ホテルに集まった悪い連中に情報をリークしたな。ロンドン、シンガポール、ウェリントン、香港から大量の売り注文が殺到している」

涼子は納得しかねるという顔つきでスティーブンを見上げた。

スティーブンはシカゴ市場を舞台に進行している緊迫した事態を涼子に手短に解説してみせた。

「希代の相場師松雷がこれほどの売り勝負に打って出れば、世界のマーケットには雷鳴のように伝わっていく。ましてや、アンドレイの個人会社を通じて売ったとなればなおさらだよ。何かとてつもない情報を仕込んだと皆が信じている。今後半年のうちに何事かが起きて、S&P500が大きく値を下げれば、巨額の利益が雷児のもとに転がり込んでくる——マーケットはそう読んで、この売りに追随し始めているんだよ。これを相場師たちは提灯をつけると言うんだ」

涼子は囁いた。

「そうなら、株価指数は坂道を転げ落ちるように暴落し、松雷のおじさんはのちのち大儲けをすることになるわ。だとすればなぜこれがお葬式なのかしら——」

「いや、Ｓ＆Ｐ５００は、結局、騰勢に転じて、破産すると読んでいる、少なくとも当の松雷はね。アンドレイとの友情に殉じて散ろうとしているにちがいない。スターリン暴落で儲けて世に出してもらった自分が、オバマ暗殺の警告を発することで、相場師の一代記に幕を引こうとしているんだよ、きっと」

涼子の美しい顔に険が烈しく走り抜けた。

「スティーブン、あなたは、どれほど大胆なことを言っているのかわかっているの」

「いいかい、これはあくまでも、僕の推測にすぎない、いいね。アメリカ大統領暗殺の動きが本格化している、と見立てているにすぎない」

松雷がいう「スティーブンの符牒」を察したのだろう。涼子は瞳を閉じて、わが愛するひとが、かかる事態を冷たく見つめていることなどあり得ないと首を振って見せた。

「オバマ暗殺を目論む人々の機先を制して、松雷がアメリカ経済のシンボルのような金融商品を一千億円も売れば、提灯買いも誘って、大統領の身の安全に全責任を負うシークレット・サービスは何かを察するだろう。そして、一斉に最大の警戒態勢に突入するはずだ。金融先物の王者を大量に売ることは、大統領暗殺への最大の警報となるだろう。アメリカ政界の極右に巣食っている黒々とした殺意へ向けられた、たったひとりの叛乱(はんらん)なんだよ」

涼子は小さく頷いて言った。

「スティーブン、あなたのことがやっと分かってきたわ。いかにも、ひとごとのように言っているのだけれど、暗殺を食い止めるために、松雷おじさんとあなた、そして衛星回線を通じて結ばれているアンドレイさんは、阿吽(あうん)の呼吸で連携しているのでしょう。きっと、そうに違いないわ。そうでしょ。私にも本当のことを言えないようなら、お付き合いを考えさせてもらいます」

松雷が見かねて、まあ、まあと言いながら、助け舟を出してくれた。

モニターに映るアンドレイに皆の関心を誘って呼びかけた。

「アンドレイ、オバマ大統領は今日、東部時間の午前十時に南部ルイジアナ州へ中間選挙対策で入るはずや。君のことや、シークレット・サービス切ってのキレ者、なんと言ったかな、オリガミ、いやオリアナや、オリアナ・ファルコーネ女史には連絡を取ってくれたやろうな」

モニター画面のアンドレイは言葉を発しなかった。だが、旧友と久々に同じ目的を分かち合っていることに満足げだった。

「アンドレイ、わが生涯で君という友人を持ったことを心から誇りに思っとるんや。

君は俺の命に代えてもええ親友やった。わが一生は小さな銭儲けで終わってしもうたが、君は違う。アメリカという名の超大国を舞台に、未開の金融市場で鍬を振るって切り拓き、そこに夥しい種を播いた。やがてその沃野は欧州から日本をも緑に染めあげていった」

　アンドレイは右手を突きだして雷児を制してみせた。

「いや、僕自身は大地に播かれた一粒の種に過ぎなかった。だが、チウネ・スギハラは、独ソ開戦と真珠湾攻撃を控えた緊迫した情勢下で、命の査証のスタンプを次々に押して、六千人のユダヤ難民を自由の天地に送りだした。そう、後にスギハラ・サバイバルと呼ばれるようになった人々だ。一介の領事代理だったスギハラが播いた数千の種は、アメリカを緑なす沃野に変えた。やがて、それらの種は、超大国アメリカの軛すら脱して、全世界を塗り替えるスギハラ・ダラーとなって羽ばたいていった。ユーロドルやＳ＆Ｐ５００がまさにそれだ」

　雷児は少年の日に思いを馳せながら誇らしげに言った。

「アンドレイ、そして君は齢を重ねてなお、新たな荒野を目指そうとしている。見あげたもんや。さすが、わが畏友や」

　アンドレイは、密かな自信を漲らせて語り始めた。

「僕は一九七〇年代初め、仲間から気が触れていると言われながらも、ドルが金の呪縛から逃れて、変動相場制に移行すると信じて疑わなかった。そうなる以外に、ドルの先物商品をマーカンタイル取引所に登場させることが叶わなかったからでもある。固定相場制のもとでの為替の先物商品など自家撞着でしかないのだから――」

そして、次なる地平を熱っぽく旧友に語って倦むことを知らなかった。

「人民元は遠からず変動相場制に移行する。だが、自由な為替の取引のためには、為替の損失を避けるヘッジの機能がどうしても欠かせない。この市場で、僕が身をもって示したのはまさにそのことだった。中国も日を経ずして、金融先物市場にかならずや門戸を開くことになる。近く株価指数の先物取引が始まると僕は見ている」

アンドレイは、親友の葬儀に際し、餞の言葉に代えて、生涯最後の挑戦を語り、中国市場は間もなくわが軍門に降ると高らかに宣言してみせた。

命のビザにも等しかった杉原千畝の通過査証を抱いて、リトアニアの首府カウナスの地を出発し、シベリア鉄道を経て、日本に身を寄せ、真珠湾攻撃の前に太平洋を渡って自由の国アメリカへ。その果てにアンドレイは、今や資本主義の心臓部にも譬えられるシカゴのマーカンタイル取引所に自らの人生を賭けたのだった。

当時のマーカンタイル取引所は、豚や卵の先物を扱う淀んだ市場にすぎなかった。

買占めや価格操作が横行し、「腐敗の巣窟」と呼ばれていた。アンドレイは金融商品の先物を扱うことで、三流の取引所を新しい時代を牽引する先進的な資本市場に変貌させたのだった。それはアメリカ流の自由な取引をまずシカゴの地に芽生えさせ、やがてその種を世界各地に輸出して根付かせる営みに他ならなかった。

金とドルとのリンクを断ち切ったニクソン・ショックは、アンドレイの野望を現実のものとするきっかけとなった。

「アメリカの金融官僚たちは、ニクソン・ショックを引き起こしたものが何だったのかを未だに分かってはおらん。世界の基軸通貨ドルが、金と金融官僚の呪縛を解かれたことにその本質はある。自由な市場を国家が規制しなければならないなら、国家もまた規制されてしかるべきだ。リーマン・ショックという未曾有の危機に際して、なす術もなく、うろたえていたのは誰なのだ。アメリカの中央銀行たるＦＲＢと財務省に巣食う金融官僚たちではなかったのか。かれらに市場を統御する実力などない。百年に一度と言われる危機を招来したのは、そも誰だと思う。かれら金融官僚に他ならない。そんな連中が、次なる危機にどうして対処できるというのか」

こうした自由な取引のうねりは、やがてヨーロッパから異質の国と見られていた日本に及び、最後に中国の前浜に打ち寄せている。

カウナスの地で播かれた一粒の種は、ユーラシア大陸を経巡って、極東の島国に至り、新世界で大輪の花を咲かせた。その大波は再び東アジアに押し寄せて中国で花開こうとしている——。アンドレイの濃いグレーの瞳は幼友達にそう語りかけていた。

雷児は感極まったように見えた。

「アンドレイ、これが、お座敷太鼓いうもんや。君もこの場にいるつもりになって、聞いてくれるやろか。君とこうして直接話をするのもこれが最後や。俺の一世一代の葬式や」

松雷が眼で合図すると、小梅、佐く、胡蝶の三人がさっと立ちあがって、太鼓の前に座った。

「ええか、まずは景気よく、寄席ばやしや」

大太鼓、小太鼓、三味線がずらりと並んだ。太鼓打ちの小梅の調子に合わせて、佐く、胡蝶と順に桴をもって、景気のいい鳴り物が始まった。

「わが盟友、アンドレイが世に出した商品、S&P500を派手に売って、売りまくるで。アンドレイ、ええか、しっかりと受けてくれや」

太鼓の音に合わせて、松雷はすべての資産を売り払っていった。

演目は「せり」から、やがて「四丁目」「八丁目」に移っていく。

松雷の掛け声は、ドスを帯びて、聞く者に神々(こうごう)しさすら感じさせる。

もう五百億円は売り払っただろうか——。

「どうや、アンドレイ。この松雷、相場師の一世一代の土性(どしょう)っ骨(ぼね)を見たやろう。さあ、まだ売りや、売りや」

太鼓は続いて「サァサ、ういた、ういた」「ヤァート、やと、やと」のかけ声で「さわぎ」に替わり、相場師松雷の葬儀は、いよいよ佳境に入っていった。売り注文の伝票がシカゴに向けたカメラに示され、スティーブンが英語で復唱して確認する。アンドレイの秘書がこれを受けて市場に直ちに伝達する。最後はコンピュータの端末に打ち込まれて処理されるのだが、アンドレイも親友雷児の野辺の送りにつきあって、昔ながらの場立ちの役を演じ、往時に思いを馳せている。

「ライジ、君の血吹雪(ちふぶき)がいま、相場を朱に染め抜いているぞ」

「そうや、アンドレイ、わしらは血の縁(えにし)で結ばれた兄弟やったんや」

最後に曲は「たけす」に替わって、太鼓の音は冴(さ)え冴(さ)えとひがしの茶屋街に響き渡っていった。

相場師、松雷は、額に玉のような汗を浮かべたまま、しめて一千億円を売り払って全(すべ)ての商いを終えた。

しまいに小梅の散財太鼓がひときわ大きく鳴り響いた。

こうして相場師、松雷の人生に幕が下りたのだった。

「ご参列の皆さまがた、本日はご多用のところ、わたくし松山雷児の葬儀にお運びいただき、衷心より御礼申し上げます」

松雷は再び居住まいを正して深々と頭を下げた。

「故人も皆さんからいただいたご厚情に、草葉の陰でさぞかし喜んでいることと存じます。故人に代わって心より御礼申し上げます。これにて葬儀は滞りなく終了いたしました」

希代の相場師は頭（こうべ）を垂れたまましばし動かなかった。

「これは心ばかりやけど、お納めいただきたい」

そう告げると、祝儀袋（しゅうぎぶくろ）をひとりひとりに配って、永遠（とわ）の別れを惜しんだ。

「こんなに結構な座敷にあがることももうないやろうなぁ。鐵斎（てっさい）の掛け軸も見おさめや」

松雷はさっと立ちあがると、階段をすたすたと駆け下りていった。

玄関で草履をはくと自ら引き戸を引いて石畳の通りに出る。

芸妓（げいこ）たちが素早く立ちあがって後を追おうとした。

松雷はそれを右手で押しとどめた。

「今生の別れに、お座敷太鼓と篠笛で送ってくれ。それが何よりの供養や」

女将の福太郎に促されて、雪花、小梅は、階段にとって返し、佐くと胡蝶は涙を拭おうともせず立ち尽くしていた。

「松雷さん、これからどちらに――」

スティーブンも、そう尋ねるのが精いっぱいだった。

「なあに、人間ひとり、飯を食っていくのは、わけもあらへん。閻魔屋の婆さんにでも弟子入りをして、生まれ変わったつもりでやってみようかいな」

見送りに出た人々の顔から視線を外して、松雷は誰にともなく呟いた。

「ああ、ほんにおもろい人生やったわ」

松雷は石畳の道をひとり遠ざかっていった。

ひがしの茶屋街を抱くように夜空に聳える卯辰山の端に半弦の月が昇りかけている。

八の福の二階の障子から灯りが洩れ、お座敷太鼓の音が響いてくる。「虫送り太鼓」だった。精魂こめて雷児を野辺に送っているのだろう。

卯辰山から肌に生温かい風が吹き下ろしてきた。松雷の袴の裾が突風に揺れた。藤としの瓦屋根を突き抜けてすっくと伸びる赤松の枝がさんざめいている。

通りの彼方から大きな犬が松雷を目指してまっすぐに駆けてくる。松雷は、涼子の愛犬、ダービーを抱きかかえて頬擦りした。

「おい、達者でいろや」

いつしか、お座敷太鼓は鳴りをひそめていた。代わって雪花の篠笛が「春告げ鳥」を奏でている。

雷児とアンドレイ――。

ふたりの少年が出遭った神戸・北野の日々を慈しむように、澄んだ音色を響かせて、ひがしの夜は静かに更けていった。

主要参考文献

外務省記録 A.7.0.0.8-37「第二次欧州大戦関係一件　独蘇開戦関係」

外務省記録 A.7.0.0.9-66「『スウェーデン』、『スイス』、『バチカン』等ニ於ケル終戦工作関係」

外務省記録 I.4.6.0.1-2「民族問題関係雑件　猶太人ノ部」第十巻

外務省記録 J.2.3.0.J/X2「外国人ニ対スル在外公館発給旅券査証報告一件　欧州ノ部」第二巻

外務省記録 M.2.1.0.12「在外公館付武官関係雑件」第五巻

Melamed, Leo, *"Escape to the Futures"*, Wiley, 1996

Chapman J.W.M., *Japan in Poland's Secret Neighbourhood War,* "Japan Forum"vol. 7/2/1995, Oxford University Press, pp. 225-28

Chapman J.W.M., *The Polish Connection: Japan, Poland and the Axis Alliance,* Proceedings of the British Association for Japanese Studies, vol. II/1/1977, pp. 57-78

Fox, John P., *"Japanese Reactions to Nazi Germany's Racial Legislation",* The Wiener Library Bulletin, vol. 22, nos. 2&3, new Series nos. 15&16, 1969

Adler-Rudel, S., *"The Evian Conference on the Refugee Question",* Leo Baeck Institute Year Book, vol. 13, 1968

Sakamoto, Pamela Rotner, *Japanese Diplomats and Jewish Refugees: A World War II Dilemma,* Connecticut: Praeger, 1998

十一年目の著者ノート

手嶋龍一

クラコフの秋は、駿馬のように駆け抜けていく。

この作品の筆を執るにあたって、王都の風格を湛える晩秋のクラコフをあらためて歩いてみた。凍てつく寒気にトレンチコートの襟を立て、ユダヤ人が行きかうノヴィー広場の露店をめぐり、古書店に立ち寄って年老いた店主と雑談を交わした。そうしているうちに、開戦前夜の光景が匂い立つように蘇ってきた。

古都クラコフにはヒトラーの機甲師団が襲いかかり、スターリンの狙撃師団は北部国境で牙を剝きつつあった。欧州最大といわれたユダヤ人街に暮らす流浪の民は、孤絶したまま激流に呑み込まれようとしていた。

ユダヤの民が生きのびる可能性は万に一つ。ナチス・ドイツ軍とソ連・赤軍がポーランドに雪崩込むなか、隣国リトアニアに逃れる人々がいた。彼らは、リトアニアの首都カウナスに赴任してきたばかりの日本の外交官の存在を知り、そのひとに縋(すが)るほか途はないと考えた。ユダヤ難民の救世主こそ杉原千畝だった。二十世紀ユダヤ人の「出ポーランド記」――それはチウネ・スギハラなくして成り立たなかった。

ポーランドに住むユダヤ人の多くは、ハンガリーやオーストリアに逃れようとした。だが少数の一群だけが大胆にも北を目指し、国境の街ヴィリュニスに身を寄せた。ソ連を率いる独裁者スターリンは、この国境一帯を気前よく隣国リトアニアに投げ与えた。それゆえ、一夜明けてみると、ユダヤ難民はなんとリトアニアに身を置いていた。

ヒトラーとスターリンが交わした「悪魔の密約」によって、やがてバルト三国はソ連に併合される運命にあった。かつてポーランドがリトアニアから奪ったヴィリュニス。スターリンは、この国境の街を投げ与えることで、小国リトアニアの歓心をいっときだけ買おうとしたのだった。

この物語の主人公フリスク一家も北を目指す難民の一群に身を投じていた。杉原千畝が本省の訓令に抗って発行した「命のビザ」を手にした一家は、シベリア鉄道を経て日本海を渡り、神戸に身を寄せ、約束の地アメリカを目指した。後に「スギハラ・サバイバー」と呼ばれるユダヤ難民は少なくとも六千人。彼らを救った日本の外交官スギハラは、類稀なヒューマニストだった。

だが杉原千畝はもう一つの貌を持っていた。日本に突然変異種のように現れたインテリジェンス・オフィサー、それがチウネ・スギハラだった。ナチス・ドイツとソ連の動きを摑もうと、リトアニアを拠点に欧州全域に諜報網を張り巡らし、錯綜する欧州政局を精緻に読み抜いて誤らなかった。こうしたスギハラ諜報網を陰で支えたのは、ポーランド軍のユダヤ系情報将校たちだった。「命のビザ」は彼らが提供してくれる貴重な情報の代償でもあった。

ナチス・ドイツと軍事同盟を結ぼうとしている日本が、リトアニアの首都カウナスに情報拠点を設けた——。亡命ポーランド政府の情報部は、このスギハラ諜報網にいち早く目をつけ、スギハラの助手として最精鋭の諜報要員を送り込んだ。そして「命のビザ」と引き換えに、独ソ双方の動向を密かに流していたのである。杉原千畝がカウナスを去った後も、スギハラ情報網は中立国スウェーデンの首都ストックホルムに駐在する小野寺信(まこと)少将に引き継がれた。

イギリス秘密情報部は、杉原千畝や小野寺信が東京に打電した極秘電を密かに傍受していた。本文末に挙げた重要資料の一覧はそれを裏付けている。彼らは、早くからチウネ・スギハラの存在に注目していた。東京の統帥部がスギハラ・オノデラ情報をどう扱い、いかなる反応を見せるか、息を潜めるように見守っていたのである。だが、国際政局の核心を見事に摑んだ一連のインテリジェンスは、ニッポンに在っては弊履(へいり)

のように捨てて顧みられなかった。

本書は情報源を堅く秘匿するためにも物語の形をとったが、第一級の機密史料の指定も次々に解かれつつあり、これらの史料に依拠して新たな杉原千畝像が綴られるべきだと考えた。ここに描かれた杉原千畝は、物語の上のフィクションと受けとられる懸念があったからだ。外交史料館の現代史家、白石仁章（まさあき）氏に執筆を強く勧めて出版社を紹介した。インテリジェンス・オフィサーとしてのスギハラ像を史実に確定することでその人物像がより明確なものとなると考えたからだ。こうして『諜報の天才　杉原千畝』（新潮選書）が生まれた。白石氏自らが前書きと後書きにその経緯を詳しく述べている。

スギハラ情報、それを受け継いだオノデラ情報は、紛れもなく超一級のインテリジェンスだった。だが、日本の統帥部は一連の情報をことさら無視し続けた。銀が泣いている——将棋の坂田三吉は自らの失策で盤上に置いてしまった駒を睨んでこう呻いたという。それになぞらえて言えば、スギハラ・オノデラ情報は、いぶし銀のような光を放ちながら、国家の舵取りを委ねられし者たちから顧みられなかった。敗色が濃くなっていくなか、日本の軍部は仇敵ソ連を仲介役に頼んで終戦工作を進めつつあった。それゆえ、「ドイツが降伏した後、三ヵ月を経て、ソ連は日本に参戦する」というヤルタ密約などあってはならないと考えたのだろう。優れた情報が辿る哀しい宿命なのである。

だが、杉原千畝が大地に蒔いた種は、戦後世界の創成に見過せない役割を果たし、大輪の花を見事に咲かせたのだった。官僚機構の最末端に身を置いていた領事代理が救った六千人のスギハラ・サバイバー。そのひとりは、やがてアメリカの大都市シカゴの金融市場で、資本主義に新たな一面を切り拓いた。そして革命的な金融先物商品を誕生させた。「金融先物取引の父」と謳われたマーカンタイル取引所のレオ・メラメドは、この物語に多くの啓示を与えてくれた実在の人物である。国境を越えて自由の国に渡った彼の人生行路と重ね合わせ、主権国家の国境という軛を軽々と乗り越える「マネーの物語」を紡ぎ出してみた。これほど数奇な運命を歩んだ者でなければ、奇想天を衝くような金融先物商品など生み出せなかったろう。

この物語の主人公、アンドレイ・フリスクは、ヒトラーのドイツとスターリンのソ連という二つの全体主義国家の圧政を逃れて、果てしなき越境の旅を続ける。国家をもたなかった流浪の民の末裔が、ポーランドのユダヤ人街に生まれ、やがて戦火をかい潜りながら、隣国リトアニアを出発し、シベリアの荒野を抜けて不思議の国ニッポンに身を寄せた。そして太平洋戦争の勃発直前にアメリカ合衆国に向けて旅立っていった。

東西冷戦下にあっては、世界の基軸通貨ドルとはいえ、固定相場制という名の軛に縛られていた。だが、運命の年となった一九七一年、当時のニクソン米大統領はドルの変動相場制移行を宣言する。ベトナム戦争に費やす膨大な戦費がドルの価値を揺るがし、もはや固定相場を維持していくことがかなわなくなったためだ。この時、国境なき流浪の民の血を引くアンドレイは、「国家を超越するマネー」を創り出すチャンスを手にしたのだった。

必要は発明の母という。ドルが変動相場制に移行する前から、ロンドンには「ユーロダラー」市場が密やかに簇生（そうせい）していた。冷戦下のソ連も、情報活動を行い、戦略物資を調達するため、何としてもドルが必要だった。それゆえロンドンの金融市場で密かにドル資金を運用しており、その管理を委ねられていたのはユダヤ系財閥の一族だった。基軸通貨ドルを握っていたのはアメリカの金融当局だったが、ロンドンの金融街シティーは、「デリバティブ」と呼ばれる金融派生商品を各国に先駆けて育むことでワシントンに逆らった。

冷たい戦争のさなか、双方に囚われていたスパイを買い戻すドル資金は、このユーロダラー市場から調達された。だが、冷戦が終わると国際テロ組織は闇の資金を運用する「ドルの秘苑」としてこの市場を利用した。九・一一同時多発テロ事件を巡っては、アルカイダがテロ資金をどこから、いかに調達したのかが、いまだに最大の謎とされている。本書はその漆黒の闇に一条の光をあてた。国境を越えてアミーバのように拡がった通貨の魔性の全貌が白日のもとに晒される日はいつか必ず来ると信じている。

杉原千畝が「命のビザ」で救った六千人の「スギハラ・サバイバー」。彼らは亡命先の国々でそれぞれの人生を歩んだのだが、それは個々の生き様に留まらず、戦後世界を衝き動かす壮大な物語を紡ぐことになった。それゆえ、本書のタイトルを生き残りし者を指す「スギハラ・サバイバー」とせず、生き残りし人々が切り拓いた世界を表す「スギハラ・サバイバル」とした。

解説　現代に生きるユダヤ・コネクション

佐藤　優

文庫本をときどき解説から読む人がいる。『スギハラ・サバイバル』は、インテリジェンス小説であるが、ミステリーの要素もある。読者から、良質のミステリーを読む楽しみを奪ってはいけないので、この解説では種明かしになるような記述はしない。

第二次世界大戦前、リトアニアの臨時首都だったカウナスの日本領事館に勤務していた杉原千畝領事代理が、外務本省の訓令に反してビザを発給したことによって救われたユダヤ人の物語を中心にこの小説は構成されている。

今では杉原の業績は日本の道徳教科書に出ているが、一九九一年九月まで同人については外務省でタブー視されていた。戦後、外務省幹部からこのビザの発給の責任を追及された杉原は外務省に辞表を出すことを余儀なくされたからだ。杉原の名誉回復は、一九九一年十月、鈴木宗男外務政務次官（当時）の政治的イニシアティブによって行われた。この出来事に在ソ連日本大使館三等書記官として私も関与した。少し長くなるが、『スギハラ・サバイバル』の背景を理解するのに重要なので、拙著から関連箇所を引用しておく。

〈一九九一年八月、ソ連共産党守旧派によるクーデター未遂事件後、バルト三国（リトアニア、ラトビア、エストニア）の独立が各国により認められ、同年十月、日本政府もこれら諸国との外交関係樹立のために政府代表を派遣することになった。そして当時外務政務次官をつとめていた鈴木宗男が政府代表に命じられ、在モスクワ日本大使館三等書記官として民族問題を担当していた私が通訳兼身辺世話係として団員に加えられた。鈴木との出会いが後の私の運命に大きな影響を与えることになろうとは、当時は夢にも思っていなかった。

鈴木は、杉原千畝（イスラエルではセンポ・スギハラと呼ばれることが多い）元カウナス（当時のリトアニアの首都）領事代理が人道的観点からユダヤ系亡命者に日本の通過査証（ビザ）を与え、六千名の生命を救った史実に大きな感銘を受け、当時の外務省幹部の反対を押し切り、杉原夫人を外務省飯倉公館に招き、謝罪している。外務本省は、訓令違反をし、外務省を退職した外交官を褒め讃える鈴木の言動に当惑し、この話題がランズベルギス・リトアニア大統領との会談で提起されることを警戒していた。

私は別の観点から杉原問題をランズベルギスに提起することには反対だった。実はランズベルギスの父親は親ナチス・リトアニア政権で地方産業大臣をつとめ、ユダヤ人弾圧に手を貸した経緯があり、また、一九九一年時点でのランズベルギスを中心とするリトアニア民族主義者とユダヤ人団体の関係もかなり複雑だったからである。私は鈴木にランズベルギスの背景事情を説明し、杉原問題を提起することは不適当であると直言した。鈴木は私の意見によく耳を傾け、しばらく考えた後にこう言った。

「佐藤さん、ランズベルギス大統領は、ソ連共産全体主義体制と徹底的に闘って、リトアニアに自由と民主主義をもたらした人物である。それであるならば、杉原さんの人道主義を理解することができるよ。一流の政治家というのはそういうものだ」

鈴木はランズベルギスとの会談で杉原問題を提起した。ランズベルギスは「命のビザ」の話に感銘を受け、カウナス市の旧日本領事館視察日程を組み込むように同席していた外務省儀典長に指示するとともに、ビリニュス市の通りの一つを「杉原通り」に改名すると約束した。私は一流の政治家が大所高所の原理で動く姿を目の当たりにし、少し興奮した。

この話は、イスラエルやユダヤ人団体ではよく知られている。内閣官房副長官時代の鈴木が小渕総理訪米に同行したとき、シカゴの商工会議所会頭が「杉原ビザ」の写しを示し、「私はこのビザで救われました。あなたがその杉原さんの名誉回復をしてくれたのですね」と話しかけてきたとのエピソードを鈴木は私に語ったことがあるが、イスラエルの外交官、学者が鈴木をユダヤ人に紹介する際には「鈴木宗男さんがセンポ・スギハラの名誉回復をしました」といつも初めに述べるのが印象的だった。鈴木のイスラエル、ユダヤ人社会における高い評価は、私たちがテルアビブ大学との関係を深める際にも大いに役立った〉（佐藤優『国家の罠——外務省のラスプーチンと呼ばれて』新潮文庫、二〇〇五年、三六三〜三六五頁〉

私の本ではシカゴの商工会議所会頭となっているが、正確にはレオ・メラメド氏（シカゴ・マーカンタイル取引所名誉会長）のことだ。メラメド氏も『スギハラ・サバイバル』においては重要なモデルとなっている。杉原千畝が発給したビザによって救われた人々とその子孫の多くが世界の第一線で活躍している。もっとも少し冷静に考えてみると、オランダの在外領土キュラソー（カリブ海の島）を最終目的地としてカウナスの杉原千畝領事代理のところに行けば日本の通過査証（トランジット・ビザ）を得られるという情報自体、高度なインテリジェンス能力を持つ人しか得られない。インテリジェンスとは、単なる知識ではなく、生き残るために必要な知恵だ。生死にかかわる究極的な状況でインテリジェンス能力を発揮した人が、平時においてその能力を用いてビジネス、政治、ジャーナリズム、学術などの分野で成功するのは当たり前のことだ。

もっともインテリジェンスにはいかがわしい面もある。それを手嶋龍一氏は、競馬のコーチ屋を生業とする閻魔屋の婆さんに体現させている。閻魔屋は、若い頃、キリスト教の牧師から「事後預言」という神学的概念を教えられた。この技法を応用してコーチ屋になったのだ。

〈ハルビンの貧民街で布教に励んでいたこの牧師は意外な言葉を口にした。

「あまりに整った預言の書など信じてはいけない」

預言書のなかには、ユダヤ民族を見舞った災厄をすべて正確に見通している書があるが、それは歴史の結果を知っている者が後から綴った「事後預言」だと牧師は言った。

「そう、一種の偽書なのです。『ヨハネの黙示録』を繙いてみるといい。その前半では、選ばれし民に襲いかかるであろう数々の苦難をものの見事に言い当てている。あれ程みごとに的中しているのは、災厄が起きてしまった後に綴った偽書だからに、ほかならない。そう、世間で言うところの後知恵の書なのだよ」

日本に引き揚げてきた閻魔屋には、偽書の話だけが鮮烈な像を結んで脳裏を去らなかった。そして、牧師から授かった奥義に閃きを得てコーチ屋人生を歩むことになったという〉（二三三頁）。

ジャーナリストや政府の分析専門家でも、後知恵で、自分の分析は正しかったと言い張る人がいる。そういう人たちは、相矛盾する分析ペーパーやツイッターでの発言をし、事件が起きてから、過去に自分が書いたもののうち正しかった内容をつなぎあわせて事態を正確に予測していたと言い張る。まさに事後預言の手法だ。こういう手に引っかからないようにするためにも本書で本物のインテリジェンスに触れることが重要だ。

この作品では、ソ連のユダヤ人の出国問題が、物語を展開する推進力になっている。米国、ソ連、イスラエルの複雑な関係を熟知している外交ジャーナリストの手嶋氏でなければ、このような複雑な問題を小説に取り込むことはできないと思う。

〈超大国が持つあらゆる力を存分に駆使して、全体主義体制に風穴をこじ開けていく。そんな思想が法案として結晶したのが「ジャクソン・ヴァニック修正条項」だった。

ブレジネフのソ連は、農業政策の失敗から、小麦の不足に苦しんでいた。その一方でアメリカの穀倉地帯は供給過剰に陥っていた。

ジャクソンとパールは、こうした米ソのギャップに目をつけ、アメリカがソ連への穀物の輸出に道を拓く法案を考えだした。その見返りとして、ソ連国内に閉じ込められているユダヤ人の国外移住を認めさせる付帯条項をさりげなく法案に押し込んだのだった。アメリカの法案審議史上で永く「真に天才的な」と称賛された立法だった。

条文の筆を執ったのは、ジャクソンの補佐官、リチャード・パールだ。後にレーガン政権の国防次官補として米ソ軍縮交渉に臨み、対ソ強硬派として「闇のプリンス」と呼ばれた逸材だ。

だがジャクソン・ヴァニック修正条項が成立しても、現実にソ連国内に幽閉されているユダヤ人が出国するには巨額のドルが必要だった。ユダヤ系の人々の出国には多大な費用をソ連側に支払うことが暗黙の取り決めとなっていたからだ。それゆえ、ユダヤ人の出国を促す救援組織は、膨大な額のドルを調達しなければならなかった。アメリカと欧州に張り巡らされたユダヤ・コネクションは、ユーロドルや金融先物商品の売買でその資金を調達していった〉（三四三～三四四頁）。

このユダヤ・コネクションは現実に存在した。当時、イスラエルには存在自体が秘匿されていたソ連・東欧社会主義諸国からユダヤ人を脱出させる「ナティーブ」（ヘブライ語で道という意味）というインテリジェンス機関が存在した。これはモサド（イスラエル諜報特務庁）とは、まったく別の組織だった。私はナティーブのヨッシャ・ケドミー長官に可愛がってもらった。北方領土交渉を進めるためのロビー活動を展開する上でケドミー長官の助言はとても有益だった。今回、この解説を書くために『スギハラ・サバイバル』を読み直して、二十年前にユダヤ・コネクションを活用しながら複雑な仕事に取り組んだことを思い出した。

（作家・元外務省主任分析官）

―――本書のプロフィール―――

本書は、二〇一二年八月に新潮文庫から刊行された同名作品を改稿して、文庫化したものです。

小学館文庫

スギハラ・サバイバル

著者 手嶋龍一（てしまりゅういち）

二〇二一年一月九日　初版第一刷発行

発行人　飯田昌宏
発行所　株式会社 小学館
〒一〇一－八〇〇一
東京都千代田区一ツ橋二－三－一
電話　編集〇三－三二三〇－五九五九
　　　販売〇三－五二八一－三五五五
印刷所――――図書印刷株式会社

ISBN978-4-09-406864-1